U0055712

西嶺雪前世今生系列

離魂夜

西嶺雪　著

離魂衣

【目錄】

一　離魂衣

戲衣。斑斕繽紛的戲衣擁塞在狹而幽暗的屋子裏，發出不知年代的氤氳氣息——舊的脂粉寒香混著重疊的塵土味兒，是種說不清道不明的糾纏。

雖然只是一件衣裳，可是附了人身，沾了血脈，經了故事，便不同了。又多半沒機會出現在陽光下，只是戲園子裏舞台上下風光片刻，風光也真風光，幽怨也真幽怨，件件都是情意的殼，假的真的，台上的台下的，隔了歲月看回去，總有幾分曖昧的纏綿。

這是一個關於戲衣的故事。

它發生在二十一世紀，北京的一間戲班子——哦不，應該叫——劇團裏。

劇團大院是舊式庭園，不知哪位落魄王爺的宅門舊址，細節雖沒落了，框架還在，有形狀各異的月洞門，垂花門，青磚鋪地，抄手遊廊，還有高高厚厚的牆。牆外是車水馬龍，高樓大廈，地鐵已經修到家門口來，麥當勞和肯德基對峙而立，到處是世紀初的喧囂與興盛。

但是牆內……

牆內的時間是靜止的，百多年的故事和人物薈萃一爐，真假都已混淆，哪裏還分得清古今？

只知道是七月十四，農曆，空氣裏有雨意，可是一直未下，院子裏的老槐樹倒已經預先濕漉漉沉甸甸的了；人們擁在錦帳紗屏的服裝間大廳裏，請出半個世紀前的舊衣箱，好奇而不耐煩地等待。

等待是一種儀式，就好像開箱是一種儀式一樣，老輩子伶人傳下來的規矩——凡動用故去名伶的戲裝，都要祭香火行禮告擾後才可以開箱取衣的，不是拿，是請。

龍套的戲裝叫隨衣，名伶的戲衣叫行頭，都是專人專用，且有專人侍候打理的。她們不屑於同無名戲子共用一套頭面，自備的戲服冠戴是誇耀的資本，是身家，也是身價兒。誰擁有的服飾頭面最多，最好，最齊全，誰就最大牌，金釵銀釧，玉鳳翠鯉，一般大戶人家小姐的頭面也望塵莫及。那叫派頭。一個戲子沒了派頭，也就沒了靈氣，沒了心勁，沒了勢頭，生不如死。

今兒請的衣箱故主叫做若梅英，是三、四十年代的京戲名角兒，「群英薈」頭牌青衣，同蓋叫天、梅蘭芳都曾同台演出，唱紅京滬兩地，風光一時，富貴人家唱堂會，請她露一下面的謝儀相當於普通三口之家半年的嚼穀。中共統治大陸後消沉了一陣子，說是跟了一個廣東軍閥走了，也有說因爲抽大煙被政府收容，後來死在文革裏，說是墜樓自盡，詳情沒人知。

戲子的事，本就戲裏戲外不清楚，何況又在那個不明不暗的年代呢？

誰會追究？不過飯後茶餘當一段軼聞掌故說來解悶，並隨意衍生一番，久之，就更沒了真形。

香火點起來了，衣箱供奉在台面上，會計嬤嬤拈著香繞行三圈，口中念念有詞，幾位年老的藝人也都同聲附和：「去吧，去吧，這裏沒有你的事兒。走吧，走吧，這裏不是你的地兒。」

坐在角落裏的瞎子琴師胡伯將二胡拉得斷斷續續，始終有一根線牽在人的嗓眼處，抽不出來，咽不下去。

門開著，濕熱的風一陣陣吹進來，卻沒半分疏爽氣，屋子裏擠滿了人，就更悶。

小宛有些不耐煩，低聲抱怨：「醜人多作怪，這也能算音樂？」

會計嬤嬤「噓」地一聲：「這是安魂曲，告慰陰靈的，小人兒家不要亂說話，今天是盂蘭節，小心招禍。」又煩惱地看看門外，咕嚕著：「也怪，往年裏少有七月十四下雨的，陰得人心裏瘆得慌。」

其實小宛去年大學畢業，分配入劇團服裝部做設計，早就算不得小孩子了，可是因為祖孫三代都在劇團裏當過職，諸位阿姨叔叔幾乎都是眼睜眼看著她長大的，習慣了當她作子侄輩，同她說話的口吻一直像教孩子，憐愛與恐嚇摻半。小宛很無奈於這種「不恭」的恫嚇，簡直是侮辱她的年齡與心智。然而除了沉默之外，似乎也沒有別的方法表示抗議。畢竟，那些都是她打小兒鑽後台起就常常被敲著腦殼笑罵「野丫頭」的叔伯阿姨，如何認真嘔氣去？有時他們興致來了，甚至會把她穿開襠褲時的糗事兒翻出來調笑一番，那才真正沒臉呢。

不是沒想過換個單位，但是對彩衣的嗜好是她打小兒的心結，能讓歷史人物穿上自己設計的衣裳活在現實裏，實在是件浪漫而有挑戰性的工作，簡直就不是工作，是遊戲，是享受，是娛樂——如此，只有忍受著姨婆爺叔們常用「神仙老虎狗」之類毫無新意的老段子來嚇唬她了。

陰雲密密地壓著，山雨欲來風滿樓的樣子，像種無聲的催促。

眾皆無言。

滿室的蟒、帔、靠、褶亦沉默。

只有會計嬤嬤含混不清的禱告聲配著弱而不息的胡琴聲時斷時續：「不要來，別來啦，這裏沒你的事兒，走開啦，走開……」

趙嬤嬤今年五十開外，其實也算不得老，可是皺紋橫陳，頭髮花白，看上去就像七十多似的。頭髮早已半禿，卻仍然一絲不苟地在腦後垂著條裏面塞了楦子故而外頭看著倒還肥美的大辮子。每當她轉身，辮子就活了一樣地跟著探頭探腦。

不知過了多久，辮子忽然一跳，趙嬤嬤轉過身來，示意小宛：「開吧。」

小宛笑嘻嘻走上前，心裏不無緊張。若梅英的故事她從小就風蹤萍影地聽說過一點，說她是北京城頭面收藏最豐的名伶，說她每套戲裝收箱前都要三薰三晾，而每次上身前又必用花瓣裝裏逾夜去除黴氣，說她所有衣裳上的金銀線都是真金白銀織就，一件衣服六兩金，美不勝收，貴不可言……

但是戲行規矩，死於非命的伶人衣箱通常不再啓用，只作文物收藏，除非有逼不得已的理由，否則絕不開箱。因此有些員工已經在劇院工作了半輩子，也從未有眼福見識過著名的「梅英衣箱」。

直至近日劇院戲目改革，一度失傳的古劇《倩女離魂》被重新搬上舞台，由小宛的父親、副團長水溶親自操刀編劇——因老本子是南曲，京戲少有涉及，前人也有嘗試演過的，可是本子並未留下，故而唱腔曲詞都要仔細度量。只是劇中旦角的行頭竟然無人可以形容，只有個老戲迷賭咒發誓地說若梅英從前演過京劇的《倩女離魂》，並設計過全套的行頭。小宛試著通查了一次劇院服裝記錄，發現目錄裏竟還留有若干梅英珍藏——這便是今天開箱的緣故了。

眾目睽睽之下，小宛輕輕撣去真皮衣箱表面的積塵，飛灰四散，露出烙印的精緻花紋，是一幅暗示性極強的春宮圖——男人背對觀眾，露出背上張牙舞爪的龍虎紋身，栩栩如生，雖看不到人的正面，男性的陽剛霸氣卻早已破圖而出；女人香肩半裸，紅衣初褪，正低頭做含羞解帶狀。不脫比脫更誘惑。

小宛頗有興趣地端詳片刻，這才用鉗子扭斷連環鎖——鑰匙早已丟失了——雙手著力將箱蓋一掀——

一股奇異的幽香撲面襲來，小宛只覺身上一寒，箱蓋「噗」地又自動闔上了。眾人情不自禁，發出齊刷刷的一聲微呼。

小宛納悶地看一眼趙嬤嬤，笑笑說：「不好意思，沒抬穩。」定一定神，重新打開箱來，觸目絢爛琳琅，耀眼生花，重重疊疊的錦衣繡襦靜靜地躺在箱底，並不因為年歲久遠而失色。

小宛馬上熱淚盈眶了，總是這樣，每每見到過於精緻豔麗的戲衣，她都會衷心感動，彷彿剛看了一場催人淚下的煽情電影。她的生命信條是：沒有東西是比戲裝更令人眩惑的了。那不僅僅是色彩，是針線，是綾緞，是剪裁，更是風骨，是韻味，是音樂，是故事。醉在紗香羅影裏的她，會不自覺地迷失了自己，變得敏感憂傷，與平時判若兩人。與其說這是一種藝術家的天分，倒不如說是少女的多愁善感還更來得體貼。

眾人忍不住擁上前來，要看得更真切些。小宛拿起最上層的一件中袖，隨手展開，忽地一陣風過，只聽「嘣」地一聲，瞎子琴師的胡弦斷了。

小宛愕然回頭，正迎上瞎子混濁的眼，直勾勾地「瞪」著她，滿臉驚疑地問：「你們看到什麼了？」

「沒看到什麼呀。」小宛答。

瞎子不信地側耳，凝神再問：「你們真沒看見？」

小宛笑了：「我沒看見，難道你『看見』了什麼不成？」

不料瞎子一言不發，忽然踢翻凳子站起，挾著二胡轉身便走，那樣子，就好像見到了極可怕的事情一樣。

小宛又驚又疑，四下裏問人：「你們看見了嗎？你們看見什麼了嗎？」

話音未落，房頂上一聲巨雷炸響，積壓了一上午的雨忽然間傾盆而下，竟似千軍萬馬匝地而來，席天卷地，氣勢驚人。

屋子裏驀地涼爽下來，大家面面相覷，都覺得心中墜墜，遍體生寒。

半晌，趙嬤嬤吞吞吐吐地道：「難道是梅……」話未出口，已經被眾人眼中的驚惶噤住了，警惕地四下裏張望著，好像要在角落裏找什麼人似的。若說看見了什麼，的確是什麼也沒見著；若說沒看見，卻又分明感覺到有什麼事情發生了。都說盲眼人心裏最明白，二胡師傅是持重的老人，不會平白無故哄嚇人的。他說見著了什麼，就一定見著了什麼。

小宛猶自追問：「梅？是不是梅英？你們當真見鬼了？看見若梅英了？」

彷彿是回應她的問話，驀地又是一陣雷聲滾過屋簷，趙嬤嬤再也禁不住，「啊」地一聲，追著瞎子的後腳轉身便跑，大辮子硬橛橛地在空中劃了個折度奇怪的弧線，轉瞬間消失在大門外。

餘下的人也都一哄而散，留下小宛，站在打開的衣箱前，醉在一箱的粉膩塵昏間，只覺怪不可言。

那是一套結合了「女帔」與「古裝」特點雜糅創新的新式「雲台衣」，縐緞，對襟，上爲淡青小襖，下爲鵝黃腰裙，外披直大領雲肩綰風帶，鑲邊闊袖帶水袖，周身以平金刺出雲遮月圖案——亦同普通的「枝子花」圖型不同，對襟兩側圖案並不對稱，而是渾然一體，合成一幅，做工之精美、心思之靈動堪謂巧奪天工。

旁邊有一隻盛頭面的小箱，打開來，頭花、面花、點翠、水鑽、銀泡、耳環、珠串、髮簪……一應俱全。珍珠已經微微發黃，銀飾也不再發亮，只有鑽石還魅力不減當年，傲然閃爍。

小宛點頭讚歎，很顯然，這套行頭出自獨家設計，而非承襲舊本。那時的京城名伶很喜歡在一些古裝戲的行頭上自創一路風格，標新立異，爭奇鬥豔。其中尤以梅蘭芳所創《洛神》的「示夢衣」、「戲波衣」，《太真外傳》的「舞盤衣」、「驪宮衣」，《嫦娥奔月》的「采花衣」，《木蘭從軍》的「木蘭甲」最爲世人稱道。這，也算是最早的服裝設計了。只可惜，不知道這套「離魂衣」的原名該叫做什麼？又爲何後來不見有人模仿，至於失傳？

想著，忍不住拿出衣裳來，抖開披在自己身上，那些金絲銀線就像活了似的，映著昏黃的燈光一跳一跳的，小宛只覺得渾身的血管筋脈都跟著跳動起來了，索性脫去外套，將小衣，水袖，褶子，帔，一層層全副武裝地給自己妝扮了起來，連彩鞋也套了上來。

她看不到鏡子，然而想像裏的自己國色天香，千嬌百媚，必定是比濃妝豔彩更明麗的。遂捏起蘭花指，略整絲條，輕撣錦袍，忽然不能自已，水袖一揚，做了個身段，「咿咿呀呀」地唱將起來：

「他是個矯帽輕衫小小郎，我是個繡帔香車楚楚娘，恰才貌正相當。俺娘向陽台路上，高築起一堵雨雲牆。」

正是那《倩女離魂》的故事：官宦小姐張倩女與書生王文舉自小訂婚，兩情相悅，卻被貪富欺貧的張母強行拆散，倩女因此重病不起，魂離肉身，於月夜追趕王生而去。

「從今後只合離恨寫芭蕉，不索占夢揲蓍草，有甚心腸更珠圍翠繞。我這一點真情魂縹緲，他去後，不離了前後周遭。廝隨著司馬題橋，也不指望駟馬高車顯榮耀。不爭把瓊姬棄卻，比及盼子高來到，早辜負了碧桃花下鳳鸞交。」

漸歌漸舞，漸漸入戲，小宛只覺情不自已，腳下越來越迤邐浮搖，身形也越來越飄忽靈動，將那倩女離魂月下追郎的一段唱得宛轉低揚，迴腸盪氣。風聲雨聲都做了她的合聲伴奏，不覺嘈耳，只有助興而已——

「向沙堤款踏，莎草帶露滑。掠濕湘裙翡翠紗，抵多少蒼苔露冷凌波襪。看江上晚來堪畫，玩水壺瀲灩天上下，似一片碧玉無瑕。你覷這遠浦孤鶩落霞，枯藤老樹昏鴉。助長笛一聲何處發，歌矣乃，櫓咿啞。」

慢轉身，輕回首，長拋水袖，只聽「哎呀」一聲，卻是袖頭打中了迎面走來的一個青年。

小宛猶自不覺，眼波微送，雙手疊腰下身做個萬福，依然捏著嗓子鶯鶯燕燕地道：「兀那船頭上琴聲響，敢是王生？」

那青年倒也機靈，立即打蛇隨棍上，回個拱手禮，答：「小生非姓王，乃是姓張，名之也，之乎者也的之，之乎者也的也，報社之記者是也。」

張之也？報社記者？小宛一愣，怎的與台詞不符？

台詞？又是一愣，自己何時竟記住了《倩女離魂》的台詞唱腔，卻又假戲真做同個陌生小子調起情來？更有甚者，是那年輕人手中居然還擎著個相機在起勁兒地拍。

這一驚，整個人清醒過來，不禁羞得滿臉通紅，惡人先告狀地發嗔：「記者又怎麼樣？記者就可以不聲不響地偷窺拍照嗎？真沒禮貌！」不由分說，將那青年推出門外，「砰」地一聲關上大門，心裏「突突」亂跳，又驚又疑，咦，自己怎麼突然會唱戲了呢？連台步也無師自通。莫非真是得了家學浸淫，「讀盡唐詩三百首，不會做詩也會吟」？可是，連父親水溶都不熟悉的這段《倩女離魂》，自己卻是從哪裏耳濡目染的呢？

隔了一會兒，偷偷向外望一眼，卻見那年輕人仍然呆呆地站在雨地裏，淋得落湯雞一樣，卻不知道躲避。小宛不忍心起來，這才發現那人的傘還在門邊擱著，不禁一笑——打開門來，遞過去：「喂，你的傘。」

年輕人大喜，不肯接傘，卻一閃身進了門，陪著笑臉說：「好大的雨，讓我避一下行不行？」

「行，怎麼不行？不過，你到底是誰呀？幹嘛跑到我們劇團來？門房沒攔你嗎？」

年輕人取出證件來，再次說：「我是張之也，這是我的記者證，我是來做採訪的。喂，你別只顧著審我呀，你還沒有告訴我，你叫什麼名字呢？」

「水小宛。」看到張之也唇角一牽，立即搶著說，「你可聽清了，不是水缸水碗的碗，是宛如游龍的宛。」

「水小宛，好名字。」

「沒你的之乎者也好。」小宛笑，「你是記者，來我們劇院採訪誰呀？」

「趙自和。」

「趙自和？」小宛發愣，「我們團裏有這麼一位演員嗎？唱什麼的？」

「她不是演員，是做會計的。」

「會計嬤嬤？」小宛大爲好奇，「採訪會計嬤嬤幹什麼？她是英雄還是名人？」

「都不是。她是北京城裏唯一的自梳女。」

「自梳女？什麼叫自梳女？」

「你是這劇團裏的，不知道嬤嬤是自梳女？」

「不知道。」小宛不好意思地笑：「沒人跟我說過。」

張之也也笑了，對眼前這個俏麗活潑忽嗔忽喜的少女深深著迷。剛才他一進大門，已經聽到一陣細若遊絲的唱曲聲，忍不住循聲而來，正看到一個著戲裝的妙齡少女在邊歌邊舞，身段神情，全然不似今人，當時就呆住了，一時間不知今昔何夕，身在何處。及後來被袖子打中臉，又與這少女戲言相對，正覺有趣，女孩忽然變了臉色，將他推出門來，不禁心裏悵悵然地若有所失。正失望呢，女孩卻又變回顏色言笑晏晏地邀他避雨，更讓他覺得難得——雖然只是短短幾分鐘，倒已經一波三折地發生了許多故事似地，讓他對這少女有種說不出的好奇與感動，只想同她在一起多待一會兒，多聊兩句。見她問起自梳女，便立即毫無保留地將自己所知傾盤托出——

「自梳女是從前廣東及珠江三角洲一帶的一種特殊群體。她們多來自窮苦家庭，或者在婚姻路上受了挫折的婦女。爲表示終身不嫁，就束起頭髮，通過某種儀式當眾宣佈自梳。做了自梳女，就不可以有男人打她們的主意了，不然會被世人不齒的。自梳女現象在中共統治後日漸絕跡，唯有珠三角個別地區還有一小部分存在，比如肇慶觀音堂，以前單這一處就住著幾百名自梳女，後來政府尊重她們的個人選擇，仍然由她們繼續住在堂裏，過著吃齋拜佛、自力更生的日子。換言之，做自梳女有幾個重要特徵：不結婚，吃素，留辮子。」

小宛仰頭想一想，笑起來，這樣說，會計嬤嬤還真是 個標準的「自梳女」。只不過，自己打小兒認識她起，就一直看她拖著根灰白參半的長辮子，也知道她沒結過婚，卻沒想過要問問是爲什麼。大抵世事都是這樣，對一件不合理的事或一個不正常的人看得久了，也就司空見慣，視爲正常，再想不到要問個究竟。若不是這個之乎者也提起，她還真不覺得趙嬤嬤有什麼奇特之處。

「但是，嬤嬤只有五十來歲哦，她不可能是在一九四九年前出家的吧？」

張之也笑：「自梳女不是尼姑，那也不叫出家。」

「反正都差不多。」

「差得多了。尼姑是要剃光頭的，自梳女可是要保留一根大辮子，而且不用還俗也可以到社會上工作，不必死守在尼姑庵裏。」張之也說，「來之前，我們已經對趙自和嬤嬤的身世做了一些基本調查，瞭解到她是一個棄嬰，被一位自梳女收養，並在觀音堂長大，後來就順理成章地也做了自梳女。」

「是這樣？」小宛低下頭來，「原來嬤嬤的身世這麼可憐。我從沒想過，這麼傳奇的故事會發生在我身邊。」

「你身邊還會缺故事嗎？台上台下，戲裏戲外，到處都是。更何況，一個美麗女孩的生活從來都是多姿多彩的。」

小宛臉紅了，狠狠地瞪一眼：「到底是記者，油嘴滑舌！」

雷聲一陣緊似一陣，彷彿在追擊著什麼，誓必劈於刀下而後甘。小宛抱住肩膀，忽然打了個寒顫。張之也立即問：「你是不是冷？」

「有一點……」小宛說到一半忽然打住，發現自己仍披著那身戲裝，彩衣繡襦，重重疊疊穿了好幾層，又是在盛夏，雖說有雨，但是喊冷也未免太矯情些，倒像撒嬌了。

張之也撓撓頭，也有些尷尬。通常在這種情況下，如果女主角承認冷，那麼男主角下個動作就該是脫衣相贈了。可是他身上只有一件襯衫，而且還淋得濕濕的，脫？拜託了！

一時兩個人都無話，只有戲曲聲夾在雨中淋瀝而來。

「想鬼病最關心，似宿酒迷春睡。繞晴雪楊花陌上，趁東風燕子樓西。拋閃殺我年少人，辜負了這韶華日。早是離愁添縈繫，更那堪景物狼藉。愁心驚一聲鳥啼，薄命趁一春事已，香魂逐一片花飛……」

小宛出神地聽了一會兒，贊道：「真是好曲子，詞美，曲美，戲衣也美。」

張之也愣一愣：「你說你剛才唱的那曲？」

「我哪有那麼厚臉皮？」小宛笑，用下巴示意一下門外，「你聽，不知道哪個組在放錄音，這是《倩女離魂》的戲曲，第三折，張倩女病中念王生一節。」

「是嗎？怎麼我聽不見？」

「這麼大聲音你都聽不見？」小宛正想取笑，張之也的手機響起來，雖然聽不到對方的聲音，可是張之也的表情語氣透露出這分明是個女子，或者就是他女朋友。

小宛避嫌地站起來走到門邊，發現雨已經小得多了，她張開手接了幾滴雨，對著天自言自語地說：「夏天就是這樣，雷聲大雨水少，這麼快停了。」

張之也收了線，聽到小宛的語氣裏有催促的意思，只得說：「謝謝你借屋簷給我避雨，我得走了，還要去採訪趙自和。」

小宛淡淡答：「走好。」逕自走過去將衣裳三兩下脫下來疊進箱子裏。也怪，雨剛停，太陽還沒重新探出頭來，身上倒已經不覺得冷了。

二

死玫瑰

那個歌手沒有來。

小宛呆呆地坐在地鐵口的欄杆上，眼見著黃昏一層層地落下來，熟悉的地鐵口空落如故。人群來來往往進進出出，不知道哪裏來的那麼多人，可是人群裏沒有他，那麼再多的人也與她無關，再擁擠的地鐵站也還是空虛。

她閉上眼睛，在心底裏重複著一支歌。那是他最喜歡唱的歌。每次她來這裏，他都會唱起。

歌名叫做「死玫瑰」：

「我已無所謂，送你一枝死玫瑰；我的心已灰，我會愛的心已然成灰；我的眼淚，傷悲的眼中擠不出一點淚；對你就像死玫瑰，在冬天枯萎……」

小宛家學淵源，幼承庭訓，一直熱愛戲劇，從來沒有聽過任何一場通俗歌曲演唱會，可是卻一直都很喜歡在地鐵站聽流浪歌手唱歌。他們通常很年輕，長髮，衣服有點髒，但是不會髒得很厲害。唱歌的時候半閉眼睛，雖然是討錢，卻看也不看扔錢的人——因為他們不是乞丐，是藝人。

那是小宛認為最好的流行音樂。直見生命的蒼涼。

如果一個人在那樣的時候那樣的地方還可以認真地唱一首歌的話，那麼那首歌一定很值得聽。

小宛所有的流行曲碟都是照著這樣的標準搜集的。

——但仍然沒有一次，會像那一次那樣令她心動，在瞬間忘了自己。

那是半年前的冬夜，忘了爲什麼會路過那裏，坐了那班地鐵，經過那個月台，看到那個人，聽到那支歌。只記得，在初聽的一刹，她已經被俘獲，從此不屬於自己。

唱歌的少年叫阿陶，最多只有二十歲的樣子，清俊的臉上，卻寫著抹不去的滄桑。穿一身破爛的牛仔衣，已經辨不出本來的顏色，卻因爲舊而格外妥貼，與人融爲一體。就像他的歌聲與地鐵與夜融爲一體一樣。

他懷中抱著一把和衣服一樣舊而妥貼的吉他，望著地鐵站的出口扣弦而歌：「我已無所謂，送你一枝死玫瑰……」

蒼涼的聲音一點點加深著冬夜的淒涼與憂傷，車水馬龍在身後川流，行人來來往往，太陽落下去而霓虹燈亮起來，什麼都留不住，可是年輕歌手的聲音是真實的，也是真誠的。

小宛忽然就流了淚。

從那以後，便養成了每晚換三次車老遠地跑到那個地鐵站聽歌的習慣。

聽了整個冬天。

如果有人在那個冬天經過那個月台，也許會記住那樣一幅畫面——清俊的男孩與秀麗的女孩隔著一個月台口遙遙相對，女孩居高臨下，坐在地鐵旁的欄杆上聽歌，眼神專注，蓄滿淚水，整個面容是生動而感性的。身後的人流滔滔地湧上來沒下去，像不息的歲月，而女孩的淚與男孩的歌，卻是永恆。

那樣的畫面，叫做青春。

要到很久以後，小宛才知道，當她專程爲了聽阿陶的歌而換三次車趕到地鐵站的同時，阿陶也是專程爲了她而忍受冬天的風從十月唱到臘月。其實在這期間，他早已在酒吧找到一份晚間駐唱的工作，可以告別地鐵生涯，只是爲了她，才放棄黃金時段風雨不誤地來到地鐵站口。不僅忍受寒冷，還要躲避員警。

當小宛知道這一切的時候，已經深深愛上了他。

她沒辦法不愛他。這故事本身的戲劇化和悲劇性對於十九歲的少女而言，既是利劍也是鴉片，有著無可抗拒的殺傷力。

那一天，他們兩人並肩坐在欄杆上，看著人流上車下車，只覺有說不完的話。其實，卻自始至終也沒說幾句。戀愛的快樂蓋過了一切，少年的心還來不及體會，已經沒有餘地顧及其他。反正，日子還長著呢，還有明天，後天，大後天，以及無盡的將來……

可是，就在她表白愛情的第二天，阿陶失蹤了。

小宛不死心，依然每天跑到地鐵站口苦等，不信自己的初戀會這樣迅忽而來迅忽而逝。

一直等了七天。

第七天晚上，當她終於等到他拎著吉他疲憊地出現在地鐵站口時，她興奮極了，忘情地衝向他，然而，他卻躲開了，冷淡地說：他要走了。要離開北京。因爲，上海有一家唱片公司打算與他簽約。

上海，那個風花雪月的城市，就這樣間接結束了小宛風花雪月的初戀。

她和他之間，除了那些歌和等待之外，甚至沒有一個擁抱，沒有一句再見珍重。

他走了，從此音信杳無。

可是她卻不能將他忘記。仍然常常在某個清冷的黃昏，獨自換乘三次車來到地鐵站口，久久地久久地坐在冷冷的欄杆上盯著地鐵站發呆。人流滔滔不息，她彷彿仍然可以聽到阿陶清冷的歌聲：「我的愛已成灰，像玫瑰在冬天枯萎……」

曾經很長時間，她一直到處尋找那首歌的CD，但始終沒有找到，甚至從沒有聽第二個人唱過。後來她終於想明白，那大概是阿陶自創的一首歌曲。

想到這一點，她就無論如何不能拋開一個念頭：一首歌原來也可以像一個人一樣，是種緣分，錯過了就再難相遇。

再後來，她從雜誌的一篇文章中看到，死玫瑰是在國外流行的一種習俗：當愛人分手，失戀者會在情人節那天贈給舊情人一枝死玫瑰，代表消逝的愛情。

那麼，阿陶是在紀念一段死去的愛麼？

那段愛的故事，應該是發生在她與他相遇之前。她來不及參與。

她來不及參與他的過去，也再沒機會參與他的將來。

她和他的緣分，始於一首歌，而那支歌，代表死去的愛。

從開始，就已經註定結束。

天徹底地黑下來，像一隻巨大的鍋蓋，將大地結結實實地一下子就蓋嚴了。小商販們開始借著夜的庇護做生意，賣盜版CD、地下書刊、假古董，或者粗製濫仿的維納斯石膏像，最奇的，是有人在兜售冥紙，毫不避諱地叫賣：「活著的人不要忘了死去的人，自己有錢花，也給亡朋故友送點錢花吧。十塊換十萬塊，陰陽兌換，便宜啊便宜……」

令人啼笑皆非。

小宛再一次想起，今天是農曆七月十四，鬼節。

她跳下欄杆，走進月台，輾轉回家去。

然而剛剛踏進地鐵站，一個男孩子迎面走過來，遞給她一束已經鏽成鐵灰色的枯死的乾花：「小姐，買花嗎？」

小宛嚇了一跳，凝神看著那個男孩：「這是什麼花？」

「死玫瑰。」

「死玫瑰？」小宛的心劇烈地跳動起來，更加專注地看著男孩，「爲什麼會賣死去的玫瑰？」

「今天是鬼節啊，冥錢燒給死去的親人，玫瑰燒給死去的愛情。」男孩流利地回答，「小姐這麼年輕，大概不會有失去親人的痛苦。我看你坐在欄杆上那麼孤獨寂寞的樣子，大概是失戀吧？買一束死玫瑰，燒給自己的初戀吧。燒了它，以後就不會再傷心了。」

小宛看著那個男孩子，他的年齡最多不超過十三歲，可是舉止言談卻像一個看破紅塵參透世故的老人。這樣詭秘的節日，這樣詭秘的花，這樣詭秘的話。

她又有些覺得冷了。

男孩已經在催促：「小姐，買不買？」

小宛定一定神，只得掏錢買了一束花的屍體。十五元一枝，還真是貴，比鮮花的價格都高。

然而那個妖精般的小男孩自有成竹在胸：「那當然了，回憶總比現實珍貴嘛。」

小宛徹底服了這個精靈小子，她想不出，男孩的話究竟是某個幕後高手寫好台詞讓他背熟的呢，還是出自天真心靈的一語道破。

地鐵呼嘯而來，像地獄使者要載人入黃泉。

小宛順手將花拋向軌道，既然是送給死去的愛情，就讓它在車輪下零落成泥碾作塵吧。

只是，從今往後，自己真的會忘了阿陶，忘記那段青澀而痛楚的初戀回憶嗎？

恍惚間，她看到一個身影迎著地鐵撞上去，驀然間爆裂如煙花，小宛驚呼出聲，急轉身在人群中尋找那賣花男孩的身影，卻什麼也沒看見。

寒意襲來，她匆匆跳上地鐵，仍然不能自抑地一陣陣發抖。

神秘的地鐵口把人吞進去又吐出來，已經身在另一個地方。

小宛家住在公主墳——這是個很高貴也很晦氣的地名，公主、墳，兩個天上地下的概念連在一起，構成一個令人想入非非又不寒而慄的悲劇意象，是種荒謬，也是大徹大悟——不知道國外有沒有地方會用這麼刺耳的字眼取地名，聽說墓地都叫什麼安樂園，哪裏會把青天白日的居民區喚做什麼墳的？

住在哪兒？住在墳堆裏。算怎麼回事兒呀？可是北京人硬是把這名字叫了幾輩子，沒想到要改過。而且叫慣了，在後面加個兒化韻，說句「公主墳兒」，自個兒還覺得挺親切的，從不覺得一個大活人住在墳地有什麼不妥。

小宛把同樣的對話重複了十九年，問的答的人都頗自然。在北京人心目中，公主墳只是個明確的地界兒，而早已忽略字面本身的意義。

可是在今夜，七月十四的晚上，小宛第一次意識到了這街名的恐怖——街口有人在燒冥錢，有人在叫魂兒，有人往火堆裏投送酒食，說是死鬼會來吃——今天是鬼節，人間的鬼節，是陰間的「人節」，因爲冤魂不息的鬼會在今天來到陽間，重新過幾天人的日子，他們上來的路，是要經過墓園的吧？會不會把公主墳也當作一處墓地，走錯路認錯人上錯身報錯仇？

一陣風過，地上忽明忽暗的冥錢紙灰忽然飛起，化作十萬隻灰蝴蝶，迎著小宛飄過來。小宛大驚，撒腿便跑，心裏猶自擂鼓般地重複著三個字——公主墳！公主墳！公主墳！

家門是熟悉的，可是在推門的時候，小宛還是起了一陣雞皮疙瘩，好像推開的不是自己家的門，而是某個朝代某個故人的住處，去尋找一個失交多年的舊友。她回頭看了看，總覺得似乎有人在跟著自己。

後面什麼也沒有。但是小宛仍然頻頻回顧。耳邊依稀彷彿，仍然回繞著《倩女離魂》的唱腔：

「潛潛冥冥，瀟瀟灑灑，我這裏踏岸沙，步月華，覷著這千山萬水，都只在一時半霎……」

但是終於回家了。

家是最安全的避難所，那種特有的屬於家的氣息在瞬間驅散了徘徊在小宛心頭的恐懼與莫名憂傷，那味道裏有奶奶屋裏的檀香，爸爸的桂花陳釀的酒香，自己養的小狗東東的叫聲和微騷氣，還有媽媽的孜然炒肉和糖醋魚頭。

小宛一跳跳進廚房裏，開心地大叫：「媽媽，你燒了我最喜歡的菜！」

東東汪汪叫著跟進跟出，尾巴甩得風火輪兒一般。

媽媽親昵地做勢用鏟子敲她的頭：「說了多少次，炒菜就是炒菜，什麼燒菜，好像我要放火燒廚房似的。」

小宛低頭一躲。東東護主心切，立刻衝上前汪汪叫。老媽氣得笑起來，順腿給牠一腳，罵：「死狗，天天餵你，還敢衝我耍威風！」

小宛拍手大笑。老爸水溶已經在客廳裏急不可耐地喊：「女兒，來陪老爸下盤棋。」

小宛笑嘻嘻地背著手走出：「好像天下所有的老爸都只會做兩件事：喝老酒，下象棋。」

「不過可不是所有的老爸都喜歡跟女兒下棋。」水溶迅速接口，呵呵笑。

小宛鄭重地想一想，點頭贊同：「不錯，他們喜歡在路燈下找老頭兒。」

「爸爸可不是老頭兒。」

「那當然，爸爸是老小夥兒。」小宛跳進父親的懷裏去，「沒見過比爸爸更成熟瀟灑的小夥子了！」

「錯，不應該說是小夥子，而是風流才子！」水溶笑著，遞給女兒一張墨汁淋漓的宣紙，「看看我新寫的詩。」

「我又不懂詩。」

「不需要多懂，我也從來沒真正弄明白那些『孤平』『拗救』的規矩，有個意思就好。」

是一首七言律：

只見眾生不見仙，遙聽鑼鼓近聽禪。
梨園瓦舍同消沒，燕樂清商共渺然。
水袖不及紅袖亂，素娥更比竇娥冤。
誰將京劇擬流水，歲歲年年總潺湲。

小宛讀了，若有所思，稱讚：「好詩！」

水溶大笑：「又說不懂？你說說看，怎麼個好法？」

這也是水溶的老習慣了，說他不好，他一定會自己解釋半天這其實是首好詩；若贊他一句好，他便要逼著人家解釋怎麼個好法。

小宛笑著說：「要我一句句解釋呢，我就說不清。不過大概意思是知道的，好就好在用典自然貼切，隨手拈來。戲劇的集中表演興於秦，漢代時百戲表演的地方在宮廷的平樂觀，北魏則在寺廟，唐代時仍集中在宮廷和長安的各大廟宇，唐明皇建立『梨園』，組班唱戲，有時自己也粉墨登場；宋時終於有了專門演戲的地方，遍佈東、南、西、北四城，叫『瓦舍』，每座瓦舍裏有十座『勾欄棚』，不過後來成了娼館妓院的代名詞，其實是種錯誤。這詩裏的『梨園瓦舍同消沒』指代一切劇院，而『燕樂清商共渺然』則指代一切的戲劇，因爲隋煬帝時將四方各國的『散樂』集中於首都洛陽，分爲九部，包括『燕樂、清商、西涼、扶南、高麗、龜茲、安國、疏勒、康國』等。我沒有記錯吧？」

「如數家珍！」水溶搓著手稱讚，沾沾自喜：「好女兒，真是老爸的知己。首聯、頷聯解釋得不錯，頸聯、尾聯又如何？律詩講的是起、承、轉、合，你覺得我這一轉，轉得怎麼樣，末一句又表達的是種什麼情感？」

「這我就更說不清了，總之前半部有些灰灰的調子，什麼『水袖不及紅袖亂，素娥更比竇娥冤』，都是表示戲曲沒落，曲高和寡的寂寞，最後又聊勝於無地表達了一種對戲曲的祝福，希望源遠流長的意思吧。」

水溶興猶未盡，還要再問，小宛號叫起來：「好了好了，不帶這樣兒的，人家累了一天，好容易回到家，還要考試！餓死了！餓死了！」

媽媽端著菜走出來，似嗔還笑：「老不像老，小不像小。」

奶奶聞到飯香，也準時地走出來，聞言立即說：「在我面前，誰敢說老？」

「誰也不敢說，誰敢跟您比老？您是老佛爺，活菩薩！」小宛笑著，給奶奶讓了座，把飯碗筷子一齊遞到手上來，自己在對面坐下，一本正經地宣佈：「各位，我今天長了一個大見識：我開了『梅英衣箱』。」

奶奶把碗一頓，急急問：「什麼？什麼衣箱？」

「梅英衣箱。就是以前紅遍京滬兩地的名旦若梅英唱《倩女離魂》時的行頭，真是絕，那做工質地，現在的戲服哪裏比得過？」

奶奶的表情迅速凝結，嘴唇微微哆嗦著，似乎受到了極大的震盪，連筷子也從手中掉落。

水溶嚇了一跳，忙問：「媽，您這是怎麼了？」

不料奶奶好像完全聽不見，卻一把抓住小宛的手問：「你說的那衣箱，是不是真皮烙花，上面畫著一幅春宮圖？」並不等小宛回答，又顧自細細描述起來，「那些衣服，分裏外三層，最上面是一件中袖，繡花的圖案是雲遮月，箱裏還有一個頭面匣子，裏面的水鑽缺了一顆……」

「您怎麼會知道得這樣清楚？」小宛忍不住打斷。

奶奶長長歎息：「我怎麼會不清楚？那些衣裳頭面，都是我親手整理封箱的呀。」

小宛與爸爸面面相覷，都驚得一時說不出話來。雖然奶奶本來就是劇團裏的老人，可是一直在後勤部工作，同梅英衣箱全不沾邊呀。

然而接下來，奶奶的話就更讓他們大吃一驚了——

「豈止是《倩女離魂》，梅英所有的衣箱都是我整理的，想當年，我是她的貼身包衣，服侍了她整整七年呢。」

小宛幾乎要暈過去，半晌才叫起來：「包衣？您給若梅英做過包衣？」

「是啊。我九歲就跟了若小姐，既是包衣也是丫環，從杭州到北京，又從北京到上海，整整跟了她七年，直到她嫁人，退出戲行。」

「後來呢？」

「後來戲園子收編，我成了政府的人，後來認識了你爺爺，有了你爸爸，就調來北京在劇團做後勤，一直幹到退休。」

小宛喃喃地：「您從來沒跟我說過……」

水溶感歎：「居然連我都不知道。」

「你們也沒問過呀。我還以爲，沒有人再記得若梅英了呢。」奶奶有些委屈地說：「從來沒人跟我說過團裏存著若小姐的衣箱。我還以爲都在文革燒光了呢。從四八年封箱到現在，我已經五十多年沒見過那些衣箱了。在劇團工作半輩子，沒想到，一直和那些衣箱近在咫尺……」

「您後來沒有找過她嗎？」

「怎麼沒找過？可是她嫁人後跟著那個軍官去了廣東，就再也沒音信了。後來倒了嗓子，唱不得戲，聽說又抽上了大煙，就更不成了。好像還有過一個孩子，也弄不真。後來我也到處打聽過，只聽說她也被政府收編了，但詳情沒人知道。直到六六年『太廟案』傳出來，我才知道若小姐原來也在北京，可是不知道爲什麼，她沒有來找我，我再想找她，已經來不及了……」

「太廟案？那是怎麼回事？」

媽媽不安地打斷：「小宛，吃飯，別淨在飯桌上說這些事，小孩子少盤古問今的。」奶奶也驀然驚覺，附和說：「就是，今天是陰曆十四，還是少談這些死呀活呀的，忌諱。也怪，很少見七月十四下雨的，今兒一早就陰天，弄得我心裏虛虛的，一天都不自在。」

這是小宛今天第二次聽到同樣的話。

她也有種很強烈的感覺，彷彿有什麼事情發生了。有一個埋了很深很久的秘密，在風雨中破土而出，她已經看到了那秘密的芽，卻看不到秘密的根。如果秘密是一株花，會結出什麼樣的果子呢？

夜裏，小宛做了個夢，夢見自己錦衣夜行，穿著梅英的離魂衣走在墓園裏，風寂寞地響在林梢，不時有一兩聲鳥啼，卻看不到飛翔的痕跡，或許，那只是鳥的魂？

人死了變鬼，鳥死了變什麼？

墓草萋萋，小宛在草叢間寂寞地走，看到四周開滿了鐵銹色已經枯死的玫瑰花。

三　遊園驚夢

琉璃廠淘來的古董留聲機在口齒不清地唱一支戲曲，杜麗娘遊園驚夢。

說是古董，其實頂多也就六十來歲，年齡還沒有奶奶老呢。與留聲機同齡的舊物件，小宛家裏不知有多少，舊相簿，小人書，主席像章，還有樟木箱子，只是同齡不同命罷了。留聲機是古董，小馬扎卻是廢物，而缺嘴壺搪瓷缸醃菜罈子就更慘，只能算垃圾。

「原來奼紫嫣紅開遍，似這般，都付與斷井頹垣。良辰美景奈何天，賞心樂事誰家院！朝飛暮卷，雲霞翠軒，雨絲風片，煙波畫船——錦屏人忒看得這韶光賤……」

金針一圈圈地轉著，同樣的曲調，唱了半個多世紀，良辰美景早已成斷井頹垣，然而斷井頹垣處，又演繹發生著多少新的賞心樂事？

「梨園瓦舍同消沒，燕樂清商共渺然。」小宛忍不住又想起爸爸的詩，這時候才覺得，那真是一首好詩。

週末，不必上班，小宛一直睡到日上三竿。

醒來的時候，聽到隔壁在唱「遊園」，知道老爸又熬了個通宵。

這是老爸水溶的工作習慣，在編劇前總是要用留聲機放舊唱片，說是製造氣氛，尋找靈感。

雪茄煙、黑咖啡、舊唱片，合為水溶寫作的三大道具，缺一不可。因此小宛常常開玩笑說，爸爸的劇本都不是用筆寫的，而是雪茄和咖啡倒在留聲機上磨出來的。

但是你別說，這方法雖然有些做秀，卻的確管用。每當老爸在大白天拉緊窗簾扭開台燈，放著舊唱片奮筆疾書，小宛就覺得自己進了時光隧道，腦子昏昏噩噩地有些不清楚。她絕對相信三大道具有催眠作用，卻只是想不通老爸怎麼能在這種情況下保持清醒寫劇本。換了是她，一遍曲子沒聽完就已經尋周公對戲去了。

小宛伸了個懶腰準備起床，一翻身，頭髮被懸在帳頂的風鈴勾住了，立即哀號起來。風鈴是銅的，過去人家繫在屋簷下避邪用的，久經風雨，長滿了青綠的銅銹，被爸爸撿來當寶貝，掛在女兒的蚊帳上充當裝飾品。小宛說掛在這兒也行，把鏽擦乾淨了。可是爸爸不讓，說那樣才有韻味，有古意，有靈氣。結果，靈得天天勾頭髮。

老媽救火車一樣衝進來，連聲叫著：「哎呀，這是怎麼了？又勾到頭髮了？說過多少次了，起床的時候小心點，次次都忘，吃一百個豆不知道豆腥味兒。你爸也是，撿個破銅爛鐵就當寶貝，搞得家裏危機四伏，提心吊膽的。」

小宛歪著腦袋，覺得頭髮一縷縷地在老媽手指下理順，搔得很舒服，哼哼嘰嘰地問：「老爸昨晚又沒睡？」

「可不是，都成了《日出》裏的陳白露了。」老媽仰起頭，學著電視劇裏陳白露的口氣唉聲歎氣地念台詞，「天亮了，我們要睡了。」

小宛笑起來，倒在床上拍手踢腿地撒嬌。

很少有像老媽那樣寬容的家庭主婦，既不阻止丈夫開夜車，也不干涉女兒睡懶覺。除了嘮叨和有潔癖之外，實在稱得上慈愛完美。

小宛每次看到爸爸，總覺得他該娶的太太應該是那樣一個女人：穿真絲繡花睡袍躺在布藝沙發上慵懶地抽煙喝紅酒，一邊聽徐小鳳或者汪明荃唱「南屏晚鐘」和「京華春夢」，一邊在青瓷雕花碟子裏輕輕地彈掉煙灰；可是看到媽媽時，卻又覺得她該嫁的男人，也就是爸爸那樣子。

似乎女人的風情有很多種，但是可嫁的男人，卻只有爸爸一種。

媽媽也笑著，忽然大驚小怪地叫起來：「哎，這鈴鐺上怎麼有血？」

「血？」小宛驚訝地湊過來，看到暗綠的銅鈴上果然印著斑斑點點黑紅的血痕，陰森觸目，猶自纏著她自己的一根長髮。

老媽緊張起來：「宛兒，你是不是哪裏碰破了？傷著沒？讓媽看看。」

「沒有。」小宛伸伸胳膊踢踢腿，「我全身上下哪兒都沒破。媽，你看仔細了，這上面的血都乾透了，也許是鈴鐺上本來就有的，平時不注意罷了。」

「要不怎麼說你爸胡鬧呢，弄這麼個不吉利的東西掛在你房裏，嚇人巴拉的。今天說什麼也得把它摘下來。」

「行，我還給爸爸去。」

小狗東東已經在門外等了半天了，看到小主人起床，立刻搖著尾巴迎上來，沒等走近，卻又像被誰燒了屁股似的，「歐」地一聲，掉頭就跑。

小宛奇怪：「東東，過來！過來！」沒想到，越是叫，東東就跑得越遠，汪汪慘叫著，像是捱了一頓暴打。小宛更加奇怪，一路追出來，卻被爸爸叫住了：「小宛，進來。」

水溶加了一夜班，劇本剛剛告一段落，精神還好得很，聽到女兒聲音，推開門招呼著：「看看我這段寫得怎麼樣？昨晚你給我的意見太好了，把《遊園驚夢》的意境加在《倩女離魂》裏，夢遊與魂遊相呼應，加重迷幻的色彩，果然很有感覺，我寫得很順手呢。」

「我給你的意見？」小宛怔忡，也就忘了追狗，呆呆地站在爸爸門前，「我什麼時候給你意見了？」

「昨天晚上啊。你半夜過來給我送唱片，讓我聽聽這張《遊園驚夢》找感覺，真不錯，很有味道。從前人們學京戲之前，都會先從昆曲學起，有幾套昆曲打底子，再學京戲，就會事半功倍，如虎添翼。我只是沒想到，若梅英的昆曲可以唱到這麼好。」

若梅英？小宛把鈴鐺擱下，取出唱片來翻看著，看到封套上印著若梅英的字樣，更加發愣：「這張唱片，從哪兒來的？」

「你怎麼了，小宛？」水溶驚訝地看著女兒，「你給我的呀，說是從你奶奶那些古董堆裏翻出來的。」

「奶奶？」小宛愣愣地拿著那張唱片，感覺一股冷氣自踵至頂突襲而來。昨晚，自己明明很早就上床了，臨睡前還聽了盤流行歌曲，什麼時候到過老爸的房間？又怎麼會給他這樣一張舊唱片？況且，自己也從不知道奶奶有過一張若梅英的《遊園驚夢》呀。難道，自己在夢遊？

水溶看到女兒臉色在剎那間變得慘白，不安地站起來：「小宛，你是不是哪裏不舒服？」

然而小宛一扭頭，已經轉身走了，匆匆丟下一句話：「我問奶奶去。」

手按在奶奶房門的把手上，小宛的心裏有很深的寒意，自從開啓了「梅英衣箱」，穿上了那套重重疊疊的「離魂衣」，她就好像同若梅英有了千絲萬縷的關係，而且，做每件事都身不由己，彷彿在一步一步地，走向一個陷阱。平日裏熟悉的人與事忽然都陌生而遙遠起來——會計嬤嬤原來是自梳女出身，瞎子琴師竟然「看見」了人影，避雨避出個莫名其妙的「之乎者也」，而奶奶居然就是梅英的包衣。

每件事和每個人表面上看起來各不相關，卻偏偏又被一根看不見的線串連在一起，合成一個圈套，等著小宛往裏鑽。

不，她不願意，她希望自己仍是一周前那個無憂無慮沒心沒肺的天真少女水小宛，看到一件新衣裳會歡喜得跳起來，被雨淋一場也只當遊戲。而不要像現在這樣，多愁善感，疑神疑鬼，這可不像小宛的性格！

她對自己說：停止！停止這一切！什麼也不要說，什麼也不要問，就像一切都沒發生一樣。沒有戲衣，沒有唱片，沒有風鈴上的血跡，也沒有《遊園驚夢》，什麼都不要追究，就什麼事都不會有……

可是，怎麼忍得住？

門開了，奶奶正在給爺爺的靈位上香，屋子裏氤氳著迷濛的檀煙，有種腥甜的香氣，像是席子上擺滿了新剖的魚。聽到房門響，奶奶緩慢地回過頭來：「小宛，又睡懶覺了。」

小宛有絲恍惚，她平時很少進奶奶的房間，因爲討厭那股子沉香的腥味兒。尤其在大白天，這香煙顯得格外繚繞，彷彿冤魂不散。她在椅子上悶悶地坐下來，一時不知道從何開口，但是奶奶卻似乎未卜先知：「你是不是想問我若梅英的事兒？」

「是呀，您怎麼知道？」小宛抬起頭，「奶奶，您跟我說說，梅英到底是怎麼樣的人？」

「美女。」奶奶讚歎，一臉崇仰留戀，「我從來都沒有見過比她更美的女人。那舉手投足，風度身段，真是漂亮。每個表情，每個動作都漂亮，說話的聲音又好聽，笑起來眉毛彎彎的，哪裏像現在那些自稱美女的半吊子，用眉筆口紅塗兩下就上台選美，呸，給若小姐提鞋也不配！」

小宛再悶也忍不住笑起來，奶奶評價美女的口氣就像個有心無力的老男人，頗有幾分色迷迷的味道。由此她知道一個真理——原來一個真正的美女，不僅可以迷男人，也是會迷女人的。

奶奶卻一臉認真，定睛端詳小宛：「說起來，你的模樣兒，眉眼神情，和若小姐還有幾分像呢。」

「真的？」小宛頓覺親切，「那我不是也可以做明星了？梅英那時有多紅？」

「梅英有多紅？那時候有句話，叫作『武聽天、文聽梅』。這『天』指蓋叫天，『梅』就指若梅英。一個意思是說，看武戲要看蓋叫天的，看文戲要看若梅英；另一重意思，則指的是觀眾，是說那些粗鄙武夫喜歡看蓋叫天的戲，斯文人卻多半喜歡若梅英。」

奶奶一旦打開話匣子，就再也關不上了，往事牽牽絆絆地相跟著湧出，就好像發生在昨天一樣記憶親切。

從前的梨園規矩講究「傍角兒」，有了角兒，就有了台柱，有了班底，其餘的人全都靠這個人吃飯，梳頭的，操琴的，管衣箱頭面的，寫本子編曲兒的，帳房，跟包兒，以及所有的龍套和打雜，都是唯角兒馬首是瞻，又叫作「抓龍尾巴」。角兒倒了，班子就垮了，宛如樹倒猢猻散。

正因為有了這樣的行規，才會有「四大名旦」、「四大鬚生」，有了不同的門派、唱腔，因為角兒就代表著戲曲的審美方向。一般伶人都是唱什麼戲，穿什麼衣裳，一部戲一個戲箱，上面只寫著戲名，誰穿了帔誰就是王寶釧，誰扎了靠誰就是穆桂英；但是角兒不一樣，他們有自己獨立的衣箱，箱蓋上貼的是自己的名兒，非但量身訂作，而且獨家設計。越紅的角兒，頭面就越閃亮、名貴，那是他們的身家、風範、命根兒，收著這位角兒的魂兒。

而奶奶，就是專門負責打點收拾若梅英所有的衣箱頭面的，所以這工作說輕賤也輕賤，說重要卻也是相當的重要。到今天說起來，奶奶臉上還有一種眉飛色舞的得色。

「北大、清華的學生夠斯文吧？若梅英的戲迷不知有多少！有個故事，說是有一次若梅英在禮拜日首場演出《貴妃醉酒》，可是那天大學裏請了位著名教授來開講座，學生們急的呀，到底是聽教授的呢，還是聽若梅英？你猜結果怎麼著？」

小宛看到奶奶一臉神秘，暗暗好笑，附和地說：「那還用問？一定是都跑來聽若梅英，把教授冷落一旁了。」

奶奶笑著搖頭：「到底是大學生，哪有那麼不知輕重的？」

「那……還是聽教授講座，沒來看戲？」

奶奶仍然搖頭：「如果是那樣，怎麼見得我們若小姐紅呢？」

小宛不懂了：「難道一半人聽講座一半人聽戲？」

奶奶笑了：「都不是。原來呀，到了週六那天，學校突然宣佈說教授臨時有要事在身，講座改在下週一舉行了。」

「是這樣啊。」小宛也笑了，「那學生們不是正中下懷？」

「故事還沒完呢——那些學生當時也在想，這可太巧了，就像你說的，正中下懷。到了禮拜日早晨，一個個梳洗了，油頭粉面長袍青衫的，齊刷刷跑到戲園子裏來，打扮得比上課還齊整。誰知道坐下來一看哪，你猜怎麼著？原來第一排貴賓席上坐著的，正是那位有要事在身臨時改了講座日期的名教授！」

「真的？」小宛瞪大眼睛，「這太戲劇化了！奶奶，不是您瞎編的吧？」

「咦，我怎麼會瞎編？這都寫了文章登在報上的。」

「還寫了文章？」

「是啊，當時有個名記者，叫做張朝天的，天天來捧小姐的場，寫了好多錦繡文章來贊小姐，其中一篇，就寫的這件事呢。」

萬事經過了記者的筆，可就不那麼十足實了。小宛猜奶奶對事情的真相其實並不清楚，大凡人總喜歡記住風光的一面，寧可把經了誇張演繹的故事當作本來面目，卻把自己親身經歷懷疑起來，時日久了，便乾脆忘記本原，只記得那演繹過的野史了。

「那個張朝天，文采交關地好喲！」奶奶忍不住說了一句上海話，似乎不如此不足以表白她的欽佩之情似的，生怕小宛不信，臨了還理直氣壯地補充一句，「連小姐都贊他好呢！」彷彿小姐贊好就是天大的保證。

小宛有點不服氣。一個寫「鱔稿」的瘟生罷了，能好到哪裏去？左不過那些虛詞應付。只不過被寫的那個人是若梅英，奶奶就認爲是頂好的。其實，對那個時代的梨園故事自己並不陌生，奶奶雖不大講，可是劇團裏的老人可個個都是話簍子，一簍子的實料。

比方「鱔稿」這個典故，就是那些劇團老人說給自己的：三十年代的舊上海，宰「鱔皇」是件大事，當時有一間「南園」酒家在宰鱔前會通知傳媒朋友並請客，記者們吃飽喝足後，就會在報紙上登載文章做宣傳。後來，人們便把那些鼓吹雞毛蒜皮毫無內涵的宣傳稿叫做「鱔稿」了。褒貶戲子的花邊文章自然也在此之列。

老人們還說，那時戲子和記者的關係最特別了，好的時候贊得一朵花兒似，雲裏霧裏的，稍一不睦，就夾槍帶棒含沙射影，等著那戲子認了錯擺了酒言了和，再重新寫一篇稿出來澄清，反而替戲子炒作一把；若那戲子竟不識相，不肯就範，便索性由暗轉明，口誅筆伐，什麼難聽的話都說得出來。自然，戲子背後有靠山的除外。

總之，凡是戲子，多半是某個落魄文人的紅顏知己；而小報記者，也往往成爲某個當紅名伶的入幕佳賓。其間滋味，苦辣酸甜，比一齣戲還好看。至於詳情內裏，可就不足爲外人道了。

然而當局者迷，明明是大套路的常規節目，在當事人眼中看來，卻總覺得自己的那一位與眾不同，是最特別的一個，格外真心，格外知己，而一段情也格外可貴。這就像時下有些愛上已婚男人的無知少女，明明看多了老男人欺騙小女孩的例子，卻還是願意相信自己的那一位是情不自禁，自己的那份情至真至純，可歌可泣。

小宛不置可否，小心翼翼地問起那個最重要的問題：「奶奶，您是不是有一張若梅英《遊園驚夢》的昆曲唱片？」

「有啊。」奶奶神氣地說，「若小姐不但京戲絕，昆曲也絕。都說大師無派系，真是的。小姐唱旦角，青衣、花旦、刀馬旦，樣樣來得，有時要救場，連小生也唱，一個人頂得起一個戲班子。她唱《遊園驚夢》，正經八百的昆劇名伶也說佩服呢。可惜不知道把唱片收哪兒了。人老了，就記不住事兒。」

小宛又愣住了，那麼，自己是怎麼拿到那張唱片又把它交給爸爸的？

奶奶沉浸在回憶中，對孫女兒的不安並不在意，只瞇著眼細說當年：「梅英梳頭的時候，可講究了。她的梳粧台和椅子面都是真皮包銅的，烙著花紋，又洋派，又貴氣，鏡子上有鏡袱，椅背上有椅袱，都是織錦繡花的。化妝箱和桌子配套，頭面匣子擺開來足有十幾個。哪個匣子裏放著哪些頭面，都是有講究兒的，從來錯不得。有時候她自己放忘了，就會問我：『青兒，我那只鳳頭釵子在哪兒呢？』我找給她，她就笑，又像愁又像贊地，說，『青兒，要是沒有你，可怎麼辦呢？』」

小宛聽奶奶捏細嗓子拿腔拿調地學若梅英有氣無力的說話，忽然覺得辛酸。已經是半個多世紀前的故事，可是至今提起，奶奶的臉上還寫著那麼深的留戀不捨，也許，那不僅僅是梅英一生中最春光燦爛的日子，也是奶奶最難忘的百合歲月吧？

「原來奶奶的小名叫青兒。」

「是若小姐給取的。」奶奶有些不好意思地笑，瞇起眼睛，望進老遠的過去，「遇到若小姐前，我一直在西湖邊上要飯，那年遇到若小姐來杭州演出，也是投緣，不知怎麼她一眼看上了我，問我，願意跟她不？我哪有不願的，當即就給她磕了頭。小姐說，你在西湖邊遇上我，就好比白娘子在西湖遇上小青，就叫你青兒吧。這麼著，我就叫了青兒。」

白娘子和青兒相遇了，那麼許仙也就不遠了。

小宛瞠目，原來每個人的過去說起來都是一本折子戲，她可從沒想過，奶奶的身世，竟是如此辛酸傳奇。

「奶奶，那時候您多大，記得這麼多事兒？」

「八歲。」奶奶毫不遲疑地回答，「我八歲跟的若小姐。開始什麼也不懂，要她耐著性子一點點教，到了十一歲，已經是她最信任的心腹了，半刻兒離不開。她開始什麼事都同我商量，拿我當大人一樣，有時候也說些知己話兒。可是每次出堂會，又把我當小孩子，記著帶吃的玩的回來給我。有一次一個廣東客人請堂會時開了盒有兩個鴨蛋黃的月餅，我站在旁邊看得眼饞，直吞口水。小姐走的時候特意要了一塊包起來好讓我回去吃，路上不知被誰壓扁了，皮兒餡兒的都黏在一起，小姐連叫可惜，說嘗不出味道了。可是我吃著還是覺得很好吃，從來都沒吃過那麼好吃的月餅。」

奶奶的聲音裏漸漸充滿感情，也充滿了淚意，微微哽咽：「若小姐比我大六歲，對我，既是老闆，也是姐姐，要是沒有她，我可能早餓死病死了。」

小宛暗暗計算著若梅英如果活在今天，該有高壽幾何，一邊問：「您還記得那是哪一年嗎？」

「那可說不準了，只記得那時北京城剛剛通火車，從城牆裏穿進來，一直通到前門下。那是我第一次坐火車，別提多興奮了。為了通車，城牆開了缺口，很多人半夜裏偷著挖城磚。城磚是好東西呢，放在屋裏可以鎮邪降妖的，取土之後，得九翻九曬，去霸氣，要三年的功夫才成……」

小宛見奶奶扯得遠了，忙拉回來：「您是若梅英的包衣，知不知道那套《倩女離魂》的戲衣是誰設計的？」

「還能是誰？若小姐自己唄。小姐可能幹了，又會描花又會繡樣兒，自己畫了尺寸花樣兒交給裁縫照做——多半衣服都是在上海那會兒做的，有個相熟的布莊又賣料子又裁衣裳，老闆姓胡，是個癟子，壞東西，癩蛤蟆想吃天鵝肉，狠追過小姐一陣子呢，別提小姐有多煩他了——他們布莊門口，掛著兩盞紅燈籠，上面倒著貼個『福』字，被雨淋得半白，小姐老是說，那兩個福字貼倒像膏藥呢。」

「當時追求梅英的人多嗎？」

「多，多得不得了。所以小姐不但是戲裝的行頭多，跳舞的裙子也最多。每天下了戲，不是吃宵夜就是去跳舞。小姐的舞跳得頂好，穿一尺來高的鞋子，緞子面，玻璃跟，大篷裙子，一轉身，裙面半米多寬。跳完舞，就去『會福樓』吃蟹。會福樓的蟹八毛錢一隻，用金托盤盛著……」

「您怎麼會記得這麼清楚？」小宛奇怪地問。

奶奶不以爲然地答：「我常常回憶這些事兒。」

小宛不說話了。記憶太多次的往事，就像被擦拭了太多次的桌面一樣，不會更亮，只會更舊。一尺多高的鞋子，半米多寬的裙擺，金托盤盛著的蟹……她並不相信奶奶說的一切，可是不敢表現出來，只做出恭敬的樣子繼續聆聽。

奶奶又說：「若小姐的車子是……」

這次小宛忍不住打斷了：「不要總是說這些吃穿玩樂的細節好不好？說些感性的，故事性強的，比如，梅英的愛情。」

「愛情？」奶奶蹙眉，吃力地想了又想，又顧自搖搖頭，似乎不能確定的樣子。

小宛忍不住笑起來，原來奶奶單只愛撿這些奢華浮誇的小事來回憶，對於真正的梅英的喜怒愛憎，反而並不關切。奶奶，可愛的奶奶，真是十足十的一個紅塵中物質女子。

電話鈴在這個時候響起來，老媽揚著聲音在客廳裏喊：「小宛，找你的。」

小宛跑出來接過電話，問一聲：「喂？」忽然想起奶奶方才的教誨，於是把聲音放得溫軟，捏著嗓子有氣無力地說：「我是水小宛，哪位找？」

對方好像愣了一下，聲音也溫柔得滴出水來：「我是張之也，曾借你屋簷避過雨的那個記者。還記得嗎？」

「哦，之乎者也啊！」小宛想起來，忍不住笑，剛才的斯文作態一轉眼又丟到爪哇國了，凶凶地問，「你怎麼知道我家電話？」

「問趙自和嬤嬤要的。」那個「之乎者也」招得倒快。

「你已經採訪過會計嬤嬤了？」

「採訪很順利……不過中間的故事好像還應該更傳奇，我還要再查些資料，說不定要去一趟肇慶觀音堂。」

「怎麼說得像破案故事似的？」小宛的興趣來了，「說給我聽。」

「見了面再慢慢說給你好不好？」

「見面？」小宛愣了一愣。

張之也的聲音更加溫柔：「見個面，可以嗎？《遊園驚夢》首映，我好不容易才要到兩張票，是好座位呢。」

「遊園驚夢？」小宛一愣，這麼巧，又是《遊園驚夢》？

「王祖賢和宮澤里惠擔綱主演，很值得一看的。出來吧，好不好？」

「好。」小宛不是個矯揉造作的女孩，尚不懂得欲迎還拒那一套把戲。《遊園驚夢》的巧合讓她忍不住想迎上去看個究竟。

而且，她並不反感那個「之乎者也」。

四　第一樁謀殺

那真是一段坐筵擁花飛觴醉月的極樂日子。

戲台上鐘鳴鑼響鏗鏗鏘鏘地砸出一個繁華盛世，戲台下毛巾亂舞瓜子四散嘻笑怒罵地上演著另一齣浮世繪，氤氳的煙與明滅的燈光彼此糾纏著，愛之欲其生，惡之欲其死，觀眾們活在不知今古的時空斷面裏，聽著故事也經歷著故事，都飄飄然，醺醺然，苦在其中或者樂在其中，男男女女都厭倦而慵懶，那頹廢的味道裏自有一種淒迷的美，宛如鑲牙灑金的畫卷軸徐徐展開，一點點探視著故事的真相。

香豔，墮落，晦澀，傳奇——半個世紀前的詭魅的美，帶給今人無法企及的誘惑迷失……

大概是首映的緣故，電影院裏人塞得滿滿的，而且要求對號入座。小宛碰著人的膝蓋一路說著對不起往裏走，好容易找到自己的位子，卻看到已經有人先到了，只得掏出票來，說：「對不起，請讓一讓，這位子是我的。」

對方是兩個年輕人，穿舊式西服，戴金絲邊眼鏡，很像《人間四月天》裏徐志摩的扮相，抬頭打量小宛一眼，有些不高興，但還是沉默地站起來讓了座。

張之也奇怪地問：「小宛，你在跟誰說話？」

「那兩個人坐了我們的位子。」

「誰?誰坐我們位子了?」

報幕鈴防空警笛一樣地尖叫起來,燈光倏地滅了。

小宛心裏嘀咕著,也不知道這用鈴聲宣佈開演是從哪個年代沿襲下來的,就不能有溫和一點的方式嗎?手機鈴聲都越來越多樣了,電影院的告示鈴怎麼就不能變一變呢?

昆曲《遊園驚夢》的唱腔悠揚地響起,電影開始了。

王祖賢扮的容蘭幽幽地說:「很長一段時間,我都沉醉在翠花的味道裏,鴉片的味道,香水的味道,她唱曲時那種哀怨的味道……」

如今,小宛也與她一道沉迷。

沉迷在《遊園驚夢》的味道裏。

的確是值得一看的好電影。關於四十年代的一個沒落家族的私情秘史。有昆曲,有鴉片,有同性戀,也有異性戀,還有暗戀,綺戀,不倫之戀,情與欲的糾纏被王祖賢與宮澤里惠表現得淋漓盡致,彷彿不肯冬眠的蛇彼此糾結在一起,抵死纏綿。

小宛有些恍惚,忽然間,她覺得這場電影並不是她一個人在看,身後好像還跟著一個人,如影隨形,刻不離身,她的氣息,絲絲縷縷地拂過她裸露的脖頸。

不,不是張之也。張之也很君子,同她的距離始終保持一尺遠,而且從進了電影院後就手機一直震動個不停,這會兒不得不出去接電話了。

而那個影子，卻貼得很近，幾乎滲入到她的皮膚裏去，與她合二為一。

她回過頭，身後是一男一女，抱在一起動情地親吻著，旁若無人，女人穿著很暴露的舊式旗袍，頭髮燙成一個誇張的復古菊花，是《花樣年華》裏張曼玉的打扮。

小宛不屑，自從那場著名的旗袍秀電影放映，旗袍之風忽然席捲大江南北，連婚紗影樓都不拍婚紗改旗袍了。而這些素以開放聞名的追星族們，不管自己的氣質身型合不合適，一人一件旗袍扮起淑女來，卻又跑到影院裏來偷情，真是扮虎不成反類犬，不倫不類。

小宛抱住頭，那種不適感越來越強烈，頭一陣陣地暈眩，而且身上發冷。恍惚間，聽到一個女子細細的哭聲，彷彿來自遠古，又似地下，嗚嗚咽咽，悲悲切切，是誰呢？

然後，她眼睜睜地看到螢幕上宮澤里惠飾的歌妓翠花款動腰肢開始唱《遊園驚夢》，聲線腔調，似曾相識：

「夢回鶯囀，亂煞年光遍。人立小庭深院。炷盡沉煙，拋殘繡線，恁今春關情似去年？」

那女子站定，鶯鶯軟軟地念對白：「春香，可曾叫人掃除花徑？取鏡台衣服來。」她背轉身子，做對鏡梳妝狀，理鬢，簪花，下腰，拋水袖，轉身，亮相，俯仰間已經換了面容，遠比日本天后宮澤里惠要豔，要亮，要年輕，要柔軟，媚而冷，弱不勝衣，風華絕代。

「嫋晴絲吹來閒庭院，搖漾春如線。停半晌，整花鈿。沒揣菱花，偷人半面，迤逗得彩雲偏……」

她咿咿地唱著，且歌且舞，自憐自艾，一雙剪水雙瞳直直地向小宛望過來，四目交投，轉瞬間已說盡萬語千言。

「你道是翠生生出落的裙衫兒茜，豔晶晶花簪八寶填，可知我常一生愛好是天然。恰三春好處無人見，不提防沉魚落雁鳥驚喧，則怕的羞花閉月花愁顫……」

小宛還從來沒有見過一個女子可以將冷豔與妖媚這兩種截然不同的風格如此和諧地融於一身，這絕世的美女，究竟是誰？

最要命的，是她眉眼間，有種說不出來的熟悉，彷彿失落的童年記憶被拾回，一下子又分辨不清。

台上人已唱到了最得意處：

「原來奼紫嫣紅開遍，似這般，都付與斷井頹垣……」

驀地一聲「好」炸雷般響起，燈光大作，觀眾譁然，間雜著「香煙瓜子」的叫賣聲，手巾在半空裏飛來飛去，座位參差不齊，面前放著茶盞點心，一桌和一桌隔著些距離，鄰座的男子回過頭來衝小宛笑了一笑，嘴裏一閃，露出兩顆金牙，不知誰做了什麼小動作，有女子低低地尖叫一聲，那女子同樣也是穿旗袍，灑著濃烈的花露水，後座觀眾的竊語聲一五一十地傳過來，是在談一宗煙土買賣……

小宛惶然，腦子裏轟轟作響，似乎明白了什麼，卻又一時理不清。爲什麼？爲什麼影院裏不是熄著燈而是一片光明？爲什麼坐在周圍的人打扮都這樣奇怪？爲什麼他們對自己的急切無助置之不理恍若未聞？爲什麼他們明明說的是北京話，自己每一句都聽在耳內卻硬是不懂？

台上人一曲唱罷，台下叫好聲掌聲口哨聲頓時響成一片，大銀錢雪花般飛上台，更有人將手絹裏著首飾珠寶不顧命地朝台上扔，唱戲人已經回了後台，卻又由兩個丫頭扶著出來謝幕，似笑非笑地眼光一灑，已經照遍全場，立刻又是炸雷樣一聲「好」，聲震屋瓦。什麼叫角兒，什麼叫名伶，人生得意之秋，莫過於此。一個穿長衫的瘦高男子隨後轉出來，手捧灑金箋高聲唱喏：「若梅英抗日募捐義演，伍老闆捐錢兩百！若梅英謝賞！陳部長捐銀五百！若梅英謝賞！何司令捐錢一千！若梅英謝賞……」

抗日募捐？若梅英？!

如春雷炸響，小宛忽然明白過來，這一切不是真的，時空出了問題，自己看到聽到的這些是電影中的時代，《遊園驚夢》的場景從螢幕上挪到了螢幕下，自己的周圍坐滿了鬼魂，活在四十年代戲院中的鬼魂，他們在《遊園驚夢》裏找到自己失去的歲月，重溫前世煙雲。而那台上的人，是若梅英。

若梅英！

她想起來，出門的時候，好像聽奶奶說過今天是七月十七，鬼節最後一天，過了今天，那些告假來陽間「旅遊」的鬼魂們就又要回到黃泉去了，繼續捱過那漫漫無期的冥界生涯，等待重新投胎的日子。今天，是他們最後的狂歡夜！而自己，竟然闖進鬼魂世界裏來了，成爲他們中的一員！甚至，進場的時候還和兩個眼鏡鬼搶座位。那麼，自己會不會就這樣加入他們的行列，和他們一起上了鬼魂列車，同歸地府，再也回不來？

眼睜睜，台上的若梅英風拂楊柳地下拜謝了賞，嫋嫋婷婷地走下台來，走向觀眾席。所有的鬼魂觀眾們一同起立，聲如雷滾地有節奏地一遍遍歡呼著：「若梅英！若梅英！若梅英……」

那裏面，有大金牙的商賈，有戴眼鏡的書生，有穿短打的家丁，也有拄著拐的抗日傷兵，他們都在大聲地熱烈地喊著若梅英的名字，希望她朝自己看一眼，笑一下。然而若梅英全然不理，卻徑直向著自己走過來了。越走越近，越走越近，顫巍巍地向自己伸出手來。

小宛只覺渾身冷汗涔涔而下，像在夢中被魘住一樣，只能看，不能動，只徒勞地掙扎著……

「喝水嗎？」一罐可樂伸在面前，是張之也回來了。

小宛只覺身上一鬆，整個人忽然恢復了自由，再看銀幕上，已經演到王祖賢給翠花拍照慶祝她母女搬出容府的一節，而周圍，仍然是正常新潮的現代青年。剛才的一切，俱成泡沫消逝。

她心中發寒，勉強說：「之乎者也，我們走吧，好不好？」

「不看了？」張之也莫名其妙。

小宛低下頭，自己也覺得抱歉：「我有點不舒服，想回家……要不，我自己回去，你在這裏看完吧。」

「不，我送你回去。」張之也果然是個君子，一句都不多話，立刻站起來陪小宛走出去。

一步踏出影院，重新站在陽光下，小宛立刻呼吸順暢起來，剛才的頭暈發寒等等症狀也都消失無蹤。她抱歉地看著張之也：「真對不起，連累你沒看成。」

「是我出出進進地打電話壞了你看電影的興致，應該我說抱歉才對。如果你現在好點了，讓我請你吃晚飯算補償吧。」張之也笑著，立即抓住機會再進一步。

小宛不好意思：「那也應該我請你。」

「那麼，我要吃全聚德烤鴨。」

年輕人的友誼總是建立得很快，只是一頓飯工夫，小宛和張之也已經成了無話不談的好朋友。

哦不，無話不談的只是張之也，水小宛，卻是有所保留的——死玫瑰的記憶是她心底永遠的傷，輕易不願揭開。而且電影院驚魂也無從說起，說了，也令人難以置信，她不想交淺言深，被人疑爲發神經。

張之也講起自己的初戀女友薇，一個標準的現代都市女郎：穿衣服要穿克里斯汀娜，喝咖啡要喝卡布其諾，抽煙要抽520，口紅要用酒紅色的CD，連名字都改成洋名叫薇薇恩。

「最受不了的，是她特別喜歡泡酒吧！」張之也一邊比劃一邊說：「幾乎所有的夜晚都貢獻給了三里屯酒吧街，而且只泡南街，因爲她說南街的品味比北街高。可是說她有個性吧，又不肯獨沽一味地鍾情哪家酒吧，每次都要換一家，一心喝遍南街的架勢，而且還有理論，說是『有比較才有結論』。其實，我猜她泡酒吧根本不是因爲喜歡，而是爲了向同伴炫耀。」

小宛點頭：「這就叫小資吧？我也有好多這樣的女朋友，小資現在很流行呢。」

張之也捶胸頓足地歎氣：「就是『小資』這個詞兒害慘了金玉其外敗絮其中的虛榮女子！要麼富要麼窮，都還好辦，最怕就是這種明明窮卻偏要裝闊弄得兩頭不著調兒的半拉資本主義，活活把人給急死。所以，後來我再也不肯陪薇薇恩泡酒吧，怕她交男朋友也像逛酒吧，『有比較才有結論』，保不定什麼時候我也淪爲她的談天話題之一。」

小宛笑起來：「別誇張了你！」

「這叫誇張？告訴你吧，薇薇恩喜歡泡酒吧的真正緣故，其實我也早猜出來了，就因爲南街的老外特別多。」

「什麼意思？」

「什麼意思？『釣凱子』的意思唄。三里屯靠近使館區，薇薇恩是想在這裏遇到一位溫莎伯爵呢——可惜溫莎沒等到，卻遇到一個又一個的美國醉漢。他們比她還窮。」

小宛又一次大笑。

張之也受了鼓勵，更加誇張地感歎：「不過這倒有個好處，就是培養了薇薇恩的愛國自尊心與民族自豪感。她呀，是那種不見兔子不撒鷹型的，從來不會輕易對老外假以顏色。而且可以一眼分辨出他們的貧富。」

「這麼厲害？」

「那是。就憑這一點，無論怎麼說都比她那些一聽洋文就犯暈的女伴強。」

小宛笑得腰都直不起來，搡張之也一把：「哪有這麼糟蹋自己女朋友的？」

「我可不是背後說人壞話，當面我也這麼寒磣她，她才不生氣，還以爲我誇她呢。」

張之也不在乎地笑，「我們是青梅竹馬，從小就是一對兒，後來越大發現性格越不合，就友好分手了，不過到現在也還是朋友。」

「她真瀟灑。」

「那是。要說薇薇恩，還真是比一般女孩多姿多彩，可惜不是我喜歡的那一型。」

「你喜歡哪種型的？」小宛話一出口，已經後悔了，臉一層層地紅上來，恨不得把問句收回。

果然，張之也很勇敢地盯著她，眼也不眨地表白：「是你這種，又古典，又現代，又活潑，又文靜，又大方，又羞澀，又……」

「好了好了，別說了，把我說得像怪物，四不像。」

「我就是喜歡四不像。」張之也伸出手，輕輕握住小宛的手，「無論你像什麼，我都喜歡。你喜歡我嗎？」

小宛的頭低得更低了，臉上熱熱地滲出紅來，紅得要漲破面皮了，聲音比蚊子還小：「我不知道。」

張之也深深地看著她，知道這是個羞怯保守的女孩子，和薇薇恩大不同的。這樣的女孩子，是不可以玩的，玩不起也輸不起，如果想和她開始一段故事，那故事須是有始有終的，而他和她一樣，都還沒有準備好。

他忍不住又想起薇薇恩，薇是永遠只活在這一分鐘的，遊戲字典裏只有開始沒有結束，所有的故事都停留在開始的序幕上，因爲不等結束就已斷電了，所以永遠等不及落幕。

他們在一起時，偶爾也會想到明天，下個月，甚至明年……不會更遠了，再長久的計畫便是奢侈。

不僅是薇不肯只對一個男人負責，換了他，也不肯永遠留在原地等薇回來。

薇常說一句話：我只希望，有一天回頭的時候，會看到你在那裏等我。

這句話並不是薇的發明，就像酒紅色CD一樣，也是小資們無病呻吟故作風雅的標誌之一。

「酒紅」，這就是她們最浪漫的形容詞了。可以與張愛玲的「月白」相媲美，而更加有現代城市特色……那靡爛而質感的色彩。

薇薇恩所有的思想細胞加起來，也不夠一本書的厚度，張愛玲加上網路小說除以二，就這樣了。

所以她崇拜沒完沒了的戀愛，受傷，一邊煙視媚行地標榜愛情經歷一邊自怨自憐地慨歎殘酷的青春，並於此時刻留意著更多更好的出路，同時傷感而無奈地做一個蒼涼的手勢，歎息著：希望有一天回頭的時候，會看到你在那裏等我……

而他之所以還能忍受她那麼久，容她一再回頭，一是因爲她儘管俗，也仍然是俗人中的佼佼者；第二，則是從來也沒有機會遇到不一樣的女孩，滿北京，到處都是「小資」和「準小資」，以及比「小資」還不如的「小市民」。所以，不僅是薇回頭的時候他接住她的眼光，同時也是他在回頭的時候，重新尋找薇的芳蹤。

直到有一次薇薇恩說：「錢有的時候只是一個數字，沒有實在的意義——一百塊可以吃頓飯，一千塊可以吃頓飯，一萬塊仍舊是用來吃頓飯。起碼要有十萬塊才可以考慮買幾身好衣裳，有一百萬才打算安居，但仍不能樂業，一千萬呢，或許有點像過日子了，但也遠遠做不到真瀟灑……」

是這一番話嚇住了張之也，定下心來認真想這一次是不是要真的分手。

他想他如果同薇薇恩在一起，是永遠瀟灑不起來的。想憑一個普通記者的身分而可以瀟灑地生活，除非找一個自身條件優越而心地單純品格高尙的北京本地女孩子——他遇到了水小宛。

水小宛，這清純得不染紅塵的女孩在讓他驚喜的同時也讓他遲疑，遊戲得太久，已經不是很懂得認真。這一次，他要學習認真，要好好地追求一次愛情，真正地同一個女孩開始一段純戀愛的故事嗎？

小宛的條件無疑是好的，可是唯其因爲她太好了，反而令他有種恐懼感，怕他的滄桑不是她所能承受。

許久，張之也先開口，卻已經換了話題：「給你看樣最美的東西。」

「是什麼？」

「你自己。」

「我？」小宛笑起來，這個之乎者也真是千奇百怪，說的話永遠讓人猜不透，「你讓我看我？」

「是呀。」張之也笑著攤開一疊照片，「不是你是什麼？」

「啊，是你那天偷拍的我的照片！」

「對一個專業攝影師而言，沒有『偷拍』這件事，只能叫『抓拍』。」張之也笑著，一張張把照片攤開，「最美的作品，太美了。」

「喂，你是在誇我還是誇你的攝影技術？」小宛咯咯地笑起來，笑到一半，自己覺得又假又空洞，聲音都不像自己的，只得打住，偏過頭去，一雙眼睛不知該往哪兒看，渾身都不自在起來。

「你很美，在我的技術下就更加美上加美。所以，你的美貌和我的攝影堪稱珠聯璧合，而你和我呢，就是天生一對。」說著說著就又說溜了嘴，之也眼看著小宛的臉又紅起來，忍不住後悔，趕緊打岔，「哎，這張最特別，是你又不像你，倒有幾分古人的味道。」

小宛拈起來，驀地愣住——那一張，只是眉眼和自己有幾分相似，可是，絕不是自己。沒有人會認不出自己來，但是這一刻，小宛看著「自己」的照片，卻由衷地感到陌生。不，這照片裏濃妝重彩的女子不是自己，而是剛才影院裏見的那個人，若梅英！

張之也看到小宛半晌不語，不禁會錯了意，急急地找些話題來遮掩尷尬：「上次去你們劇團採訪，你的會計嬤嬤還真是傳奇。你知道嗎？趙自和，孤兒，棄嬰，在觀音堂嬤嬤的撫養下長大，後來離開觀音堂，來到社會上工作，還搞過武鬥，當過小將，下過鄉，被鄉政府保送讀的大學，畢了業分配到劇團來。但是臨上班前，不知爲什麼特意回了一趟觀音堂，剃度當了自梳女——」張之也拿出說書人的抑揚頓挫來，誇張地演說，「我猜，這裏面一定有故事。所以，我想去一趟廣東肇慶，也去一趟她下放的農村，好好做篇專訪，看看一個生在新中國長在紅旗下的大學生，有什麼理由一定要自梳？看著吧，準是一篇挺煽情的好紀實。」

「那你沒問過趙嬤嬤自己嗎？」

「問了，她含含糊糊地不肯說。反來覆去就一句話，不想結婚，不相信男人，不想生孩子。又說她自己是棄嬰，證明結婚生孩子不是什麼好事兒，不如梳起不嫁乾淨俐落……我才不信，都是托詞。」

「你們做記者的，就是願意挖人隱私。」小宛皺眉，「會計嬤嬤不願說，肯定有難言之隱，幹嘛一定要逼她？」

張之也羞窘，被噎得一時無話。

小宛不過意，忙說：「我不是這個意思。如果你想拿資料，不如找劇團的老人問問，比如團長啊，胡伯啊……」

「胡伯？是不是那個拉二胡的瞎子師傅？」張之也想起來，「前幾天我去你們劇團採訪的時候，找過他。他手裏拎著把二胡，正坐在門口調弦，我向他打聽趙嬤嬤，他不回答，卻很神秘地對我說：『她回來了。』我問他，『誰回來了？趙嬤嬤嗎？』他搖搖頭，還是說『她回來了』，說完就挾著二胡慌慌張張地走了，差點撞了牆。我走過去想幫他，他用二胡隔著我，一臉緊張，仍然說『她回來了』。哎，他是不是腦筋有毛病？」

「她回來了?」小宛忽然想起那天開箱胡伯緊著問大家「看見了什麼」的情形,霍然而起,「我知道了!」

「你知道什麼?」張之也莫名其妙地跟著站起來,「你們劇團的人怎麼都這麼怪?你要去哪兒?」

「回劇團,找胡伯。」小宛看著張之也,忽然有點心虛,「你跟不跟我一起去?」

他們晚了一步。

趕到劇團的時候,看到救護車停在那裏,圍著一群人,有醫護人員,也有劇團的領導,小宛的爸爸水溶也在,他告訴女兒:胡伯死了。

死於心臟病。

那顆跳動了整整六十年的老心,在陰曆七月十七的下午突然罷工,停止了跳動。死狀極其恐怖。

小宛掩住臉,淚水刷地流了出來。隱隱地,她覺得瞎子胡伯的死與若梅英有關係,也與自己有關。在她身邊,有件可怕的事情發生了,而且,還在繼續發展著。

胡伯死了,還有更多的人會因此而死去。她已經感覺到事情的可怖,卻不能阻止。那是個秘密,埋在自己心底裏,自己本該知道謎底的,可是埋得太深了,難得看清楚。

她多想像「月光寶盒」裏的紫霞那樣,變一隻鑽心的蟲看看清楚,只不過,她想看的並不是至尊寶的心，而是自己的。可是，無能爲力。
水溶狐疑地看看張之也又看看女兒，問：「你怎麼會來？」
小宛支吾著，不知以對。
張之也迎上前做了自我介紹，出於職業本能，詢問起事發經過來。水溶說，接到電話的時候，自己正在改劇本，聽門房說胡伯暈倒了，一邊吩咐叫打電話，一邊匆匆趕過來，醫院的人也已經到了，可是一檢查，發現已經沒有再搶救的必要。
張之也便又去問門房。
門房驚魂未定，前言不搭後語地說：「沒有呀，聊天啊，跟我說若梅英的事兒來著，那天不是開了衣箱嗎，團裏這幾天每個人都在議論若梅英，我問胡伯那天爲什麼問我們看見什麼了，他哆哆嗦嗦地，一個勁兒說『她回來了』，就暈倒了。」
「她回來了？」張之也一驚，追問：「他有沒有說誰回來了？」
「沒有呀。我也這麼問來著，可是他已經開始抽風，抽著抽著就倒下了，我嚇得趕緊打電話求救……」
水溶也被這段對白吸引過來了，自言自語地問：「她回來了。什麼意思呢？誰回來了？」
「若梅英。」小宛忽然清清楚楚地答。

五手

一隻如玉酥手在袖子裏微微搖晃著，充滿誘惑的暗示。

如果是電影特寫，那應該是很美的場景。

可是，這是在現實中。

而且，是截斷的現實——在那隻手和半截水袖的後面，什麼也沒有。

憑空伸出來的半截水袖，憑空長出的一隻手。手在搖動。白皙，無骨，柔若蘭花。

胡伯瞠目結舌地看著，看著，忽然倒在地上，抽搐起來。

瞎了半輩子的他，竟然「看」見了。而他「看」到的，別人卻不能看見。門房驚惶的呼聲彷彿從很遠的地方傳過來：「胡伯，你怎麼了？怎麼了？」

但是，他已經聽不清。來自另一個世界的聲音淹沒了他，遮天蔽地，不留下一絲空隙：

「可憐我伶仃也那伶仃，擱不住兩淚盈盈，手挽著袖兒自啼哭，自感歎，自傷情，自懊悔，自由性……」

是《倩女離魂》的曲詞，唱腔幽怨，淒苦，如泣如訴。

曲聲中，那隻手蜿蜒而來，並沒有像恐怖電影中的鬼手那樣忽長忽短或者腥紅長指甲鋒如刀刃，也沒有掐他，打他，抓他，甚至沒有一個不美的動作。它只是在水袖裏輕輕搖盪著，若合節奏地一顫一顫，水袖便在腕上節節退去，露出皓如霜雪的一截斷腕。

是的，斷腕。

水袖落在地上，飄墜如飛花。現在，那隻手失了袖子的遮掩，已經完全暴露在空氣中，仍然美不勝收，如果上電視競選手模小姐，絕對穩操勝券。只是不知道，有沒有電視導演有膽拍攝一隻雖然美到極致卻沒有主人的斷手？

胡伯再也忍不住，撕心裂腑地狂叫起來，渾身抽搐，口吐白沫，就好像發作羊癲風。

「想當日暫停征棹飲離尊，生恐怕千里關山多夢頻。沒揣的靈犀一點潛相引。便一似生個身外身，一般般兩個佳人：那一個跟他取應，這一人淹煎病損。啊呀，則這是倩女離魂……」

斷手在胡伯眼前優美地捏了一個蘭花指。胡伯暈死過去……

小宛躲在衣櫃裏專心地哭泣。

那些裝在嶄新尼龍襪裏的乾燥花的香味，真絲與紡綢輕輕摩擦的細碎聲音，黑絲絨披肩溫柔的觸感，以及衣櫃材質本身的氣味……都讓她覺得安慰。

這是很孩提的時候養成的習慣——每當不開心，就想把自己藏起來。

一個又幽秘又安全的地方，非衣櫃莫屬。

黑暗而沉靜，是母親最初的懷抱，安慰著女兒的驚夢。

胡伯死了。胡伯死了。胡伯死了。

死之前，說「她回來了」。

他看見了「她」，並且死在「她」的手下。

小宛咬著被角，恐懼地哭出聲來。

至此，她清楚地知道，一切都不是偶然，不是臆想。七月十四離魂衣，《遊園驚夢》的舊唱片，電影院驚魂，胡伯之死，這一切，都是冥冥中註定的，是個圈套，等著自己往裏鑽。

總是無法擺脫那樣一種想法——如果不是自己在七月十四那天打開了那口箱子，如果不是自己擅作主張一層層穿上了離魂衣，如果不是自己無師自通地唱起了《倩女離魂》的曲子，就不會發生這一系列的事情，那麼，便不會使胡伯猝死。

——如此說，自己豈非做了若梅英的幫兇，成了殺害胡伯的兇手？自己，是兇手?!

那天，在劇團，她脫口說出若梅英的名字，惹來大家一陣追問。父親水溶更是大惑不解：「小宛，你在說什麼？」

這使她猛地驚醒過來，雖然，她清楚地知道，胡伯的死不是意外是謀殺，兇手便是若梅英的鬼魂。可是，這些話是不能亂說的，否則，會被大家視爲瘋子，中邪，胡言亂語。而且，爸爸是團裏的領導，自己這樣到處散播恐怖言論，會讓老爸很難堪。

她唯有緘口不言。

不言，卻不代表不知。她獨自困鎖在秘密的網裏，被恐懼和內疚糾纏得疲憊不堪而又孤助無援。

最可怕的，是不知道下一步還會再發生些別的什麼事？而自己，有沒有能力阻止悲劇的繼續？她能做的，不過是躲進衣櫃裏哭泣。

衣櫃，是小宛的襁褓。

她做了夢。夢裏阿陶在對她唱「死玫瑰」：「對你的愛就像死玫瑰，我的心已經枯萎……」

醒來的時候，四周黑黑的，不知日夜。

小宛變得憂鬱，變得沉默，變得恍惚不安。彷彿走在一個看不見的網裏，雖然沒有什麼明確的東西阻擋她，可是那種被捆綁被糾纏的感覺是如此強烈，令人窒息。

奶奶不只一次地用手試著她的額頭，煩惱地說：「宛兒，你這是怎麼了？也不燒也不燙的，可臉色兒這麼難看。是不是遇著了什麼不乾淨的東西？」

小宛倉皇地望著奶奶，抱著一線希望問：「您知不知道，胡伯和若梅英有什麼恩怨？」

「胡伯？」奶奶詫異，「胡伯認識若小姐嗎？沒印象。」

「您再想想看，當年，胡伯有沒有去看過若梅英的戲？有沒有獻過花什麼的？」

奶奶嗔怨：「你這孩子，胡瞎子比我還小著十來歲，若小姐紅的那當兒，他大概還在娘胎裏呢。」

這條線索這麼快就斷了，小宛有些不死心：「胡伯是從小就瞎的嗎？」

「那倒不是。聽說是文革中搞武鬥弄瞎的。這個，你問趙自和會計，會更清楚些，聽說她當年也是紅衛兵小將。」奶奶說著，又上來摸孫女兒額頭，「不燙啊，怎麼臉色這麼白？昨晚我聽到你屋裏整宿鈴鐺響，是不是晚上沒睡好？」

「奶奶耳朵倒好。」小宛強笑，笑到一半，忽然僵住，鈴鐺？什麼鈴鐺？那只鈴鐺，她不是已經還給老爸了嗎？

急奔回自己的房間，蚊帳頂，綠鏽斑斕的，不正是那只洇血的鈴鐺？

鈴？還是靈?!

小宛猛地將鈴鐺一把拉下，強忍住尖叫的衝動，冷汗一層層地滲出來。若梅英，她就在這屋子裏，就在自己身旁。她在哪兒？

隔壁的留聲機忽然無人自動，依依呀呀地唱起來：

「自執手臨岐，空留下這場憔悴，想人生最苦別離。說話處少精神，睡臥處無顛倒，茶飯上不知滋味。似這般廢寢忘食，折挫得一日瘦如一日……」

又是《倩女離魂》。小宛渾身寒毛豎起，對著空中喊起來：「你在哪兒？你出來！爲什麼跟著我？」

沒有人回答她。

難怪《遊園驚夢》的唱片會自動跑出來，難怪連小狗東東見了自己都不敢親近，難怪總覺得哪裏不對勁，原來，那隻鬼始終跟著自己，甚至睡臥都在一處。

小宛第一次發現，自己原來距離死亡這樣近，連住地，都叫做「公主墳」。她揪著自己的頭髮，簡直要被這看不見的恐懼糾纏得瘋了。爲什麼？爲什麼那女鬼要如此貼緊她，難爲她？難道就因爲她誤開了她的衣箱？還是，自從披上那套離魂衣，她便上了她的身？

鈴鐺在手裏攥得汗津津的，小宛坐下來，努力對自己說：鎮定，鎮定，這一切都是幻覺，都是幻覺。我不怕她，我什麼也不怕。

抬起頭，她對著空中說：「我知道了，你是想念你生前的時光，那些風光的日子，唱戲，開堂會，穿綾插翠，對不對？你想著你的戲裝，你的戲台，你要我幫你，對不對？但是，爲什麼要用這樣的方式？爲什麼不出來同我講清楚，一味裝神弄鬼？你出來啊，你有什麼話，有什麼心願，你出來當面說清楚。你出來！」

唱戲聲「咔」地停了。四下沉寂。小宛就像同誰打了一架似，坐倒下來，襯衫已經被汗濕得透了，貼在身上，風一吹，涼涼的。

再上班時，總覺得四周有什麼不一樣了。

打開服裝間的門，滿架彩衣都失了色，彷彿蒙著一層灰氣。

小宛主動穿上那身離魂衣，嘗試作法。

「若梅英，你出來！你出來！」

沒人理她。也沒鬼理她。服裝間安靜得像座墳墓。

她覺得洩氣。鬼想找她，躲都躲不掉；她想找鬼，卻一沒地址二沒電話三沒email信箱。可不可以上網找找？又不知道QQ是多少。

這樣想著，倒也寬心不少。其實電腦背後那些沒有面孔的網友還不是一樣來無影去無蹤，與鬼何異？

正自我寬慰，門上忽然「嗶剝」一響。

小宛立刻又緊張起來，顫聲叫：「誰？」

門開處，站著黑衣長辮的會計嬤嬤趙自和，一臉陰雲，像不開晴的雨夜。

小宛吁出一口氣：「嚇死我了，我還以爲是……」

「以爲是誰？」會計嬤嬤走進來，在椅子上憂心忡忡地坐下。

小宛笑一笑，反問：「您找我有事兒？」

「那天，你提到若梅英。」趙嬤嬤緊盯著她，「胡伯死前，一直在喊『她回來了』。」

小宛警惕起來，不說話，只戒備地注視著會計嬤嬤，暗自猜測來意。

趙嬤嬤彷彿禁不住那樣晶光燦爛的一雙眸子的直視，別過頭去，輕輕說：「我們能看見的，瞎子看不見；瞎子看到的東西，我們也看不到。」她長長歎息，「但是，我知道她是誰。」

小宛大驚：「你是說若梅英？」

「開箱那天，我也在場的，你忘了？我沒看見什麼，可是，我感覺得到，她是回來了，回來報仇。」

「什麼仇？」

「她死在『文革』，死之前，我鬥過她，胡伯也有份兒。」趙嬤嬤頓了頓，似乎在猶豫說與不說，半晌，才又接下去，「那個時候，我才十六歲，什麼也不懂，人家造反鬧革命，我也跟著造反。胡伯先貼了若梅英的大字報，開她的批鬥會，我也跟著去了，還親手打過她鞭子。她看著我，她那雙眼睛，真美，看得我心裏發顫，手發軟，掄不下鞭子。我只打了三鞭，就下台了，也只打過她一個人。可是，我心裏一直愧，彷彿那鞭子打在我自己身上，不是，是心裏。那個疼呀，疼得整顆心都抽緊，那以後就落下病根兒了，治不好……後來號召上山下鄉，我第一個報了名，遠遠地離開北京，就是為了躲開那一切。後來……後來出了那麼多的事兒，我覺得是報應，是因為我打了若梅英，傷天害理，該著報應。那麼美的人，那麼無辜，我打她，天理不容……」她蒙住臉，眼淚從指縫間流下來。

「您在鄉下……出了什麼事兒？」小宛想起張之也的話，「您後來為什麼自願做自梳女？」

「我不想說，我不想說……」趙嬤嬤忽然叫起來，「是報應，都是報應！」她神經質地抓住小宛的手，「小宛，如果有一天我突然死了，也是報應，就像胡伯一樣，是我自作孽，和誰都沒關係，沒關係。」

她哭得如此淒厲，讓小宛不寒而慄起來，不知道該如何安慰這位看著自己長大的年過半百的會計嬤嬤。許久，她又小心翼翼地開口：「那麼，胡伯，他打過若梅英嗎？」

「我不知道，我不知道……」趙嬤嬤又哭起來，歇斯底里，「不要再問了，若梅英死得慘，死得好慘啊。」

「梅英是怎麼死的？」小宛步步緊逼。

趙嬤嬤連連後退：「我不知道，別問我，別問我。武鬥，太亂了，聽說她被胡伯關在小樓裏，日也審，夜也審，後來就從十三層樓上跳下來了，血濺得幾尺高，噴了胡伯一身一臉，胡伯就瞎了，是報應，都是報應……」憶起那慘烈的一幕讓趙嬤嬤心膽俱寒，終於，又像七月十四開箱那天一樣，她驀地哀叫一聲，轉身跑了。長辮子在空中劃了一道弧線，抽得空氣嗶剝作響，彷彿雁過留影。

小宛忍不住顫慄。造反，武鬥，關押，跳樓……這些事都離她太遠了，那個時代的扭曲的人性，是她永遠也不可能理解的。那麼非人性的鬥爭，那麼混亂而殘忍的故事，真相湮沒在血泊裏，就是親眼見到的人也說不清是非，何況耳聞？但是終於有一件事弄清楚了，就是胡伯同若梅英的恩怨，結於「文革」，那麼，梅英是來報仇來了，是嗎？

可是，那次墜樓，究竟是自殺還是他殺？

胡伯批鬥若梅英，是公報私仇還僅僅是「文革」衝動？

梅英被關進小樓之後，都發生了些什麼事？

而趙嬤嬤，又爲什麼會去做了「自梳女」？

……

這一切，都只有慢慢地追根尋底了。

第二天是胡伯追悼會，劇團放假半日，集體往殯儀館弔唁。

小宛躲在人群後東張西望，每走一步路都提心吊膽，不知道什麼時候若梅英的鬼魂會忽然跑出來鬧場。忽然遠遠地看到張之也背著相機也湊熱鬧來了，倒有些高興，忙向他招手。

張之也一路擠過來，也不拍照了，只跑前跑後地照顧小宛，又防著人撞到她，又怕她累了渴了，儼然以護花使者自居。水溶看在眼裏，暗暗留心，只苦於身爲副團長，要主持大局，沒時間細問女兒。

小宛低低問：「你怎麼也來了？」

「好奇嘛。都說梨園行出殯的規矩大，想開開眼。」張之也嘻嘻笑，把送葬當看戲。

小宛低聲警告：「嚴肅點，小心家屬不高興。」

胡家人丁不旺，到會的「家屬」只有三位——兒子兒媳用輪椅推著一位百歲老人，司儀介紹說這位是胡伯的父親，已近天年，如今白髮人送黑髮人，嗚呼哀哉，傷心何極，等等等等。

小宛看到那老人，如同見鬼，有種莫名的怕。

那人實在已經很老很老了，老得不能再老，老得辨不清男女，老得像一具標本而多過像一個人。

他的臉完全遮沒在皺紋裏，看不出準確的模樣，眼睛半闔，而嘴唇半張，五官緊緊地蹙在一起，沒有表情也沒有內容。

對著那樣的一張臉，除了「老」字外你得不出任何其他結論。

這已經不能用美麗或者醜陋這些形容詞來定義，因爲衰老混淆了所有的判斷標準，而只留下無可迴避的歲月滄桑。

但是這些都還不可怕，最令小宛心驚的，是他的一雙腿——那麼明顯的長短腳，即使坐在輪椅上，都不能遮掩那天生的缺陷。

小宛心裏一動。姓胡，跛腿，好像在哪裏聽說過。她心底那個秘密的芽又蹿了一蹿，蠢蠢欲動，隨時都會破土而出。隱約地覺得，秘密的根就在這老人身上，他是誰？

葬禮安靜而熱鬧地進行著，已經到了尾聲，新任琴師拉起胡琴來爲胡伯送行，人群漸漸散去。

張之也有些無趣：「還以為會唱戲呢，鬧了半天，還是老一套。咱們也走吧？」

小宛答應著，腳下只是延捱。

忽然間，那輪椅上的老人睜開眼來，很準確地指向水小宛，對孫子耳語了一句什麼。那做孫子的驚異地看了小宛一眼，便徑直走過來。

小宛心中慄慄，站定了等待。

——果然是邀請她相見。

連水溶也覺得驚訝，遠遠地將女兒看了一眼又一眼。小宛只做看不見，迎著老人走過去，問：「您找我？」

老人看著她。

可是，那能算看嗎？那樣老的臉那樣老的表情，把什麼都給嘲弄了，連同人的目光。當他看你的時候，你弄不清他是不是真正看到了；而當他閉上眼睛，你反而會懷疑他仍在眼皮子底下偷偷地窺視著你。

一個過百歲的老人的凝視，簡直有如歷史審判。

小宛自嘲地想，我會有什麼歷史？她有些不安，用一種催促的口吻再次問：「老先生，是您要找我嗎？」

「你像一個人。」老人嘶啞地說，聲音彷彿不是從口腔裏傳出，而是通過肺葉摩擦產生。隨著問話，一股東西腐爛的氣味自他口中傳出。

小宛打個寒噤，強忍住了沒有後退。她已經隱隱地猜到答案，卻仍勇敢地問：「像誰？」

一個人老到一定程度，大概嚴格地說已經不能算個真正的人。要麼半鬼，要麼半神。小宛不敢怠慢。

「若梅英。」老人一字一句地答，近乎咬牙切齒。

小宛大驚，這答案她早已猜到，然而清楚地聽到老人一字千鈞地拋出來，還是緊張得忍不住抓住輪椅的柄：「您認識若梅英？」

「我認識她？」老人忽然桀桀地笑了，像夜梟，「我認識她嗎？」笑聲像開始得那麼詭異一樣，又詭異地戛然而止，縱橫的皺紋藏著邪惡與欲望，是陷人的阱。「我當然認識她！」

「胡伯在死前看見了她。」小宛忍著噁心和恐懼，冷靜地說。本能地，她對這老人有種抗拒。

「我也看見了。我知道她回來了。」老人又在笑，又是那樣忽然開始又忽然停止，滿臉的皺紋都說不清是恐懼還是得意地抖動起來，「我知道她要找我，我等著她。」

「她為什麼要找您？」

「你不知道嗎？」老人翻翻白眼，忽然說，「我爲什麼要告訴你？」

小宛噎住。她從來沒有同這麼老的老人打過交道。在她心目中，奶奶就是最老的古董了，比奶奶更老的人，乾脆就是歷史教科書，應該沒有情緒或者性格，然而這老人，個性得讓人啼笑皆非。他簡直是個怪物。

不等她想明白該怎樣回話，老人已經向孫子孫媳打個手勢，兩人立刻上前推起他便走。

小宛急了：「請等等。」

那做孫子的顯然已經很不耐煩：「小姐，我還要去給我父親撿骨，沒時間在這裏陪你聊天。」

「撿骨」這個充滿寒意的詞兒嚇住了小宛，她一句話也說不出來了。

眼看輪椅已經去得遠了，老人卻忽然很麻利地在輪椅上回過頭來，問：「你爲什麼不去問問張朝天？」他的態度又輕佻又邪惡，有種說不出的怪異，似乎還眨了眨眼，使那一臉皺紋扭曲得更詭異了。

張朝天？好像在哪裏聽過這個名字。小宛正努力回憶，忽然眼見一個少女哭泣著從對面跑過來，眼看要撞到張之也，忙叫一聲「小心。」順手將張之也一推。

張之也打個趔趄，莫名其妙：「幹嘛推我？」

「你差點撞著人。」小宛回身一指，驀地呆住，哪裏還有少女的影子？

門口處，胡伯的親屬還未散盡，另一隊候著大廳開追悼會的家屬已經等不及往裏走，一位手捧遺像的悲痛萬狀的中年婦女被人群簇擁著走在最前面，邊走邊哭：「女兒啊，你死得慘哪！叫那個司機斷子絕孫啊！那麼寬的街，那麼多的人，他爲什麼單單要撞你啊。女兒啊……」

「是車禍。」張之也歎息，「死者還這麼年輕……」回頭看一眼小宛，「咦，你又怎麼了？」

小宛目瞪口呆，直勾勾地望著那張遺像，臉色灰白，渾身發抖。那像上的人，不正是剛才從她身邊跑過的少女嗎？她又一次見了鬼?!

「小宛！」張之也跨前一步，握住她的手：「你有心事瞞著我？」他一直望到她的眼睛裏去，臉上少見的認真，「我感覺得到，你被一件很大的事困擾，是什麼事，能告訴我嗎？我能不能幫你分擔？」

小宛猶豫了又猶豫，終於開口問：「之乎者也，你信不信有鬼？」

六　第六感

一隻迷茫的鬼，在七月十四的晚上，因為塵緣未了遊至人間，六神無主，隨風飄蕩，追著一陣熟悉的故衣氣息盤旋而來，將縹緲精魂寄託在一件戲衣上——這樣的故事，是現實生活中會發生的嗎？

可是它真實地發生了，發生在水小宛平淡如碗中水的生活裏，不只是風吹皺一池漣漪那麼簡單，而是真真正正的一隻水碗裏也會翻起滔天巨浪。

是人生如戲，亦或戲弄人生？

小宛攤開手，仔細地端詳著自己的掌紋。都說人一生的命運都寫在手心裏了，可是，誰能明白，縱橫的掌紋裏，到底寫著怎樣的玄機？

張之也將她的肩摟了一摟，柔聲問：「還在害怕？」

「有一點。」小宛低聲答，將頭靠在張之也臂彎裏，滿足地歎一口氣，「現在不怕了。」

他們現在正一起坐在地鐵站口的欄杆上，就像當初她和阿陶所做的那樣，並肩看人流不息。

然而，兩張陽光燦爛的青春的臉，談論的卻是關於死亡的話題。

「你相信我嗎？我真的看到了胡伯死的全過程，也看到了胡伯所『看見』的一切，看到了那隻手，那麼美，又那麼可怖……」小宛打了個寒顫。

張之也覺得了，將她摟得更緊些。

多麼感激，他沒有懷疑她胡言亂語，而是認真地幫她做出分析：「通靈的經歷很多人都有過，但又不是每個人都會經歷。你是個敏感的女孩，很容易受到暗示，尤其陰氣重的地方，像是戲院故衣堆裏啊，電影院，火葬場之類，就會同冥界溝通。」

有了之乎者也這樣一位盟軍，小宛的感覺好多了，天知道，如果再這樣繼續獨自掙扎在鬼域裏，她會不會在某一天早晨突然精神崩潰而發瘋。

隱忍得太久，恐懼得太久，孤獨得太久，她終於向他繳械，將所有的心事和盤托出。

而他，也終於在舉棋不定中，下定決心接住她伸來的雙手，接住她隱秘的心事，接住她純潔的感情。

「宛兒，任何時候，我會和你在一起，沒什麼可怕的，不管什麼事，我會幫你承擔。」

他將她帶出殯儀館，走在馬路上人群最擁擠陽光最燦爛的地方，鼓勵她：「通靈並不是一件壞事，只能證明你比常人多出一個接收資訊的頻道，也算是特異功能的一種啊。如果這樣想，不是很好嗎？」

他們並肩走在人群裏，走在大太陽底下，說著笑著，上車下車，不知怎麼，就又來到了這熟悉的地鐵口。

也許，是天意註定她的每一次愛情都要從這裏開始？

當一個女孩肯對一個男人交托心事的時候，往往同時交托的，還有自己的感情。

愛情是在那樣不經意間發生的。

「我不明白，自己爲什麼會忽然有了這種第六感，可以一而再再而三地見鬼。我真恨死了這種突然而來的能力，又不敢對人說，怕大家笑我發神經。」

「解鈴還須繫鈴人。既然躲不掉，就只有迎上去，設法揭開秘密的真相。通常來說，冤魂不散多半是因爲有什麼心事，如果你可以同鬼正面交流，幫她了結心事，也許她就不會再纏你了。」

「到底是做記者的，分析什麼都井井有條。」小宛掰著張之也的手指，滿心裏都被溫柔和喜悅漲滿了，這會兒，她倒真是有些感謝那隻鬼了。

「若梅英在最當紅的時候洗淨鉛華，退隱嫁人，還嫁了個軍閥。這裏面一定有故事。」張之也繼續分析著，「你知不知道若梅英爲什麼會退隱？按說她不可能會喜歡一個粗莽軍閥的，難道是被逼的？」

「這個……詳情我也不清楚，不過我好像聽說過，她因爲倒倉，沒法再唱了。」

「倒倉？」

小宛耐心地解釋，倒倉，是梨園術語，又謂之「倒嗓」。戲行裏有句俗語：「絲不如

竹，竹不如肉。」人的聲音才是最美的。然而美的聲音，需要練。

那時候的梨園子弟，每天早晨天不亮就要戴著星星起床，跑到城郊河邊喊嗓子，還要跟著師父的胡琴吊嗓子。隨著胡琴的調門兒高低，把嗓子一點點拉高拉寬，宛轉自如。

但是再好的嗓子，也終究是肉嗓子，有無盡的變數。無論男孩女孩，慢慢長大時都會經歷一個變聲期，大多人都會毫無察覺地很自然就經歷了那個時期，然而有些人卻會發嘶發啞，嗓子變粗。

對於學戲的孩子來說，唱武生花臉的還好說，然而唱旦角尤其青衣就全憑一把好嗓子，要是嗓子倒了，就等於廢了武功。梨園行多少色藝雙絕的前輩，就是毀在了這「倒倉」上，從掛頭牌的名伶淪爲跑龍套的雜末甚至幹粗活的僕役。

好比京劇世家余叔岩三代唱戲，他大哥余伯清原先是工老生的，就因爲倒了嗓子，改行拉二胡做琴師了；余叔岩自己也沒有逃脫這個噩運，十三歲登台，十八歲倒倉，一邊調嗓休養，一邊揣摩新腔，足足蟄伏了十年才重新登台。

還有「四大名旦」之一的程硯秋，天生一把好嗓子，柔亮清澈，然而登台不久就倒了倉，並且一生都沒有真正恢復過來。但是他很聰明，遍尋名師，另闢蹊徑，竟被他發明了一種「腦後音」，創立了獨特的「程派」唱腔。

張之也輕輕鼓掌，溫柔地說：「你知道當你說起這些故事時，有多美嗎？」

小宛的臉又紅了，別轉頭打岔地問：「你還沒告訴我，調查會計嬤嬤的事怎麼樣了？

我還急著聽故事呢。」

「你不是討厭挖人隱私嗎？怎麼也這麼八卦？」

小宛嘟起嘴：「這件事同若梅英有關嘛。」她將那天與趙嬤嬤的談話告訴了張之也，問，「你猜，趙嬤嬤到底爲什麼會去做自梳女？」

「你考我？」張之也笑，「這宗個案，咱們緩一步再查。現在當務之急，是要請你帶我去拜見一下你奶奶。」

「我奶奶？」

「當然了。要問梅英的事兒，最直接的辦法當然是去問你奶奶。而且，我也很想拜見一位真正的梨園前輩，做個採訪呢。」

小宛忍不住又說一遍：「到底是記者，什麼都想到『採訪』兩個字。」

「誰說的？我腦子裏可不只是有採訪一件事哦。」張之也的眼睛亮亮地，面孔逼近水小宛。

小宛又驚又羞：「你幹什麼？」

「你不是怕自己陰氣太重嗎？」張之也壞壞地笑著，將小宛摟得更緊了，「我要過點陽氣給你。」

他們的唇緊緊貼在一起，小宛只覺腦子「轟」一下，所有的思想都靜止了……

張之也的到來，使小宛媽頗為緊張，這還是女兒第一次帶男孩子上門呢，可是件大事。不禁跑前跑後地忙碌，借著送茶送水果，閑閑地問起人家祖宗八代。

張之也規規矩矩地坐著，恭敬地一一做答：「我父親是工程師，母親教書，都已經退休了……他們四十多歲才生的我，但是並不嬌慣，我什麼活都會幹的……畢業三年多了，從上大學時我就在外面兼職，現在做記者，主要是採訪，偶爾也拉廣告，收入還可以……」

小宛漸漸有些坐不住，撒嬌地：「媽，您這是幹什麼呀？」

「啊，你們談你們談，我不打擾你們。」媽媽也有些不好意思，收拾了毛線竹針要迴避。臨行又特意留意了一下張之也的腳——這年輕人很有禮貌地在進門處換了拖鞋，現在他的腳上是一雙雪白的棉襪。一個襪子雪白的年輕人是有教養而注重細節的，學壞都壞不到哪裏去。

這時，那個有教養的年輕人站了起來：「阿姨，您忙您的。我來，是想拜訪一下奶奶，做個採訪，可以嗎？」

「你去你去，我不打擾。」媽媽笑瞇瞇地走開，很顯然，她對這個白襪子青年十分滿意。

小宛皺眉：「我媽平時沒這麼八卦的。」

張之也笑嘻嘻：「看來我這伯母路線走得挺成功。」

小宛假裝聽不見，一手拉起他便往奶奶房裏走。

比起媽媽來，奶奶反而顯得落落大方，處變不驚的樣子，很莊嚴地坐著，由著張之也鞠躬問好，只抬抬眼皮，說聲「坐吧」，一副慈禧接待李蓮英的架勢。襯著身後的紫檀香味，就更加幽遠華貴。

張之也忍不住對小宛眨眨眼，意思是說：你家老祖母恁好派頭。

小宛暗暗好笑，對他皺皺鼻子做答。

於是採訪開始。

張之也的提問開門見山：「若梅英是哪一年來的北京？」

「那可說不準。若小姐是名角兒，有一年唱北京，有一年唱上海，哪裏請就去哪裏，兩地跑著，沒定準兒的。老北京、上海人，沒有不知道若小姐的。」

「那些戲迷中，是不是有位姓胡的？」

「那誰記得？」奶奶頗爲驕矜地答，「趙錢孫李，周武鄭王，那麼多戲迷，誰耐煩記著他們姓什麼？」

小宛暗笑，奶奶答記者問時遠不像回答自己孫女兒那樣爽利，講究個迂迴宛轉，拿腔拿調地頗有幾分做秀的味道。她忍不住幫著張之也提醒：「他是胡伯的爹。」

奶奶一翻眼皮，不屑地答：「胡伯的爹又是哪個？」

「他今年大約九十多歲，長短腿，是個瘸子。」小宛提醒著，一邊想，也不知道胡老頭的瘸是先天還是後天，如果也是在「文革」中打瘸的，那與胡伯可堪稱「父子英雄」了。

「胡瘸子？」奶奶愣了一愣，「不知道是不是那個胡瘸子。」

「哪個胡瘸子？」得到答案，反而讓小宛不敢相信了，「您真認識一個胡瘸子？」

「是啊，就是我跟你說起過的，那個給小姐做衣裳的裁縫店老闆。有一次小姐開菊宴……」

「菊宴？」

「是啊。那時候的伶人多半喜歡莳弄花草，好像荀慧生愛玉簪，金少山愛臘梅……」奶奶一說起這些繁華舊事就來精神，瞇起眼睛，又望回那遙遠的四十年代，「我們小姐，最喜歡的就是菊花。有兩句詩，小姐常掛在嘴邊的，我到現在也還記得……」奶奶說到這裏，頓了一頓，方拖長聲音曼吟道：「寧可抱香枝上老，不隨黃葉舞秋風。」

當她念詩的時候，臉上忽然現出一種罕見的柔媚憂傷，迷茫的眼神也忽然空靈起來，彷彿望進遠方。

小宛無由地覺得背上一陣發涼，回頭看看張之也，他卻毫無所察，只是附和地點頭讚歎：「好詩，真是詠菊絕唱！詞好，意思好，奶奶念得更好。」

奶奶微微點頭，繼續回憶：「我們小姐養的菊花，品種又多又稀罕，在整個京城都是很有名的，『醉貴妃』也有，『羅裳舞』也有，『柳浪聞鶯』也有，『淡掃蛾眉』也有，還有什麼『柳線』、『大笑』、『念奴嬌』、『武陵春色』、『霜裏嬋娟』、『明月照積雪』……足足有一百多種呢，每到秋天，擺得滿園子都是，用白玉盆盛著，裝點些假石山水，打點得要多別致有多別致。中秋節下，園子裏設宴唱堂會，達官貴人都以能參加咱們小姐的菊宴爲榮呢。」

「寧可抱香枝上老，不隨黃葉舞秋風。」小宛低下頭，細細玩味著這兩句詩，詩裏有傲氣，卻也有無奈。也許，這便是梅英的心聲？

張之也卻不會跟著跑題，只追準一條線兒問到底：「奶奶還記得胡瘸子開的店叫什麼名字嗎？」

「記得呢，叫『胭脂坊』。」

店招牌叫做「胭脂坊」。

胭脂坊不賣胭脂，卻賣布。

暗花，織錦，平紋，斜紋，紡綢，縐緞，燙絨，絲棉……卷在尺板上，平整地排列在一起，匯成色彩的河流。既華麗，又謙恭，像待嫁的秀女，等待客人挑選。

一旦經了刀尺，絲線，捆邊，刺繡，變成一件件衣裳，就有了獨立的生命，固定的前程。

胭脂坊的老闆站在那色彩的河前，手裏的拐像是撐船的槳，唇角噙著買賣人特有的諂媚的笑，眼睛裏卻含著恨意。他的舌頭底下，久久地壓著一個名字：若梅英！壓得牙酸。

若梅英昨天又給他吃釘子，這已經不知是第幾百幾十回了。他爲了捧若梅英的場，從上海跟到北京來，大銀錢白花花地扔出去，成籃的花往台上送，可是，她連個笑臉兒也沒給過。

送去的禮物都給扔出門來，口裏猶不饒人，冷語戲弄：「就這些冠戴也好送給我若梅英？賞人都嫌寒酸。青兒去哪裏了？還不打水來給我洗臉。」

不過是個戲子，憑什麼這麼糟踐人？在戲台上扮久了公主皇妃，就真當自己是公主了！

胡瘸子恨哪，恨得牙齦癢癢，他好歹也算是有頭有臉有家底兒的人物，在上海灘說句話也落地有聲的，受到這樣一番奚落，如何忍得下？

那一日，探準了若梅英府上開賞菊宴，便千里迢迢地，托個夥計輾轉將只錦盒送過去，假託某高官厚禮，囑咐面呈若小姐。門房不知有詐，興頭頭送到廳裏，報說送禮人在門外立等回信兒呢。若梅英當眾打開，見用錦袱裹著，觸手綿軟，不知何物，隨手一抖，滿堂人都尖叫起來，亂成一團——

那包袱裏滾落出來的，竟是一隻被敲碎腦殼剖腹挖心的雪色貓屍！

「這人太齷齪了！」小宛憤憤。她終於明白，不是胡伯，而是胡伯的爹與若梅英有過一段淵源，禍及子孫。那，到底是怎樣的恩怨？

「後來呢？若梅英有沒有報復胡瘸子？」

「沒有。這些閒人多不勝數，個個計較起來，哪裏還有得閒？」奶奶歎口氣，餘怒未息，「要說胡瘸子巴結小姐，也不是一年兩年了，真沒少費心思，那花籃衣料送得海裏去了。起初在他店裏做衣裳，他每次都巴巴兒地親自捧了送上門來，說是送小姐的禮物，不敢收錢的。小姐怎麼看得上呢？反而多給一倍手工，讓我打發了他去。出了那件事兒後，就再不去他店裏了。」

「若梅英這麼驕傲，不是會得罪很多人？」

「那也難免。達官貴人們開堂會叫局，多半不規矩，普通的伶人惹不起，總要稍微兜攬些，可是小姐竟是天生的傲性兒，從不肯假以辭色的。那時候有個營長，三天兩頭來送禮，還不是被小姐連摔帶罵地攆出去……」

「若梅英最後嫁給了一個什麼人呢？」

「一個司令。大軍閥來著，廣東人。當時，屬他追小姐追得最凶，天天來捧場，每次來帶著十幾個勤務兵，拿刀拿槍的，看完戲就往後台闖，不管收不收，一聲『賞』，金銀頭面就往台子上撂，嚷著說是給小姐的聘禮，要娶小姐回家做五姨太，小姐當然不答應，可是怎麼強得過刀槍呢？後來逼得緊了，私下裏跟我說想逃跑。可是有一晚，不知怎麼著，忽然就應了。」

「應了？」小宛意外，「她自己答應的？不是人家逼的？」

奶奶搖搖頭，一臉困惑，事情過去這麼多年，至今想起，還讓她納悶兒：「那晚是小姐最後一次登台，那嗓子亮得呀，全場打雷似的叫好，棚頂都要掀掉了。可小姐的嗓子還是一節拔一節地高，不是唱，簡直是喊，可是後來就都喊不出來了，你看我我看你的，小姐的聲音拔得太高了，從沒有行家那樣唱戲的，往死裏唱。結果，沒到終場，小姐的嗓子就破了，等於再也沒法吃戲飯……」

「她是存心的？」小宛喃喃，「原來她是這樣倒嗓的。」

奶奶歎了一口氣：「你也知道，對伶人來說，『倒嗓』是件多可怕的事。有些名角兒最當紅的時候忽然倒了嗓子，報上立刻會傳出各種消息，說是同行嫉妒下藥毒啞的，可是小姐『倒嗓』卻是自己唱啞的，連記者都驚動了，當時報上傳得沸沸揚揚的，說什麼的都有。可是事隔這麼多年，也沒人知道她到底爲什麼要這樣做。就是我，整天貼身服侍著，對這件事也是雲裏霧裏，一知半解。」

「那您還記不記得『倒嗓』前都發生過什麼特別的事兒呢？」

「只記得前一晚小姐沒回戲院來睡，大家都以爲她跑了，還緊著盤問我。我嚇得光知道哭。可到了晚上，小姐自個兒穿戴好回來了，戲院老闆那個樂呀。誰知道竟會是小姐最後一次登台呢……」

那是若梅英最後一次登台。

豔妝，盛服，美得驚人。眼睛裏像有一團火，一直在燒，燒得人乾涸。仍是唱《倩女離魂》，聲音比往時高出一倍不止，連鑼鼓聲都壓不住。

接著是《長生殿》裏的《冥追》，自縊而死的楊玉環身披大紅斗篷，頸纏一條白練，淒絕豔絕。她不知道自己已經做了鬼魂，可憐癡心一片，還要去追唐明皇的車馬，身形搖曳，腳下趑趄，裂帛斷玉喊一聲：「好苦啊！」

「暗濛濛煙障林阿，杳沉沉霧塞山河，閃搖搖不住徘徊，悄冥冥怎樣騰挪？」

舞台上一盞追影燈照著她的長帔，如血般震撼，益發驚心動魄，

再接下來，是全本的《竇娥冤》，《李慧娘》，接著是《王魁負桂英》……

觀眾們起初還叫好碰彩，後來便噓聲四起，再後來便都啞了。琴師們早已停了弦，青兒上來勸姑娘休息，班頭也催了五六次，戲院的老闆已經開始往外攆觀眾，可是梅英只是恁誰不理，仍然聲嘶力竭地唱、作、念、打，毫不欺場。

記者們被驚動了，連夜趕來拍照採訪，梅英對著鎂光燈妖嬈作態，臉上卻冷冷地沒一絲表情，對記者們的諸多提問更是置之不理。班頭對著老闆嘀嘀咕咕：「她是不是瘋了？又不像啊。」……

最後是何司令派人上台硬把她拉下來。

下了戲，嗓子已經啞透了，一句話也說不出來，只知道搖頭和點頭。

司令便問：「要你嫁給我，到底答不答應？」

誰也沒想到，若梅英會點頭。

她親自帶著司令去酒店開房，說是訂好的，被褥擺設都準備下了，很新，很漂亮。

不久，隨司令回了廣東。

從此，若梅英的名字就從戲行裏消失了。

「她就這麼走了？」

「就這麼走了。一頂轎子抬著，離了戲院，跟誰也不告別，也不哭，也不囑咐我幾句，就那麼走了。我追在轎子後面哭著跑，想讓她帶我走，她也不說話，光是搖頭，平時那麼疼我的，那天頭也不回，看也不看我一眼……」

事隔半個多世紀，奶奶回憶起當年的分別，仍然又是委屈又是傷心，流下兩行老淚。梅英唱腔已成絕響，卻仍留在老北京戲迷的記憶裏，留在青兒的傷心處。

少女青兒並沒有隨梅英進司令府，她仍然留在戲院灑掃打雜，一九四九年後，翻身做主人，成了政府職工。可是，她忘不了她的若小姐，忘不了半世前的傷心訣別。

什麼叫「雖死猶生」，什麼叫「音容宛在」，小宛今日算明白了。她覺得惻然，忍不住陪著奶奶流淚。

張之也卻不會感情用事，低頭寫了幾行什麼，忽然問：「《倩女離魂》、《遊園驚夢》、《竇娥冤》、《李慧娘》……怎麼這麼巧，那天唱的全是鬼戲？」

「這很簡單，因爲那天是七月十四嘛。」

「七月十四？」小宛驀地一驚，不禁暗暗佩服張之也的細心。

「對，那天是七月十四，劇團裏按規矩要演鬼戲，所以有這些固定節目，我到現在，還記得小姐一身縞素扮李慧娘喊冤的『魂旦』扮相，套句老話兒，真是驚天地泣鬼神哪。」

「混蛋？」張之也一時不解。

「比方《牡丹亭・冥判》裏的杜麗娘，《長生殿・埋玉》裏的楊貴妃，《水滸傳・殺惜》裏的閻婆惜，還有李慧娘，敫桂英，竇娥，倩女……」奶奶如數家珍。

張之也恍然大悟：「就是女鬼嘛。」

奶奶蹙蹙眉頭，嗔怪地說：「在青衣戲裏，就叫『魂旦』。」

張之也自知失言，連忙補救：「是的是的，這個名目真好聽。」不願再在術語上糾纏，換過話題問，「奶奶知道張朝天嗎？」

「張朝天？就是那個記者嘍。給小姐寫過好多吹捧文章的。」

小宛了然，難怪覺得耳熟，上次奶奶也提過的。

「他和若梅英之間有過什麼故事嗎？」

「故事？」奶奶又犯難了，「沒有吧？他雖然天天來捧小姐的場，可是從不到後台來，很斯文守禮的。小姐倒是提過他幾次，好像還同他出去吃過飯，但也沒聽說有什麼事兒呀，而且那人後來也失蹤了，從小姐嫁人後，他就再沒在戲院裏出現過……」

小宛有些明白了，奶奶說的，絕不是故事的真相，至少，不是全部真相。六十年前，青兒還只是小孩子，雖然是梅英的心腹，也只是貼身服侍她的起居穿戴，小姐的私密心事，她還是無緣參與的。

在這故事的後面，一定隱藏著更多的秘密。那些，究竟是什麼呢？

七　我要問他一句話

魂旦，旦角裏那麼特殊的一個行當。她們通常穿著白色有水袖的褶子，或長帔，幽豔而詭媚，踮起腳尖，踏著碎步，捏細嗓子，拖長聲音喊一句：「冤——啊——」讓人連脊背都涼了。

是旦角，所以都漂亮，年輕，有著萬千心事，一縷幽情，嬌怯怯靈魂無主，我見猶憐，由不得不聽她細細道來一腔委屈。

《牡丹亭．冥判》裏的判官，那樣剛硬威直，見了杜麗娘的魂兒也驚豔，讚歎說：「猛見了蕩地驚天女俊才，血盆中叫苦觀自在。」

丑扮的小鬼提議說不如收作後房夫人，判官喝罵：「嘟，有天條擅用囚婦者斬。則你那小鬼頭胡亂篩，俺判官頭何處買？」顯然也是願意的，只是不敢。

——患得患失，欲近還遠，這與凡間男女見了心上人的矛盾心情有何異？

也正是為了這一份憐香惜玉情懷，判官查了鬼簿又詢花神，最後許杜麗娘「隨風遊戲」，屍身不朽，好等那秀才柳夢梅來掘墳成親。

好一個多情的判官！

陽光斜斜地照進劇團的服裝間。

小宛傾箱倒篋，按照封條開啓所有的梅英衣箱。《牡丹亭》、《西廂記》、《風箏誤》……箱子足有五六口之多，收藏頗豐。小宛一一打開，將綾羅綢緞掛了滿架，徘徊其間，彷彿走在一座沒有日照的花園裏。

名伶的行頭本身已經是一齣精彩絕倫的折子戲。

當那些衣箱打開，舊時代的色彩便水一樣從衣裳的褶層裏，從水袖底下，從繡線的縫隙流泄而出，像關掉了音響的色情電影，在沒有月光的暗夜裏獨自妖嬈。

服裝的性感，是無可言喻的，親昵，然而矜持。

小宛是學服裝設計的，深深知道嗜衣的人多半都有強烈的自戀傾向。若梅英，是其中猶甚者吧？

這是戲衣的世界，靈魂的園林，充滿著若梅英的氣息。

戲衣之於若梅英，就像月光之於月亮，花香之於花朵，蟬殼之於蟬，魚鱗之於魚。

閱讀衣裳，就是閱讀若梅英。即使隔著六十年的風霜煙塵，依然可以從這些沉香迷豔裏揣想主人的風致。

那是一個風華絕代的女子，她一直活到四十歲，可是在小宛的心目中，卻只看見二十歲的她，在北京城，在上海灘，在戲台上，她的眼風笑痕糾纏在風花雪月裏，千絲萬縷地纏綿著，不可分割。

一個唱京戲的女子，與唱流行歌曲的周璇、阮玲玉等大概是沒有什麼相似的吧？她們的共通之處，只是生活在一個時代，並且，都是名伶。

但在那時的人的眼中，伶人與歌星的地位是無法相比的，因爲十伶九妓，歌星，卻是有手腕的交際花，是《日出》裏的陳白露，戲子，最多是陳白露搭救的小東西，任人玩弄，而沒有遊戲命運的資本。

若梅英，是被命運所戲，還是戲弄了命運？認真地講，她並不只屬於三四十年代，她一直活到了「文革」，生命遠比舊上海的金嗓子們真實得多也風塵得多。

然而所有死去的人的記憶，不論遠近，都屬故事；如果故事的真相被湮沒被遮蓋，有了不同版本，就成了傳奇。

小宛想像著若梅英扭扭捏捏地穿著荷葉邊的改良旗袍的樣子，大概遠不如上海歌星的瀟灑愜意，而多半是有些局促的。

老北京的戲子是從小被班頭打罵慣了的，規矩嚴，功課重，難得出趟門兒，就好像林黛玉進榮國府，不敢多行一步路，不肯多說一句話，「生怕被人恥笑了去」。要是換作上海歌星，怕人笑？她不笑人就敢情好了。

若梅英的一生，不知有沒有真正地任性過？

小宛將一件明黃色雙緞絨繡團鳳的女皇帔披在身上，觸摸著繡線綿軟的質感，心緒溫柔。

鬼魂是虛無縹緲而令人心生恐懼的，故衣卻親切真實，是具象的歷史，有生命的文字。那層疊的皺褶裏，長帔的裙擺裏，處處藏著性情的音符，懷舊的色彩，一種可觸摸的溫存，彷彿故人氣息猶在，留戀依依。

戲衣連接了幽明兩界，溝通了她和若梅英。

門外傳來唱曲聲，是演員在排新戲《倩女離魂》，正練習張倩女抱病思王生、忽然接到報喜佳帖一折：

「將往事從頭思憶，百年情只落得一口長吁氣。爲甚麼把婚聘禮不曾提？恐少年墮落了春闈。想當日在竹邊書舍，柳外離亭，有多少徘徊意。爭奈匆匆去急，再不見音容瀟灑，空留下這詞翰清奇。把巫山錯認做望夫石，將小簡帖聯做斷腸集。恰微雨初陰，早皓月穿窗，使行雲易飛……」

因是新戲，演員唱得略覺凝滯，有氣無力的一種味道，倒也與曲意暗合。

想那張倩女，一邊廂自己的魂離肉身，去追趕王生成雙成對去了；另邊廂肉身抱病，還在念著王生恨著王生的負心。卻不知，自己的情敵，原來是另一個自己。

一本糊塗帳。

或者，這算不算是高度誇張了的精神分裂？

小宛一邊聽曲，一邊撫弄衣裳，驀然間，手上觸到了什麼，硬硬的——原來，是帔的夾層裏藏著一枚絨花，一封拜帖。

帖子絹紙灑金，龍飛鳳舞地寫著：「英妹笑簪：願如此花，長相廝伴。朝天。」

朝天！張朝天！

這個張朝天果然不簡單，他絕不僅僅是個吹捧若梅英寫「鱔稿」的小報記者，而更應該是她的心上人！否則，以梅英的清高自許，又怎會將個不相干男人的贈品收藏在自己最珍愛的戲裝衣箱裏？而且，連青兒都瞞過。

只是，她與張朝天之間，到底發生過怎樣的故事？又爲何勞燕分飛，釵折鏡碎了呢？

那一枚精緻的絨花讓小宛覺得親切，彷彿忽然間按準了時間的脈搏，瞬間飛回遙遠的四十年代。

要這樣實在的物事才讓人感動，要這樣細微的關懷才最沁人肺腑。透過古鏡初磨，她彷彿清楚地看見戲院的後台，那風光無限的所在，張朝天將一枚絨花輕輕簪在梅英的髮際，兩人在鏡中相視而笑。鏡子記下了曾經的溫柔，可是歲月把它們抹煞了，男婚女嫁，各行天涯，一點痕跡都不留下。

不，有留下的，總有一些記憶是會留下的，就好比這枚絨花。

小宛對著鏡子把它插在自己的髮角，對著鏡子端詳著。忽然，她愣愣地望著鏡子，只覺身子僵硬，一動也不敢動。那鏡子裏，自己的身後，還有一個人，一個女人！

她穿著一套自己剛剛掛到架上的通身繡立領大襟的清代旗裝，梳偏鳳頭，插著金步搖，是「四郎探母」裏鐵鏡公主的妝扮，氣度高華，而身形怯弱，正憂傷而專注地看著自己，似乎不知道該不該上前招呼。

小宛屏住呼吸，半晌輕輕說：「你來了？」

女子在鏡中點頭，欲語還休。

小宛緩緩轉過身來，便同她正面相對了。看清楚了，反而鬆下一口氣，不覺得那麼可怕——只爲，那女子真是美，美得可以讓人忘記她不是人，而是一隻屈死的鬼。

女鬼依戀地望著小宛身上的皇帔，臉容寂寂，半晌，幽幽地說：「這一件，是我剛上戲時，唱青衣，在『長阪坡』裏扮糜夫人，戲裏有『抓帔』一場，就是這件帔。」

抓帔？小宛只覺頭皮一緊，大驚失色。「抓帔」是戲行術語。『長阪坡』裏，糜夫人路遇趙雲，將懷中阿斗托孤後，投井自盡，趙雲趕上一抓，人沒救下來，只抓到一件衣裳——戲裏戲外，這件帔的意義竟然都是「死」。

「對不起，對不起。」小宛將彩帔急急扯下：「我不是存心要穿你的衣裳。」

女鬼恍若未聞，又走向另一件雲肩小立領的滿繡宮裝，低聲回憶：「這一件，是一九三九年，我已經成了角兒，在中國大戲院，唱『長生殿』……」

言罷，又指向旁邊一件團花回紋龍鳳呈祥的宮裝：「這件，是『彩樓配』裏王寶釧出場時的行頭，那時候王寶釧還是相府千金，身分尊貴……」

日月龍鳳襖，山河地理裙，那時候王寶釧還是相府千金，身分尊貴，衣裳也華麗無比。但她在彩樓之上，拋繡球打中了薛平貴，從此荊釵布裙，洗盡鉛華，苦守寒窯十八載，用半生滄桑換得一個虛名兒後人欽敬。

值得？

不值得？

隨著若梅英的沒有重量的行走，兩架的衣裳都一齊微微搖擺，無風自動，似乎歡迎舊主人。

戲裏，戲外，一件件，一齣齣，都是故事。

小宛忽然想，「依依不捨」的「依」字是一個「人」加上一件「衣」服，是不是說，所謂「依戀」的感覺，就好比一個「人」對於一件「衣」的溫存。舊衣裳就像老房子，是有記憶的，曾經與它們的主人肌膚相親，榮辱與共，世界上還有什麼物事可以比衣裳更親近一個人？衣裳伴著它們的主人一同在舞台上扮演某個角色，經歷某個春天。灑滿那麼多或傾慕或豔羨或妒恨或貪婪的目光，承接過那麼響亮熱情身不由己的掌聲，這一些，人沒有忘，衣服又怎會忘？

「這一件，是四三年，唱《遊園驚夢》……」梅英在一件「枝子花」蘭草蝴蝶的對稱紋樣女花帔前停住，輕輕說，「那天在電影院裏，我唱《遊園驚夢》，想把你帶到那個時代去敘一敘，但是你很怕。」

小宛有些害羞，勉強笑笑：「現在不太怕了。」

若梅英撫摸著花帔上的繡樣，神情悵惘：「《遊園驚夢》的故事真好，那個翠花，也唱過戲，也抽鴉片，也做了人家的姨太太，真像我……可是她有容蘭做伴，還有二管家……比我好命多了。」她忽然又抬起頭來，專注地望住小宛：「我是鬼，你真的不怕？」

「你會不會害我？」小宛反問。

「不會。」若梅英肯定地回答，「我在人間，只有你一個朋友。」

「你不會害我，我當然就不怕你了。」小宛這次是真的微笑了，「不過，你爲什麼會找上我呢？」

「我也不知道……」若梅英沉吟，忽然問，「你生日是幾月幾號？」

「十二月十八號。」

「今年十九歲？」

「是。你怎麼知道？」

「我當然知道。」梅英苦笑，「如果我活著，今年該是七十九歲。」

「大我六十年。」

「剛好一個甲子。從佛曆上講，也就是同年同月同日生。你和我，八字完全相合，所以容易溝通。」

「可是，和我同生日的人多著呢。全世界同一天同一分鐘出生的人不知幾千幾百，你爲什麼不找他們？」

「並不是我找你，是你找我的。」梅英輕歎，「你忘了？那天是七月十四，鬼節，我們放假三天，可以到陽間走一走，我不知道該去哪裏，忽然你開了衣箱，我糊裏糊塗地，就上來了，第一個碰到的人就是你……」

若梅英有些抱歉地望著她：「除了你，我並不認識別的人。這麼些年來，我一直在找他，可是找不到，我一個鬼，沒什麼能力，只得託付你……」

「誰？你要找誰？」

「他姓張，是個記者。」

「啊？誰？」小宛心一陣狂跳，「之乎者也」的名字已經跳到嘴邊來。

然而若梅英說：「他叫張朝天。」

「哦是。」小宛定下神來，臉上猶自羞紅難褪。當然是張朝天，自己想到哪裏去了？

只聽梅英幽幽地道：「我找他，只想問他一句話。」

「什麼話？」

「我要問他一句話。」梅英淒苦地望著滿架戲衣，自言自語，「世間三十年爲一劫，在陽間的人，講究三十而立，如果到了三十歲還不能立業立家，也就一生蹉跎；在陰間的鬼，則是三十年一輪迴，如果三十年後還不肯投胎轉世，就錯過緣頭，再沒有還陽的機會了。我在這三十年間，縹縹緲緲，遊遊蕩蕩，只爲了要找到張朝天，問他一句明白話。可是，三十年過去，我卻始終沒有他的音訊，生不見人，死不見鬼，我幾次都想放棄，可是這一段情一盤債無論如何放不下。我錯過了投胎的最後時限，已經再也沒有投胎的機會了，唯一要做的，只是等待一年一度的七月十四，好上陽間來找他。那天，我隨著一干尙未還陽的鬼來到人世，迷迷糊糊地在街道上走著，沒有方向，不能自主，可是忽然間，有一種奇異的力量，一種十分熟悉的感覺，讓我若有所動，就身不由己地隨了來，進了一處院落，正看到你在那兒試衣裳……」

「換句話說，就是離魂衣給你引了路，並且把你留在陽間了？」

「是的。做鬼魂的，沒有自己的力量和形式，必得有所憑藉才能存在。要麼附在某個人身上，要麼附在某件東西上，我的魂兒，就在那些衣冠釵帶之中了。」

小宛看著身著戲衣的若梅英，心中愴惻，忽然想起一事：「你說你們放假三天，可是現在早已過了期限，你爲什麼還會留在人間？」

「我回不去了。」梅英幽幽地歎息，「我難得遇到你。我知道，這是我最好的機會，如果這次我再不能找到他，就永遠也不可能再找到他了。所以，到了三天期滿，我仍沒有走，藏在衣箱裏躲過鬼卒判官，寧可留在人間做個孤魂野鬼，也不要再回去。」

三天，就是七月十七，也就是胡伯死的那天。難道，是若梅英利用胡伯來與鬼卒做交易，李代桃僵？真不知道自己一番奇遇到底是做了好事還是壞事。她幫助一隻鬼來到陽間，找尋她生前的一段孽緣疑案，卻因此而害了胡伯的性命。也可以說，是她的行爲間接殺人，她，才是那個幕後的兇手。

兇手？小宛打了一個寒顫：「你留下來，就是要我幫你找張朝天？」

「我為他跳樓，為他變成遊魂野鬼，就是想問他一句話。三十年了，我每年鬼節都會上來找他，可是一直找不到。為了他，我怎麼都不肯去投胎，不肯喝孟婆湯，不肯過奈何橋。我不想忘。我要記著，要問他一句話。」

「他，和你到底有什麼恩怨？」小宛怯怯地問，一邊害怕，一邊忍不住好奇。是什麼樣的情仇冤孽，可以使一個人墜樓自盡，又可以使一隻鬼拒絕投胎，數十年如一日地尋找，糾纏，誓要問他一句話。

我要問他一句話。什麼話呢？

梅英幽幽地回憶著：「我是在上海唱戲時認識的他。他是申報記者，常來看我的戲，每次看完了回去都會寫文章贊我，他的文章寫得真好，詞兒好，意思也好，我也不是很懂，可是只覺得，他的文章和別人不一樣，句句都能說到我心裏去。」

小宛著迷地看著若梅英忽嗔忽喜，忽行忽坐，只覺她怎麼樣都美，美得驚人。她說，如果她還活著，該有七十九歲，那應該是個雞皮鶴髮的老人，或許，就像胡瘸子那樣，老成一截枯枝，一頁黃曆。可是，既然做了鬼，歲月從此與她無關，她永遠地「活」在了自己最喜歡的某個年代，極盛的時候，風光的時候，初戀的時候——當她回憶起自己的年輕時代，那種妒煞桃李的嬌羞就更加婉媚可人。

「在他以前，我也見過許多人，男人，有錢的，有權的，他們對我獻殷勤，送花送頭面，請吃請堂會，我都不在意。不過是應酬罷了，沒什麼真心……可是自從遇見他，遇見他……」

梅英的聲音低下去，低下去，不勝嬌羞。小宛入迷地看著她，只覺她每一舉手一投足，都美不勝收，而那一種京戲名旦所特有的柔媚聲線，更是一直鑽進人的心裏去。

「他哦，和別人都不一樣。哪裏不一樣呢？我也說不來。可是，我看到他就會心跳，臉會紅，會燙，總覺得有什麼好事兒要發生；看不見他，就會想念，牽腸掛肚，做什麼都不起勁兒。我再也不喜歡去北京唱，想方設法留在上海，就為了他在上海……」梅英忽然轉過頭來，看著小宛，「你，愛過嗎？」

小宛吃了一驚，愛過嗎？自己正在戀愛，同張之也。可是，他已經三四天沒露面了，只通過幾次電話，口氣冷淡得很。她真是有些害怕，怕阿陶忽然失蹤的一幕會重演。為什麼，自己的每次愛情故事都在剛剛開始的時候即瀕臨結束？難道，這是命運？

「你有沒有試過很深地愛上一個人，痛苦地愛著一個人？」梅英幽幽地問，可是並不等她答案，只顧自說下去：「我愛上他。從我知道自己愛他以後，就再也不肯接受別的男人的約會，也不去應酬客人，只一心一意等著他向我表白……我天天買他的報紙來看，看到他的名字就喜歡。每天上戲前都要看他有沒有來，一邊唱戲一邊偷偷地看他，他常坐的那個位子，他總是在的。」

梅英的神情越來越溫柔，細語悄聲，歷數六十年前風月，彷彿只在昨天：「那時的戲院分三層樓，三樓的座位是賣給那些勞苦人的，拉車的，扛活的，坐得高，也遠，看不仔細，可是他們叫好的時候喊得最起勁兒，有他們在，就不怕冷場。所以我們每次上場前，都在台幕後面掀起一角來望望三樓，要是那裏黑鴉鴉坐滿了人，就心裏有底了。可是，自從『他』之後，我就誰也看不見了，看不見樓下的達官貴人，也看不見樓上喊好叫彩的，就只看見他一個。他總是穿長衫，戴一頂禮帽，看戲的時候就把帽子拿在手裏，總是正襟危坐，看完戲就走，從不主動到後台來搭訕，寫了稿子也不向我賣人情。可越是這樣，我越喜歡。他在，我就會唱得很起勁兒，眼風姿勢都活絡……」

一句一個「他」，不點名不道姓，卻聲聲都是呼喚，字字都是心意。

小宛崇古情結發作，望著若梅英，滿眼都是豔羨，癡癡地問：「你們約會嗎？跳舞嗎？有沒有去外灘坐馬車？他給你的情書，是寫在什麼樣的信紙上？要不要在信封裏夾著花瓣，或者灑香水？」

「要的。」梅英微微笑，嫵媚地將手在眼前輕輕一揮，彷彿自嘲，「不過不是他，是我。我每次給他寫信都用盡心思。我識得的字不多，寫每封信都要花好大力氣，不認得的字，要去問人。不敢問同一個人，怕被人拆穿。要分開問，問不同的人，在不同時間裏，這樣子，寫一封信往往要用上三五天。寫完了，就對著鏡子細細地塗口紅，再印在信紙上，算作簽名。沒有灑香水，怕蓋住了胭脂的味道。花瓣是黏在口紅上的，這樣子才不會花掉。收信的人，揭開花瓣，會看到一個完整的唇……」

那樣纏綿旖旎的情愛哦。小宛悠然神往，完全忘記自己是在與一隻鬼對話，注意力完呢。

全集中在情書上。

情書？這在今天早已經是失傳了的遊戲。現代人，發發電子郵件手機簡訊還要錯字連篇，狗屁不通。他們會爲了一個不識的字花盡心思去問人嗎？字典就在手邊都懶得翻一下呢。

「他回你的信嗎？」

「沒有。一次都沒回過。」

「這麼忍心？」小宛有些意外，這樣一個可人兒的情意，什麼人可以抗拒？一個可以洋洋灑灑寫宣傳稿的記者，爲什麼卻要吝嗇寫一封信？

「他不是忍心，是誠心。因爲他說，寫字是他的工作，再好的文字也不能表達他的心意。再說，他對我的讚美，都已經登在報上，讓所有的人都看見了，還有什麼要寫的呢？」梅英袒護地辯，口吻裏滿是溺愛，「他雖然不回我的信，可是他曾經送我一隻珠花，就是你現在戴的這枚。」

珠花？小宛尷尬地笑，趕緊把珠花摘下來還給若梅英。穿人家的衣裳戴人家的花，又怎能怪她不來找她？

若梅英接過珠花，溫柔地打量，彷彿在重溫那些永遠想不夠的往事。「我愛他，偷偷地、大膽地愛著，一次次暗示，一次次邀約，他總是推脫。可便是那樣，現在想來也是開心的，因爲有希望。他來看我的戲，儘管不應我，可是夜夜來看我的戲。於是我知道，他也是喜歡我的。可是他拒絕和我私下裏見面。越是這樣，我越是放他不下。睡裏夢裏都想著他。想著他，就覺得好開心。被拒絕了也是開心的。那是我一生中最快活的日子，太陽每一天升起來都有非凡的意義。都充滿等待和希望。世界是因爲有了他才變得不一樣的。這樣的日子，足足過了半年。然後有一天，他終於應了我。」

「他應了？」小宛忍不住歡呼起來。這樣的癡情，在今天早已絕跡，使她在梅英的敘述中總捏著一把汗，生怕是個始終沒有高潮的單相思故事，那樣也未免太叫人不甘。知道那鐵石人終於也有心動的時候，她忍不住代她興奮，覺得歡喜。而且，她有一種奇怪的聯想，總覺得自己和梅英的命運在冥冥中緊密相連，如果她的愛情可以得到回應，那麼，自己也可以。

「他應了？你們相愛了？」

「是的，我們相愛，他清楚地告訴我，他也是喜歡我。他還送了我珠花，寫了字條。他爲我寫過那麼多文章，都變了鉛字登在報上，可是那張字條，卻是我擁有的他唯一的親筆字。」梅英幽幽地說，那樣柔媚纏綿的一段往事，可是不知爲什麼，她的聲音裏卻殊無喜悅，而暗含著一股陰森的冷意，讓小宛不寒而慄。

「那段日子，我被一個廣東軍閥糾纏，已經發下話來，說再不答應就要搶人的。我求他想辦法，求他帶我走。他答應了。我們約好要在七月十三那天晚上偷偷成親，然後私奔。我們約好了的。我在酒店裏開了房間等他。佈置了新房，買了新被褥，我親手繡的花，一針一線，剛學，繡得不好，可我繡得很認真，繡了很久，手上不知扎了多少針……」

梅英停下來，捧著自己的手，彷彿在尋找曾經被繡花針扎傷的針眼。繡的心情是甜蜜的，那些刺傷卻是疼痛的，指尖的血滴在繡被上，被彩線遮掩了。那到底是一床甜蜜的鴛鴦被，還是疼痛的血淚裀？

小宛有些慄慄地問：「後來呢？」當她這樣問的時候，心裏已經隱約猜到了答案，然而若梅英親口說出的時候，她還是覺得震驚而傷心。

「我等他，等了整整一夜，可是，他竟沒有來！」梅英的聲音變得淒厲，「我要問他，問他爲什麼負我。我不肯忘記，做鬼也不願意忘記，我要問他一句話，我那麼愛他，信他，等他，可是他沒來。他竟沒有來。他負我！他負我！他負我！」

她看著天空，忽然發作起來，長髮飛起，像受傷的獸一樣嘶聲哀號。

是時風沙突起，拍得窗櫺慄然作響，小宛忍不住雙手捂住耳朵，驚怖地呻吟出聲。怎樣的棄約背義，竟令一個女子如此耿耿於懷六十年，死不瞑目，即使死了，靈魂也不得安息？

這強烈的感情叫小宛顫慄起來，幾乎不能相信這故事的殘酷。

當她再放下雙手時，若梅英已經不見了。

那慘痛的往事回憶刺激了她，即使已經隔了六十年，即使她已經變成一隻鬼，仍然不肯忘記曾經的痛楚與仇恨。

門外女演員還在唱著：「都做了一春魚雁無消息……魂逐東風吹不回……」

滿室華衣間，小宛流滿一臉的淚，卻不再是因爲恐懼。

八　午夜凶鈴

夜深沉。萬家燈火。

每一盞燈後都有一個故事，每個故事都是大同小異。無非是人間的喜怒嗔怨，悲歡離合。可是故事裏的人，在經歷著故事的時候，總以為自己是世間的唯一，自己的故事與眾不同。

是因為這份天真，才使人類久經磨難而不朽的吧？

一旦看破世事無新意，不過是千紅一窟，萬豔同杯，時間還有什麼意義呢？

霓虹燈下走來走去兜攬生意的流鶯們濃妝重彩，比戲子登台更誇張，綠眼影黑嘴唇，衝著路過的男子露出妖媚而沒有誠意的笑，像一隻鬼多過像一個人。

或者，她們也都是些逾期不歸的無主亡魂？纏著那些花錢買笑的男人，只等賺足了錢，便要「重新做人」。

地鐵站裏永遠都有那麼多來來往往的人，來來往往的人永遠都那麼腳步匆匆，他們都有個明確的目的地嗎？他們都有重要的事要做嗎？他們都有值得去可以去的地方嗎？他們都有可以懷念可以珍惜的人嗎？

可以珍惜的未必可以擁有，可以擁有的未必可以長久，可以長久的又未必還能繼續讓自己想停留。

假花比鮮花更永恆，鏡花比真花更誘惑。只要喜歡，何必追究？

「我想問他一句話。」人生最大的悲哀，莫過於執著。

小宛踽踽地走在街上。想著若梅英，也想著張之也。

下班前，她給張之也打了個電話約他見面。她是那樣地思念張之也。已經三天沒見他了，古人說得好，一日不見，如隔三秋。三天就是九年，九年，可以把一個少女磨成少婦了。

她急著要告訴他梅英的故事，急著向他訴說自己內心的感動，急著想問他：他會不會，像張朝天辜負梅英那樣，辜負了她？

她知道他的答案當然是否定的，然後他會嗔怪地揉亂她的頭髮說「你都想些什麼呀？我是不會變心的。」然後，他們會擁抱在一起說些美妙的傻話，就像天底下所有的戀人那樣，說不完的甜言蜜語，海誓山盟。

然而，之也的口吻明顯地遲疑，好像很猶豫的樣子，支吾良久，才勉強地說：「那好吧，你說地點吧。」

小宛不禁有些失落，故意說：「就老地方吧。」說完立刻掛斷。

這樣子，好像爲自己的驕傲找回了一點補。對於十九歲的女孩子來說，最容易被傷害的，不是感情，而是自尊。雖然她很想很想立刻見到張之也，卻不願意讓他看出她的這份急切來。含糊地說句「老地方」，就算是對他的考驗吧，如果他想不出老地方就是他們初吻定情的地鐵站口的話，就是他對她無心了。

她坐在地鐵站口的欄杆上，想著那天張之也說要給她度陽氣的話，臉上不禁熱辣辣地紅起來。忽然便有些後悔。

戀愛中的年輕人，最忘不了的就是彼此的考驗和無事生非的齟齬，誤會，吵鬧，分手，求恕，原諒，和好，愈久彌堅……這是每個熱戀著的人都嚮往的固定模式，他們在享受著其中的苦與樂不知疲倦，卻不知道，世事往往不肯按照他們的設計來發展完成，而是不知道什麼地方就會出了偏差，愛的列車便愈駛愈遠直至分道揚鑣。

所謂不虞之隙，求全之毀，世上有幾對愛人是可以從一而終，白頭偕老的呢？愛如潮水，從善如流尚不一定能保證水到渠成，何況還要橫生枝節自設閘口？

望著行人滔滔流水一樣從眼前推過來又推過去，小宛忍不住又想起自己無疾而終的初戀，那始於一朵死玫瑰的愛情故事。阿陶知道她已經愛上了別的人麼？而張之也，會成爲她生命中最終的玫瑰麼？

她閉上眼睛，聽到遠處恍惚有歌聲傳來：「對你的愛是一朵死玫瑰，一朵死玫瑰……」

那英俊得出奇的大男孩，那扣弦而歌的吉他少年，那爲了追求理想遠去上海的夢中人，就這樣唱著「死玫瑰」走出了她的感情世界，她甚至還沒有來得及問他：他是不是真心地喜歡她？

梅英對張朝天說：我想問你一句話。

小宛又何嘗不想問阿陶呢？

歌聲消失在車聲裏。小宛睜開眼，擁擠而空蕩的地鐵站口裏沒有阿陶，沒有「死玫瑰」，也沒有張之也。

她的玫瑰，竟然從來沒有開放過。

小宛越發後悔，也許不該考驗張之也，他那麼忙，又要採訪又要寫稿又要應酬又要同自己約會，怎麼記得住哪裏才是老地方？這會兒他找不到自己，不知多著急呢。不如還是打電話告訴他自己在這裏等他吧，何苦彼此折磨？

她跳下欄杆，走到路旁的電話亭前，可是號碼撥出去，卻是占線的聲音。之也的電話，是永遠占線的，那麼多接連響起的鈴聲，到底都是誰撥給他的呢？

當自己的電話打不通的時候，是否，有另一個女孩，站在另一個街口，在電話裏與他喁喁私話？是因爲那個女孩占了他的線，於是自己便只落得一個空落的忙音了嗎？

霓虹燈次第亮起，車子拉著長長的鳴笛從身前穿行而過，不法小商販們又游魂一樣地出動了，充滿誘惑的叫賣聲此起彼伏，那麼熱鬧喧嘩的首都之夜，而小宛的心裏如此清冷，充滿著難言的寂寞。她忽然想，自己到底瞭解張之也多少呢？又瞭解阿陶多少？

梅英的話響起在耳邊：「你愛過嗎？」

她也問自己：你愛過嗎？

對阿陶，對張之也，是愛情吧？情深幾許？

她覺得茫然，覺得空虛，覺得若有所失。十九年來，自己其實並不真正懂得愛，像梅英那樣地去愛。即使愛了，也不懂得如何去把握。她對她的愛情，竟是一成信心也沒有。

張之也，真的要做第二個阿陶，或者第二個張朝天麼？

無助的情緒同夜幕一起將她迅速包裹，她抬起頭，看著滿天繁星，已經很晚了。而張之也，他沒有來。

他沒有來。

他沒有來！

他沒有來……

回到家時，奶奶和媽媽已經睡了，爸爸又在邊聽唱片邊改劇本。是越劇《哭靈》，寶玉和紫鵑一問一答地哭著黛玉：

「問紫鵑，妹妹的詩稿今何在？」

「如片片蝴蝶火中化。」

「問紫鵑，妹妹的瑤琴今何在？」

「琴弦已斷你休提它。」

「問紫鵑，妹妹的花鋤今何在？」

「花鋤雖在誰葬花！」

「問紫鵑，妹妹的鸚鵡今何在？」

「牠叫著姑娘，學著姑娘生前的話。」

「那鸚鵡也知情和意。」

「世上的人兒不如牠！」

小宛愣愣地想，一個人死後，原來可以留下這麼多東西，又是詩稿又是瑤琴又是花鋤又是鸚鵡的，如果這些東西樣樣有情，可以留住亡人鬼魂，那世間不是平添了很多恩怨？如果戲衣喚回了梅英的亡魂，那麼泅血的銅鈴鐺呢？它又繫著誰的靈魂，記著什麼樣的故事？

水溶聽到聲響，打開門來：「小宛，你去哪兒了？那個姓張的記者來了好幾次電話問你呢。」

「他打電話來了？」

「剛才才打過。等一下可能還會再打來。」

小宛心情立刻好起來，閃身進了老爸的書房，看到桌子上虹吸式玻璃壺裏正煮著咖啡，便說：「我也喝一杯。」

「小心睡不著覺。」

「反正睡不著。」小宛嘀咕一句，順手拿起手磨機將咖啡豆搖得更勻細些。

水溶一直不喜歡用電動咖啡壺。他說水只是在咖啡粉上打了個滾兒就流下來了，那咖啡怎麼會有香味兒，就像沒經過戀愛就生下來的孩子一樣，太浮皮潦草了。

他的比喻逗得小宛哈哈大笑，從此心甘情願爲父親手磨咖啡豆再用虹吸壺水煮，彷彿手指與咖啡談了一場戀愛。

酒精燈的藍色火焰在暗夜裏幽微地閃爍著，球形瓶裏的水漸漸地沸了，小宛將磨好的咖啡豆沫傾進杯裏，水撲撲地漫上來，滿室立刻溢滿了濃郁的咖啡香。

水溶誇張地深吸一口氣，感慨道：「當初還遺憾沒生兒子，現在看啊，女兒比兒子好一千倍！」

「錯。應該是一萬倍才對。」小宛笑著，熄了酒精燈的火，入神地看著過濾好的咖啡汁從瓶頸處流出來——這是整個煮咖啡程序裏最好看的一刻，那滾熱的咖啡並不是一下子流出來的，而是慢慢地、試探地、滲漏一點點，彷彿在小心翼翼地觸摸一下球形瓶底夠不夠燙，會不會裂，然後才嘩啦啦一泄千里，直流而下。

像不像愛情？那麼小心的開始，那麼激烈的過程。

可是，張之也爲什麼還不來電話呢？自己要不要給他打一個報聲平安？他會爲自己擔心麼？

「想什麼呢，這麼入神？」水溶啜了口咖啡，更加誇張地歎息：「香！人生三寶：咖啡雪茄小女兒！」

「原來我才排到第三位。」小宛嘻笑，隨手取過劇本子來翻幾眼，詫異地問：「還是《倩女離魂》？我今天聽到演員們不是已經開始排練了嗎？怎麼還在改？」

「就是因爲已經開始排練了，才要改呢。好多地方，詞兒雖然好，可是不適合京劇唱，不容易發揮，而且對唱的地方也太少，不出彩兒。這不，我正從『寶玉哭靈』裏找靈感呢，看看怎麼能在京劇裏吸取一點越劇的優點。」

小宛頓了頓，猶豫地說：「爸，我一直都想跟您說，《紅樓夢》的故事很多劇種都改過了，綜合這麼多年下來，就只徐玉蘭和王文娟的越劇最長青，都說是越劇唱腔那種柔綿的味道和故事意境最合拍的緣故；雖然京戲裏也有許多《紅樓》唱段，可是總沒什麼出色，就連梅蘭芳唱的《黛玉葬花》都被魯迅寫文章批評，說是『很像一個麻姑』；又比如當年的京戲《大劈棺》，周信芳的『變臉』迷倒了多少觀眾，後來梁谷音改成了昆劇，讓風格變得柔美浪漫，下了不少功夫，又是蝶舞又是化仙的，可是味道始終不及；還有《遊園驚夢》，就連若梅英，也只肯唱昆曲，不願改京戲；北戲和南戲，畢竟不同……」

「你是說《倩女離魂》本來是昆曲，不適合京戲，怕爸爸白辛苦，事倍功半？」水溶呵呵笑，「放心吧。不是說若梅英以前唱過這場戲嗎？不是也挺成功的？她的《遊園驚夢》是昆曲，並不代表所有的昆戲都不能改成京戲呀。只可惜她們那輩兒人，組班子唱戲，都是打小兒家傳的功夫，戲本子都是私活兒，不外傳的，有些本子，壓根兒就沒有劇本，全在師父腦子裏，唱一句教一句，所謂『口口相傳』。可惜若梅英的《倩女離魂》沒灌過唱片，除了幾件衣裳，竟是影子也沒留下。不過老爸有信心，她們能唱好，咱也一定能唱好！」

「就是，那時候的戲班子規矩就是多。冬練三九，夏練三伏，學徒們早晨四五點鐘雞叫頭遍就得起來吊嗓子，晚一會兒師傅就要掀被子打人的。哪裏像現在的演員，又是鞍馬又是墊子的，那時就是硬摔，從柴垛上一個筋斗翻下來，結結實實就砸在泥地上，角兒功夫不硬行嗎？那時叫『鐵背』，是真正銅臂鐵腿，實打實摔出來的，為了練腳功，要用腳尖立在磚頭上站一炷香，比現在的芭蕾舞演員還苦；為了練眼神，師父們用半截火柴棍把學徒眼皮撐開，針刺到肉都不許眨眼；腿功，毯子功，把子功，蹺功，一點馬虎不得。拿『蹺功』來說吧，戲子們要把綁蹺走路練得如履平地才行。為了練功，小學徒們每天一早就要綁上高蹺，走起路來舉步維艱，如履薄冰。而且就連這樣也不能停了幹活，掃地打水，都是綁著高蹺在做，幹得慢了，師父還要加挨一頓鞭打。有的師傅為了速成，把兩頭削尖的竹筷子綁在徒弟的腿窩處，只要他敢打彎兒，筷子尖就會扎進肉裏去……」

水溶失笑：「你從哪兒知道這麼多的？」

小宛不理，只管滔滔講下去：「角兒們不但要學會自己份內的戲，也要融會貫通，青衣，花旦，刀馬，扎靠，樣樣得精，隨時準備救場。常常一齣戲裏，一個人要扮兩三個角色，換身行頭就換個身分，唱、作、念、打，都來得。像周信芳，七歲唱紅，所以得了個『七齡童』的藝名，後來被報社記者誤寫爲『麒麟童』，將錯就錯，形成了自己的『麒派』風格，他就是又能文又能武，身兼數藝……」

水溶點點頭：「那時的藝人的確苦。」

「可是棍棒出功夫呀。」小宛老態龍鍾地歎息：「今非昔比，世風日下，從前的戲子才叫講究，那都不是一個『才貌雙全』能形容的。一九三〇年上海《戲劇月刊》給『四大名旦』排座次，比現在的選美嚴格多了，天資、扮相、嗓音、字眼、唱腔、台容、身段、台步、表情、武藝……缺一不可，還既得會新劇也要會舊劇，既要聽京戲也得聽昆戲，連品格也都考查在內……」

水溶越聽越奇：「你最近好像很用功嘛，梨園典故突飛猛勁啊。長篇大套的，給老爸上課？」

小宛清醒過來，不好意思地笑笑，忽發奇想：「爸，你想不想聽若梅英的原唱？要不要我請若梅英現身，當面給您唱一齣兒？」

「你說什麼呢？」水溶皺起眉頭來，「上次胡伯死的現場，你沒頭沒腦冒出一句若梅英來，弄得神神鬼鬼的，影響多不好，現在還來說這些沒邊沒影兒的話？」

「好心沒好報！」小宛悻悻，「不陪你了，我睡覺去。」收拾了杯碟出來，剛好聽到電話鈴響，急忙狼奔虎跳地奔進客廳接起，差點在沙發上絆了一跤。

滿心以爲是張之也查勤，然而對面卻是個非常蒼老的聲音，啞啞地說：「叫她不要搞我孫子！」

「誰？你找誰？」

「告訴她，別搞我孫子！」

「喂，說什麼哪？誰是你孫子？」

然而對方已經「啪」地掛了電話。

小宛氣極，不禁罵了句「神經病！」剛一轉身，電話鈴又響了，她拿起來便問：「你到底是誰？裝神弄鬼的？」

對面卻不說話了。小宛不耐，催促著：「說話呀，再不說我掛了。」忽然想或許是張之也跟她開玩笑，於是換了口氣說：「之也，是不是你？別裝神弄鬼的嚇人，告訴你，我可是連真鬼都見過了。」

「不要和他在一起。」對面終於開口了，卻是個幽幽的女聲，低而細，仿若遊魂。

小宛一驚，只覺寒毛豎起：「是誰？若梅英嗎？」

「不要和他在一起！」對方又一次「啪」地掛了電話。

小宛又氣又怕，盯著電話幾乎想抓起來摔掉。真要被這些人人鬼鬼的弄瘋了，到底算怎麼回事呢？

就在這時，老爸屋裏忽然傳出京戲《倩女離魂》的唱曲聲來：

「只道他讀書人志氣高，元來這淒涼甚日了。想俺這孤男寡女忒命薄……」幽細纏綿，如泣如訴。

「梅英？」小宛一躍而起，這分明是若梅英的唱腔，難道她竟跟著自己回家來了？老爸可是無神論者，梅英突然現身載歌載舞，非嚇出人命來不可。

然而衝進老爸屋裏，才發現什麼也沒有，只有留聲機在不緊不慢地一圈圈轉著，水溶匪夷所思地瞪著女兒問：「怎麼回事？好好地放著越劇《紅樓夢》，怎麼忽然變京戲《倩女離魂》了。」

小宛愣愣地，強笑說：「大概是梅英托夢，教你怎麼改本子吧。」忽然有些感慨，「爸，梅英不想你亂改她唱過的戲，她是在給您提醒兒呢。您快把這詞兒唱腔記下來，不然，梅英會不高興的。」

「胡說八道。」水溶瞪女兒一眼，喜不自勝地拍著留聲機，「這張唱片是私人灌的，我向一個戲友借來聽的，原來他珍藏了若梅英的唱腔，真是意外收獲呀！」

小宛哭笑不得，還怕老爸被嚇到呢，原來他竟然有這麼一番自圓其說，也罷，就讓他相信自己另有奇遇好了。趕明兒他去感謝那位戲友，別把人家嚇著就是了。

她坐下來，陪老爸一起聽戲。

「我安排著鴛鴦宿錦被香，他盼望著鸞鳳鳴琴瑟調。怎做得蝴蝶飛錦樹繞……」

小宛怦然心動，這段詞裏唱的，可不正是若梅英自己的經歷？那年七月十三，她在旅館裏訂了房間，鋪了錦被，薰了濃香，親手繡的蝴蝶穿花，只等著與張朝天洞房花燭，琴瑟和鳴。可是他，他卻沒有來！

「我一年一日過了，團圓日較少；三十三天觑了，離恨天最高；四百四病害了，相思病怎熬？」

小宛閉上眼睛，彷彿親眼看到，在酒店的房間裏，若梅英帶著那個廣東軍閥，在她親手佈置的婚床上，完成了從女孩到女人的成人禮。就像預期的那樣，交付自己。只是，新郎卻不是心愛的那個人。

——人生之痛，至此爲極！

她終於明白，若梅英爲什麼會在七月十四的前夜離奇失蹤，又於次日開戲前突然出現，爲什麼會故意喊啞了嗓子告別梨園，爲什麼會違心嫁給廣東軍閥，爲什麼會在嫁後抽上鴉片……只爲，她的心，已經比身體先一步死了，死在七月十四的夜裏。

小宛淚流滿面，漸至哽咽。水溶本來正按著拍子聽得入神，忽然發覺女兒神情異樣，擔心地問：「你怎麼了？」

「不是，哦，這曲子詞很感人……」小宛支吾著，胡亂地抹了把臉，歪在父親身上說，「爸，幸好我還有你，我比她幸福多了。」

「比誰幸福？你這孩子最近說話怎麼老是沒頭沒腦的。」水溶會錯了意，「年輕人一戀愛就發昏。是不是和之也吵架了?剛才電話鈴一直響，是他嗎?」

「不是……」

話未說完，電話鈴再次銳響起來，小宛心中七上八下，趕緊跑出來接起，對方卻又是沉默。

「說話呀，你到底是誰?」小宛煩不勝煩，是張之也?是那個老頭兒?還是那神經女人?「喂，是人是鬼是男是女是死是活給點聲音好不好?」

「不要跟他在一起。」

原來是那個女人。

「誰?不要跟誰在一起?」

「不要跟他在一起。」

翻來覆去，就會這一句。七字真言，沒頭沒腦的，說了等於沒說。

「他是誰嘛?」小宛不耐煩，「你又到底是誰?」

「不要跟他在一起。你們不會有好結果的!」對方咬牙切齒，已近於詛咒。

小宛火起來:「你神經病!」

「啪!」這次是她先掛電話。回到屋裏，無論如何睡不著。是誰呢?如果是以前，她會簡單地當成某人惡作劇，可是在今天，卻讓她不能不懷疑，會否又是一隻死不瞑目冤魂不散的鬼，在無意中被自己得罪了，因而上來同自己講分數?

沒等想停當，電話鈴又響起來。小宛過去接起，劈頭便罵：「你要說就說清楚，不要裝神弄鬼。」

然而她氣歸她氣，對方翻來覆去仍是那句話：「不要跟他在一起。你會後悔！」

「你才後悔！見你的大頭鬼！」小宛再一次掛了電話，順手摘了電話線。

小狗東東被吵醒了，從自己的窩裏爬出來，搖著尾巴，憂傷地望著自己的小主人，渴望親熱卻又不敢走近。

小宛一陣心酸，對東東拍拍手，輕輕說：「東東，過來，讓我抱抱你。」

東東猶豫地朝前走了幾步，忽然「嘔」地哀鳴一聲，還是掉頭跑了。

小宛的心頓時沉重起來，只得重新回到屋子裏蒙頭大睡。剛躺下，卻又忽地跳起，擰開燈檢查一下銅鈴鐺，綠鏽斑斕，花紋隱隱，不過並沒有血跡。她放下心來，還好沒什麼殺氣。

九　舊愛新歡

是哪裏呢？

宮殿式的穹頂，誇張的門頭，四壁擺設熱鬧而俗豔，有種矯情的華麗，像電影佈景。佈景中的女子，穿著一件紅色的嫁衣，鳳冠霞帔，通身繡，妖豔地坐在空蕩蕩的屋子裏，有種難以言喻的淒豔。

窗玻璃上一格貼著蝴蝶雙飛，一格貼著鴛鴦戲水，在在都是好情意。那是女子一刀一剪刻出來的，翹慣了蘭花指的手不慣拿刀剪，有些笨拙，可是架不住那股子認真虔誠的勁兒，硬是剪出來了，蝴蝶兒會飛，鴛鴦兒會游，成雙成對，天長地久。

床上的鋪蓋是全新的，繡著牡丹、鳳凰、蝴蝶、喜鵲，照眼紅通通的一片，取個吉利。

西洋的銀燭台上挑著中國老式的龍鳳紅燭，有點不搭界，可也是吉利——燭台有三根插管，喜燭卻只有一對，中間高高挑起的那根主管，只好插了枝盛開的玫瑰花。

女人看著玫瑰淺笑，滿臉滿眼都是歡喜，絲毫不覺得有什麼不協調。洋人上教堂做禮拜望彌撒唱聖歌時唱過的：「你是空谷的百合花，你是雪倫的玫瑰花……」

中國人侍奉拈花一笑的佛，外國人用花比喻他們心中的上帝，花是世上至純至美的事物，無論人們怎樣選擇自己的膚色，對花的迷戀都是一樣。

屋子四周也都擺滿了巨型的花籃，那些是從園子裏搬來的，都是仰慕者的饋贈。紅綢帶上寫著送花人的名字，每一個張揚的簽名後面都象徵著數目不等的財富與權勢，是誘惑，也是威脅。

可是她看不見。萬紫千紅比不過一枝獨秀，她的眼裏心上，只有一件事，一個人。

有曲聲低低響起：

「說話處少精神，睡臥處無顛倒，茶飯上不知滋味。似這般廢寢忘食，折挫得一日瘦如一日……」

「又在唱《倩女離魂》？」小宛走過去，將一隻手搭在那女子的肩上。

女子回頭，緩緩地緩緩地回過頭來……

夢在這個時候醒了。

然而小宛百忙之中，已經看得清楚，屋頂上，門楣處，黑地金漆，寫著四個大字：興隆旅館。

興隆旅館，那是什麼地方？

小宛睜開眼睛，心裏悵悵地，只覺渾身不得勁兒。看看錶已經七點半，再不起床上班就要遲到了。剛剛穿好衣裳，老爸已經在敲門了。奇怪，不是老媽叫早，倒是老爸？他是副團長，這幾天加緊趕戲，不用這麼早上班吧？

水溶一見女兒，就迫不及待地問：「是不是你動了我的唱片？」

「什麼唱片？」小宛還留在夢裏沒完全醒來。

「就是昨天你跟我一起聽的《倩女離魂》呀。」水溶有些氣急敗壞：「若梅英唱的那段，是誰給洗掉了？」

「洗了？」小宛立即明白過來。那一段唱腔，根本就是若梅英本人——哦，是本魂跑來客串獻聲，有意唱給老爸聽的。唱片上並沒有真正刻錄過這一段，當然雨過天晴不留痕跡了。

然而這個原由，又怎麼能跟無神論的老爸解釋得清楚呢？小宛只好打哈哈：「《倩女離魂》？我昨天跟你一起聽的明明是越劇《紅樓夢》呀。是不是你太專注創作，又勞累過度，所以幻聽幻覺了？」

「是《紅樓夢》嗎？」水溶茫然，「可我明明記得……」

「當然是您記錯了。不說了不說了，我就要遲到了。」

小宛生怕說多錯多，拉過濕毛巾擦一把臉，轉身便跑。

然而一出門，臉就掛下來，無精打采地，天陰陰地像墜著塊鉛，心情卻比天色更陰沉，明明沒吃過早飯，可是胃裏脹脹的，似乎隔夜飯全窩在那兒，不肯消化。唉，這真是「說話處少精神，睡臥處無顛倒，茶飯上不知滋味。似這般廢寢忘食，折挫得一日瘦如一日。」

小宛對自己苦笑，輕輕唱起來：

「日長也愁更長，紅稀也信尤稀……」

聲音未落，忽然聽到人問：「爲什麼『日長也愁更長』？」

小宛嚇了一跳，抬頭看時，卻是張之也捧著一束鮮花笑瞇瞇地站在面前，淘氣地將花束一晃，說：「我從早晨七點鐘起就在你家門前站崗了，你要是再不出來，就不是『日長也愁更長』，而是脖子更長了！」

小宛先是笑，後來就忍不住眼淚汪汪起來，使勁推了張之也一把，恨恨地說：「昨天晚上你爲什麼讓我等那麼久？晚上又連個電話都不打給我？」

「我對天發誓，打了，真的打過了，可是先是你爸一直說你沒回來，後來又占線，再後來，就沒人接了。我想你一定是生氣了，所以一大早來這裏『負花請罪』。」

小宛板起臉來：「廉頗負荊請罪的意思，是讓藺相如用荊條打他。你負花請罪，是不是讓我用花刺扎你？」

「我就知道你會這麼說。」張之也神秘地一笑，將花的包裝紙剝開，「所以，你看，我早把所有的花刺兒全拔了。」

小宛一看，果然所有的玫瑰花杆上都是光禿禿地，一棵刺兒也沒有，再也繃不住，哈哈大笑起來，捶著張之也說：「你狡猾，狡猾的大大的！太賴皮了！這不算！我要罰你把玫瑰花全吃了。」

「那不成了牛嚼牡丹？」張之也笑著，將小宛摟在懷中，定定地看著她，漸漸嚴肅，「來，讓我好好看看你。」

他的眼神那樣專注，深深地一直望進小宛的心裏去，那樣子，就好像有幾輩子沒見了一樣。

小宛忍不住又眼淚汪汪起來，也是眨也不眨地望著他：「之也，這幾天發生了好多事兒，我很想見你呢。」

「哦，都有什麼事兒？」之也將她一拉，「我們找個地方，慢慢地說。」

「找什麼地方呀？我還要上班呢。」

「不去了，曠工一天，沒什麼大不了！」

「你，你真是……」小宛瞪著他，瞪著瞪著，就忍不住噗哧笑了，「真的，沒什麼大不了，豁出去捱老爸一頓罵就是了。」

「不會讓你爸罵你的。」張之也擠眉弄眼，「我們好好玩一天，晚上我陪你一起回家，你媽一見我，喜歡還來不及呢，怎麼會捨得讓你爸罵你呢？」

「我媽喜歡你？」小宛衝他扮鬼臉，「別往自己臉上貼金了。」

「你不信？不信？要不要賭一個？」張之也哈哈大笑，「丈母娘看女婿，越看越中意！」

「你……」小宛做惱怒狀，追著之也揮拳頭，可是滿眼裏都是笑意。

香山腳下，一汪湖水如夢，倒映著紅葉似火，儷影雙雙。小宛和張之也手牽著手，喝茶的時候也不捨得鬆開。

茶是碧螺春，旗槍分明，芬芳撲鼻。張之也啜一口茶，看著滿山紅葉灼灼燃燒，嚮往地說：「小宛，你說，我們在這裏種一株梅樹怎麼樣，等梅花開了，我們就來這兒搜集梅花上的雪，收在罈子裏，埋在地下……」

「等到開春的時候取出來煎茶，就像妙玉那樣！」小宛搶著說，「好呀，這主意好，又浪漫又有趣，說做就做。」

「得申請的。要買樹種，申請土地，然後才可以植樹，你以爲是你家菜園子，想種啥就種啥呀？」張之也笑著，摟一摟小宛的肩，「你還沒說，這幾天都發生了什麼事兒呢。」

小宛嚴肅起來，一字一句地說：「你聽清楚，可別嚇暈過去——我見到若梅英了。」

「你真的跟她說話了？」張之也大奇，「去，帶我拜訪她。我還從來沒跟鬼聊過天呢。」

「我才不呢。」小宛做吃醋狀，「她那麼美，說不定你會一見鍾情。」

「鍾情？對一隻鬼？」張之也大笑，「一隻豔鬼，聊齋裏才有的故事，我要是寫成文章，一定沒人信。」

「是豔鬼。也是厲鬼，是冤魂。」

小宛歎息，款款地講起梅英的故事。張之也大為感動：「原來，這才是愛情。」停一下，又說，「這樣的故事，在今天已經絕跡了吧？」

「誰說的？」小宛卻又不服氣起來，「我就不信這世界上再沒有第二個若梅英。」說完了，眼睛亮亮地看著張之也，希望他會說：「是，我們的愛情也會像他們一樣堅定，但是，會有好結局。」

可是，他卻扭過頭，說起不相干的事來：「對了，有件事——聽說你們劇團下禮拜有演出，能不能幫我多弄幾張戲票？」

小宛有些失落，強笑說：「你們做記者的，還怕沒有免費戲票拿？面子比我都大呢，倒問我要。」

「朋友多嘛，我爸媽從老家過來，想看些老戲，又請了幾位北京的老朋友，十幾個人呢，我那幾張票怎麼夠。」

小宛一愣，心想你爸媽來了，怎麼沒聽你說過？轉念想人家爸媽來了，關自己什麼事，又憑什麼要跟自己說。心裏不由就有幾分不得勁兒，淡淡說：「我的票也不夠，等我跟別的同事問問，看能不能幫你湊幾張吧。」

張之也看出她的情緒變化，卻不便多說，只問：「你不是說發生了好多事嗎？就這一件？」

「還有一件——昨天晚上我收到騷擾電話。」

「哦，午夜凶鈴？」張之也笑起來，「你得罪了貞子？」

「謝了，一個中國鬼都讓我吃不消，還敢招惹日本鬼？」

「那可難說。也許鬼小姐們看到你可以通靈，紛紛找上門來，當你是日斷陽夜斷陰的包青天。沒看過美國片『靈異第六感』嗎？那個小男孩自從可以看到鬼，所有的鬼都來找他幫忙完成心願。你以後可有得忙了。」

小宛被說得心慌，忍不住捂住耳朵：「你還嚇我？！」

張之也呵呵笑：「好了好了，不玩了，說說看，是個什麼樣的人給你打電話？」

「一個老男人，和一個年輕女人。」

「兩個人。」張之也擠擠眼睛，「說不定是兩隻鬼？他們有什麼心願託付你？」

「不清楚。兩個人的聲音差著幾十歲，可是說話都一個習慣，都是翻來覆去只說一句話。一個說：叫他不要搞我孫子；另一個說：不要和他在一起。」

「不要和他在一起？」張之也愣住了，半晌說：「再以後有這樣的電話，不要接，我明天就幫你辦理來電顯示。」

「嗯。」小宛順從地答應，將自己的手放在張之也的手中，撒著嬌：「我給你講了個好故事，你也給我講一個吧。」

「講故事？什麼故事？」之也呵呵笑，「從前有座山，山上有個廟……」

「才不要聽你老和尚念經。我想聽……」小宛盯著張之也的眼睛，「你的初戀故事。」

「我的初戀？」張之也愣了一愣，「爲什麼要聽這個？」

「想知道你更多嘛。」小宛繞著之也的胳膊，「說一點好不好？說嘛，你的女朋友，我記得你第一次請我看電影《遊園驚夢》的時候，跟我說起過，她英文名字叫做薇薇恩對不對？」

「你記憶力可真好。」張之也笑，可是笑容十分勉強，「都是過去的事了，有什麼好說的？」

「我好奇呀，她是個什麼樣的人？」

「女人。」

「廢話。是個什麼樣的女人？漂亮嗎？能幹嗎？性格怎麼樣？做什麼工作？還有……」

「你怎麼了小宛？」張之也將她摟得更緊，「審我嗎？」

「不是啊。我就是覺得，我對你的瞭解好像很少，昨天我等你不來，突然覺得很害怕，覺得從來就沒有真正認識過你。你去過我的劇團，去過我家，見過我所有的同事和家人。可是我呢，除了你的工作是記者，你的電話號碼，我幾乎對你一無所知。一旦你的電話打不通，我和你就像陌生人一樣，完全沒辦法得到你的資訊。好像忽然之間，我們離得很遠很遠，從來沒有認識過似的。所以，我想知道多一點你的事。」

「那，你想知道什麼呢？小生知無不言，言無不盡。」張之也嬉皮笑臉。

小宛想一想：「你有很多女朋友嗎？」

「很多，很多，多得數不清。」張之也故意逗她，看到她真有點急了，又趕緊說，「不過，現在就你一個。」

小宛白他一眼，不說話。

之也將她再摟一摟，說：「要不這樣，你先向我坦白，談過幾次戀愛了？」

他是故意的，因爲以他的經驗，明知道小宛是個很純很純的女孩子，連接吻都不會。他賭她這次是初戀，卻故意開她玩笑。

不料，小宛低下頭，竟真地幽幽地坦白：「兩次。這次是第二次。」

「我不是你第一個男朋友？」張之也誇張地驚叫，可是心底裏，卻真的有一抹醋意掠過。讓他自己也覺得奇怪，怎麼了，一個十九歲的女孩子，談過一次戀愛不是很正常嗎？別的女孩子像小宛這年紀，連打胎的經驗都有過至少兩次了。就像薇薇恩……

想到薇薇恩使他略覺不快，聲音不自覺地冷硬許多：「是嗎？那說說看，你第一個男朋友是做什麼的？」

「我不知道，阿陶能不能算我男朋友。」小宛望著紅葉，認真地思索著，「他是個地鐵歌手。歌唱得非常好聽，是我聽過的最好聽的歌兒。我覺得我已經愛上了他，可是還沒有來得及告訴他，他就對我說，要去上海做歌手了。我沒有問過他是不是也喜歡我，就只知道他的名字叫阿陶，他已經走了半年了，連個電話都沒有打給過我……」

「原來是這樣呀。」張之也鬆下一口氣，又好笑又感動，「這就是你的初戀故事？」

「我是認真的。暗戀，也是初戀呀。」小宛強調，接著卻又擔心起來，小心翼翼地問，「之也，你會不會因爲你不是我愛的第一個人生我的氣？」

「傻丫頭，我怎麼會呢。」張之也抱著小宛，忽然決定下來，「好，我也給你說說我的故事，問吧，你都想知道薇薇恩什麼？」

不知爲什麼他忽然就想訴說了，也許是因爲訴說會讓他覺得心裏好過些，對得起小宛的純潔和真誠，也許他覺得說出來就代表一種結束和新的開始，然而，他仍然不能說出真相的全部。不是不能，也不是不肯，而是每個人在最坦白的訴說中，都會本能地有所隱瞞，矯飾。而且，小宛過於單純天真了，這也使他無法面對她說出一些也許在成年人眼中看來非常正常的話。

他說了，但說得很簡單：薇薇恩，一個漂亮能幹的女孩子，但是太漂亮太能幹了，讓人抓不住。沒有人能說清薇做的是什麼樣的工作，她在很多公司掛名，頭銜大多是公關經理或者業務主管之類，薪水很低，可是提成很高，每天出入大酒店，同些商業大亨政界名人打交道，經手的生意動輒幾千萬，想做的事幾乎沒有做不到的，可是唯一不幸的是——

始終找不到一個優秀得可以讓她嫁的人。

「連你也不可以嗎？」小宛不相信地看著他，「她連你也不滿意？還是你不願意娶她？」

「我？」之也苦笑，「我算什麼，全部身家加起來，也不夠她認識的那幫人中任何一個的資產零頭。」

「錢又不能代表一切。你這麼優秀，還不夠嗎？」

張之也看著小宛，這回是真的笑了：「小宛，你有時候單純得讓人有犯罪感，我不知道是因爲你還小，還是你太特別，現在已經沒有人這樣說話了，知道嗎？」

「哪樣說話？」

「像你這樣啊，說錢不是萬能的，說感情重於一切，說愛要天長地久……」

「這樣說，很傻嗎？」小宛困惑地問。

張之也抱緊她，忍不住深深吻下去：「傻，傻得獨一無二。」他抱著她，彷彿抱住一件瑰寶，生怕打碎或失去。這一刻，他忽然覺得恐懼，怕傷害她，怕失去她，怕配不上她，他該怎樣來保護他的瑰寶呢？

彷彿突然下定決心，他問：「小宛，我知道等這場演出完了，你會有幾天假期，想不想去上海走一趟？」

「去上海？爲什麼？」

「去旅遊。還有，拜見這個人。」張之也展開一張報紙，梨園消息一版頭題寫著：梨園前輩林菊英八十大壽。

「林菊英是誰？」

「若梅英的師姐，當年『群英薈』的刀馬旦。」張之也慫恿著，「她住在上海，地址我也弄到了。她一定很清楚梅英的事，你要是想見她，我陪你去。」

「好。我去。」小宛立即便決定了。

該怎樣評價梅英呢？

一個戲子，大煙鬼，軍閥的五姨太，「文革」中畏罪自殺者……

也許，在世人眼中，她一生中從未做對過什麼。

即使死後，也仍是一隻糊塗的鬼。從來都沒有對過。

可是，她卻執迷不悔，執著地愛，也執著地恨，即使死，仍要苦苦追尋一個答案，要等他，找他，問他：我要問他一句話。

我要問他一句話！小宛決定替她找出那句話的答案。

然而走之前，還有一場重大的演出要準備。劇團很久沒有這樣緊張熱鬧過，一套套的行頭，一匣匣的頭面，一箱箱的盔甲，一場場的鑼鼓點，一疊疊的節目單，小宛在準備服裝之餘，還要幫著叔叔伯伯嬸嬸姐姐們眷清場次，登記戲箱，忙得不亦樂乎。

如今很多演出團體已經把「穿」和「戴」都歸於服裝範疇了，但是京劇團還實行著梨園傳統的「衣箱制」，將衣箱、盔箱、雜箱、把箱都分得很嚴格。光是一個衣箱，就可以細分爲大衣箱、二衣箱、三衣箱，分別放著蟒、帔、褶子或是大靠、斗篷、抱衣褲等，又有文扮、武扮、女扮之分；而角色所戴的冠、盔、帽、巾、髯口、雉翎、狐尾、玉帶等，則屬於盔箱的範疇；雜箱不言而喻，裝著道具雜物；而鑾儀兵器什麼的，便歸於把子箱。平時，這些箱子歸不同部門管理，分箱貯存；但在演出的時候，就要打亂重來，按照不同戲目重新分門別類，方便更換。

戲曲界有句行話叫作「寧穿破，勿穿錯」，就是說衣裳行頭破舊不要緊，但不能亂穿，一定得照著規矩來，生、旦、淨、末，你是哪個行當，就穿哪套行頭，一絲不亂。而「衣箱制」，就是爲了保證這個分類的嚴整，儘量不出錯。因此，小宛心事再煩，也不得不打起十二分精神，把所有的箱子理了又理，查了再查，一絲不苟。

先是響排，後是彩排，再是走台，然後，就要正式演出了。

演出前夕，水溶給演員們做最後的動員報告，大談京劇表演的歷史與前景，談當代演員的任重而道遠。

「這次的曲目都是經過挑選的，最適合表現戲劇的『綜合性』與『虛擬性』，而在『程式化』上有大力的改革，叫人耳目一新。選擇《貴妃醉酒》做開場，就是要充分體現這個戲劇的『綜合性』，歌和舞是密不可分的，而舞蹈又與武功一脈相承，貴妃的佈景和行頭都是最講究的，音樂也華麗，動作比較大開大闔，最能表現演員的唱功與身段；而選擇《大劈棺》壓軸，是爲了它的力度，在舞美上我們吸取了南劇的焰火效果，相信觀眾反響一定會很熱烈；《倩女離魂》是新戲，這次只表演其中一小段，試試效果，也好繼續改進。總之，相信我們的時代是最好的，我們的演員也是最好的，不能『絕後』，也要『空前』……」

水溶很擅長做這類鼓舞人心的報告，語氣很是煽情。小宛有些哭笑不得，替老爸感到無奈，他昨晚還在跟自己感歎劇團的演員青黃不接，功力不濟呢，新來的琴師甚至連「二黃」裏的「散板」和「搖板」都分不清，最常規的「導回龍」都常常出錯，本來應該「導板」一句後接「碰板」回龍，補足一個下名，再接原板、慢板的，叫做「碰原」。他可好，常常「回龍」後就一路「搖板」下去，簡直除了「西皮流水」就再不會其他的調調；演員呢，也是「韻白」和「京白」含混不清，念白時統統是舌頭底下打個轉兒就應付過去，快時不見流利，慢時不見嫵媚，腳尖不肯跟著腳跟走，眼風不肯跟著指尖走，水袖不能跟著心意走……

然而今天到了台上，在全團員工面前，他卻要昧著良心誇讚他們是最好的演員，是空前絕後——也許，這便是領導的藝術，或者說，是領導的義務吧？

正想得出神，忽聽耳邊「哧」的一聲，似乎有個女子在不以爲然地輕笑。

「梅英？」她本能回頭，卻茫然無所見。但是，小宛已經知道了，「她」在這兒！在某個不可見的角落，或者，就大大方方地坐在自己的身邊。「她」看得見她，她卻看不見「她」。

小宛有些堵氣，朝過面聊過天交換過身世，也算是朋友了吧？甚至「她」還上過她的身，讓她唱了一次《倩女離魂》，還跟她回過她的家，偷樑換柱地出現在留聲機的光影年華裏，卻仍然這樣神龍見首不見尾地戲弄她。做朋友做到這樣，未免太不公平。

她瞪著空氣，悄聲問：「你在哪兒？現身！」

可是「她」不回答，也沒有現身。

小宛有些氣餒，她甚至不知道「她」還在不在這兒。就像同網友聊天，人家隱身時，她也弄不清對方還在不在。她自己上ＭＳＮ，一定是「線上」，就是不願意讓人家猜。在就是在，不在就不在，何必藏頭縮尾？

這樣想一想，倒覺得氣平起來，小宛自我安慰：就當是同隱身的網友相處吧。對方愛理你時就發個笑臉，不愛理你就潛水沉底，何必一定要揪他出來？水至清則無魚，做朋友，又何必強求？

十

貴妃醉酒

不過是半尺白綢，一把扇子，可是落在戲子的手裏，便有了萬種風情，千般含義：

使勁地甩一下水袖是生氣拒絕，緩緩地收回來是情意彷徨，舉起蓋在頭上表示驚慌悲愴，一時又不停地舞動著在空中畫出大幅大幅的圓圈，又似青衣的焦急憂慮，心思潮湧；諸葛亮搖的是羽扇，小生們用的是摺扇；周瑜把雙雉尾翎子彎下來咬在嘴裏全身抖動著表示氣憤，呂布用一條翎子的末梢去拂貂蟬的臉卻是挑逗……

北京的道路一天一個樣兒，大樓像雨後春筍似說冒出來就冒了出來。可是戲台子上，服裝頭面的造型，演員的唱腔手勢，甚至水袖羽扇的指代意義，卻是一成不變。

關起劇院的門來，當今天的演員當年的戲子唱起同樣的腔調搬演重複的故事時，這裏的時光便停止了。

杜麗娘歲歲年年地在姹紫嫣紅的後花園裏驚夢懷春，杜十娘無數次地將百寶箱裏的假珠寶倒進水中；寶哥哥和林妹妹哭了又哭，仍然改不了鏡花水月的結局；曹操和諸葛亮鬥了又鬥，早已將赤壁燒成了火海的代名詞……

台上只一日，人間已百年——從這個意義上來說，戲台成了傳說裏的天堂，上台的人就是進入時光隧道，把百年滄桑一袖承擔，搬演千般風月，萬古仇冤。

二胡與絲竹同唱，水袖共羽扇齊飛。於是，情孽冤宿便借屍還魂了……

戲院一早貼出海報來，第一場是唱做並重載歌載舞的青衣戲《貴妃醉酒》。

小宛往場子裏望一望，稀稀落落的，最多只上了五成客人。她想起若梅英說的，以前的角兒上場前先往三樓瞄一眼的故事，不禁感歎，現在別說三樓了，就這一層樓還填不滿呢，而來的客人中，又有一半是贈票。怎麼能怪演員們越來越不專心呢？

忽然一轉眼看見第三排坐著張之也，心裏「別」地一跳，他旁邊的兩位老人家就是他的父母嗎？也就是自己的未來公婆？

小宛的臉紅了。切，八字還沒一撇呢，知道這一聲「爸」、「媽」有機會叫沒機會叫呢。咦，再過去那女孩子是誰？打扮得花枝招展濃妝豔抹的，眼蓋幽藍，唇色暗紅，一張臉活色生香，正同張之也咬著耳朵低低地說話，形容很是親暱……

小宛正想看得更仔細些，忽然舞台上燈光大作，台下卻刷地暗下來，再也看不清楚。

一時緊鑼密鼓，幻出一個大唐盛世的繁華景象來：畫布上影著亭台飛簷，百花競豔，好一派皇家氣象。戲台近處設著雕欄玉砌，花團錦簇，一道小橋橫渡，泄玉流芳。現在京戲演員的唱腔身段雖然不比前人，然而舞台佈景卻借著高科技的撐腰比從前光怪陸離許多倍。

鑼鼓聲越來越緊，聲緊處，只聽嬌滴滴一聲「呀……」，穿透了鑼鼓陣，也穿進了觀眾的心——楊貴妃出場了！

只見她穿一件紅色五彩繡團鳳鑲邊女蟒，白色繡花馬面裙子，風華綺麗，搖曳而行，粉面含春，媚眼如絲，於台前站定了，方一亮相，台下已哄然叫好。這叫做「碰頭彩」，只有老戲迷們才會守的規矩。今天的觀眾，真是給足了面子。

《貴妃醉酒》又名《百花亭》，說是唐明皇與楊貴妃相約在百花亭擺宴。然而楊玉環在亭上設好酒席，卻久候皇輦不至，遣奴婢去打探，方知道皇上去了梅妃宮中。不禁又是傷心又是孤零，在亭中自斟自飲，醉態百出——又一齣表錯情的華麗緣，又一個被負了約的傷心人！

「芍藥開，牡丹豔，春光無限。好酒啊好酒……」

那楊玉環桃花為面，秋水為眸，鳳冠霞帔，媚行狐步，手執酒樽一步三搖地走近了，腳底如踏棉絮，卻軟而不亂，置杯，賞花，下腰，銜杯，正是腰功裏的絕活兒「臥魚」——當是時，演員臉朝上身向後仰，頭部漸漸後仰，與台平齊，而後以口銜杯做飲酒狀，接連幾次。

台下人數雖然不多，卻多是行家，看到這久已不見的梨園風采得以再現，大覺透氣，頓時轟天價叫起好來。如果說開篇那聲「碰頭彩」還只是客氣捧場的話，那麼現在的這聲好可就是發自肺腑，而且一旦叫出，就再也刹不住閘，一陣陣叫好聲就好像滾雷似一波響過一波，竟要把棚頂子掀翻過來一樣。

小宛意外，這段「下腰」是將武旦的功夫揉進青衣表演裏的高難度動作，這楊貴妃的演員平時練功並不專心，這些動作都只能做個大概樣子，今天如何竟表演得這樣好了？看到冷落已久的戲院這樣火爆，觀眾叫好聲響成一片，倒有些像電影裏演的舊戲台子的情形兒。

團長也被驚動了，來到幕側把場，眉飛色舞地連連說：「這姑娘，平時不怎麼著，關鍵時候來這一下子，還真把人震住了！」一邊猛拍小宛一掌：「丫頭，別光傻站著呀，還不準備第二場的服裝去？要是誤了戲，可是要打屁股的啊！」

「說什麼呀？」小宛臉紅起來，那個演員也比她大不了多少，一樣是剛剛分配工作的，人家就是「姑娘」，她就是「丫頭」，動不動拍頭摸腦袋的，連打屁股也拿出來了，真是氣死人！

服裝間裏鬧轟轟的，黃蓋正對鏡畫著紅色六分臉，《搜孤救孤》的屠岸賈則在上好了妝的臉上畫紅色直道——預示「血光之災」的意思，秦湘蓮吵吵著找不到自己的頭面了，穆桂英的「大靠」鬆了一邊，《三岔口》的兩位武丑在無聲地走場對腳步，檢場的在催促下一場戲的主角快做準備……

正手忙腳亂，團長進來了：「丫頭，怎麼樣了？」

「人家有名有姓的，不叫丫頭！」小宛正色抗議。

「喲，小丫頭生氣了。」團長呵呵笑，還想再說點什麼，忽見羽衣霓裳的人影一閃，是楊貴妃下戲了，從門前匆匆經過，忙喊一句：「喂楊貴妃，演得不錯，進來聊兩句。」

然而那人頭也不回，逕自穿過走廊急急地去了。團長還要追上再喊，小宛心裏一動，忙拉住說：「女演員事多，走得這麼急，肯定有原因的，你就別追了，免得大家尷尬。」

團長愣了愣，臉先紅了，打個哈哈說：「你這孩子，人小鬼大。」敲了小宛一記腦殼，轉身走了。

小宛撫撫腦門，悻悻道：「剛不叫丫頭，又成孩子了。」

顧不得抱怨，忙隨了楊貴妃衣影兒趕至後場倉房，果然看到若梅英坐在暗處瑟瑟發抖，臉色蒼白，連濃妝油彩也蓋不住。

小宛詫異道：「你怎麼穿了這身衣裳？」

梅英悵悵地撫著袖子說：「這也是我穿過的衣裳呀。」

「什麼？這明明是演員的行頭，還是新做的，沒正式上過戲呢，我親自準備的。」

梅英苦笑：「小宛，你看清楚，這衣裳是舊的，金線是真的，上面的繡花都是手繡，不像你們現在的衣裳平整，可是比你們鮮活，就算隔了一個甲子，料子快化土了，繡活兒可還真著呢。」說起舊時風月，梅英頗有幾分自得。

小宛走近細看，又撈起袖子來撚幾撚，果然料子綿得多，線腳也細密得多，倒不禁好笑起來，原來楊玉環服裝，事隔六十年，竟一點改觀沒有，還是沿用老樣子，借屍還魂。

梅英說：「我聽說你們今天唱《貴妃醉酒》，心都動了，忍不住自個兒開了箱子，換上衣裳就來了，想跟你們的角兒——啊，聽說現在都改叫演員了——比一比，看看到底是誰的唱功好。只可惜台上陽氣太重，我撐不了那麼久，被大燈照得影兒都虛了。」

小宛這才想起，剛才在台後看戲，果然不曾見過楊貴妃有影子，回頭想想，倒不由冒一身冷汗。每天台上搬演著古人的故事，今人的口唱著前人的事兒，誰知道什麼時候又會觸動誰個靈魂的情性，驚動了他來移花接木客串演出呢？

台下看戲，台上唱戲，誰知道什麼時候是人在唱，什麼時候是鬼在說？

忽然前場傳來撕心裂腑一聲喊：「冤哪——」是李慧娘上場了。小宛看不見，可是可以想像得出那李慧娘拖著長長的水袖迤邐而出，一干牛頭馬面隨後追來的樣子，李慧娘渾身縞素，怨氣沖天，咬牙切齒要追討仇人的項上人頭，否則誓不甘休。

小宛忽然不寒而慄。這樣的仇恨是真實的嗎？當演員們用心揣摩著這些本不屬於自己的仇恨冤孽的時候，那些遊蕩於天地間的一股冤仇之氣會不會因此找到共鳴，而於倏忽間進入演員的身體？

那在台上唱戲的，到底是演員，還是李慧娘本人，或者那些曾經扮過李慧娘的角兒們？

她望著若梅英，戰戰兢兢地問：「那個唱楊貴妃的演員呢？你替她上台，她哪裏去了？」

「在這兒。」若梅英揭開蓋道具的一張簾子，箱堆裏，果然躺著一個女子，穿著簇新的大紅繡蟒，沉睡不醒。臉上紅紅白白地上著濃妝，因為出現在不合宜的地點，乍看像隻鬼。

若梅英淡淡地說，「我讓她睡著了。」

小宛急上前去探了探女孩的鼻息，鬆下一口氣來，不滿地看著若梅英：「你這樣做，知不知道對她影響有多大？她一覺醒來，發現自己睡在這裏，而別人卻告訴她剛才已經上過場了，她非嚇瘋不可！」

梅英微微一笑，不置可否。歇了這一陣，她已經魂靈略定，款款站了起來，略一轉身，衣襟帶風，飄然有不勝之態。小宛看著，忍不住又歎一口氣，一個人美到這樣子，真叫人連氣都生不起來。

什麼叫美女呢？就是不論坐、立、行、走、喜、怒、哀、樂，都盡媚盡妍，氣象萬千。而梅英的美，還不僅僅在五官，在身段，在姿態，甚至不僅在於表情，而是那種通身上下隨時隨地表現出來的女人味兒。那時代的人，不論做什麼都講究姿勢，抽煙的姿勢，跳舞的姿勢，手搭著男人的肩調情的姿勢，甚至同班主討價還價時斜斜倚在梳粧台上有一句沒一句故作氣惱的姿勢……現在人省略得多了，最多學學吃西餐時是左手拿刀還是右手拿刀已經算淑女了。同從前的人，可怎麼比呢？

小宛豔羨又著迷地看著若梅英，忽然又想起一件事：「哎，你是鬼呀，我看到你還可以說是有緣，怎麼觀眾也都能看到你呢，難道你給他們開了天眼？」

「那沒什麼可奇怪的，」梅英微笑，「《醉酒》是我唱過的戲，如果是新戲，我就上不了。這就像留聲機一樣，不也是把有過的東西收在唱片上了嗎？還有電影，不也是重複著以前的東西？鬼和人交流，就好比聽收音機那樣，只要對準頻道，你們就可以收聽到我了。」

「是這樣嗎？」小宛只覺接受不來，卻也說不出這番話有什麼不對。「不過，你在台上的表演實在是好，我從小就在劇團裏跑進跑出，還是第一次看到有人把楊貴妃演得這麼傳神呢，那個『臥魚』的活兒，真是帥！」

「這算什麼？」說起看家本領來，梅英十分自負，「我們的功夫是從小兒練出來的，什麼拿頂、下腰、虎跳、搶背、圓場、跪步、踩蹺……都不在話下。當年在北京，華樂園、廣和樓、中和園、三慶園、廣德樓、慶樂園、開明戲院，還有北京最大的『第一舞台』，我都唱過，哪一場不是滿座，要聽我的戲，提前三天就得訂票呢。那些茶房案目，不知從我這裏撈了多少油水。那時候，張朝天每天都會來看戲，坐在前三排，固定的位子上，穿一件青色長衫，手裏托著禮帽……」

「你不唱戲以後，都做過什麼？」

「找他呀。自從那年七月十三晚上他失約以後，我就到處找他，想問他一句話。直到我死，變成一隻鬼，可是，我到處找不到他，他在哪裏呢，是生是死，我找不到他，不會甘心的……」

小宛發現，若梅英的記憶是斷續的，學戲，唱戲，與張朝天相識，相戀，相約，相負，接著就是冥魂之旅，中間沒有間隔。
沒有張朝天的日子，在記憶裏全部塗抹成空白。
一顆心繫了兩頭，一頭是愛，一頭是恨。連時間都不能磨滅那麼強烈的感情。中間的違心下嫁，顛沛流離，挨批被鬥，墜樓慘死，全都不記得。痛與淚，也都可輕拋，連生死都不屑，卻執著於一個問題。
我要問他一句話。
是怎樣的毅力才可以支撐這樣的選擇，連重生亦可放棄？沒有了所愛的人伴在身邊，活三天或者三十年已經沒太大分別，甚至生與死都不在話下。
她的一生，竟然只是爲了他！
在他之前，她的日子是辛苦的，流離的，漂泊掙扎；他之後，則一片死寂，不論經歷什麼都無所謂。有大煙抽的時候醉死在大煙裏，沒大煙抽的日子墜死在高樓下。
她的一生，就只是爲了他。是爲了他才到這世上走一回的，也是爲了他留戀在這世上不肯去，身體去了，魂兒也不肯去。
因爲，她要問他一句話。
小宛惻然，問：「如果我找到張朝天，你會怎麼做？」
梅英正欲回答，忽然一皺眉：「好重的陽氣。」轉身便走。
「哎，你去哪兒？」小宛要追，卻聽到門外有人喊：「小宛，小宛，你在哪兒？」卻是張之也的聲音，她急忙答應，「這兒哪，進來。」

再回頭看梅英，已然不見。

張之也挑了簾子進來，詫異道：「你一個人在這兒幹嘛？咦，這女演員是誰？怎麼在這兒睡覺？」

「你出來我再告訴你。」小宛拉著張之也便走，生怕梅英還在屋內，被陽氣沖了。

散了場，小宛和張之也走在路上，小宛說：「之也，我剛才在台上看到你。」

「就知道你會偷看我。」張之也笑，可是笑容有些勉強。「宛兒，你給我的兩個號碼，我已經查過了，其中一個是胡瘸子的，另一個是公用電話，沒辦法查。」

「胡瘸子？他爲什麼要打電話嚇我？」

「不是嚇你，是嚇他自己。」張之也表情沉重，「我已經調查到，胡瘸子的孫子，也就是胡伯的兒子，前幾天剛出了車禍，撞斷了腿，現在胡家已經是三代殘疾了。那孫媳婦兒正吵著要離婚呢，真是禍不單行。」

「車禍？」小宛呆住了，「那他現在怎麼樣？」

「沒死，不過已經高位截肢，今生不可能再站起來了。」

換言之，他成爲新一代的胡瘸子。

胡瘸子的兒子是胡瞎子，胡瞎子的兒子還是胡瘸子，這一家人彷彿受到命運的詛咒，註定不能健康正常地生活。

小宛忽然恐懼起來：「之也，你說，會不會是梅英……」

「我不知道，也許是巧合。因爲如果真是梅英報復，那就太可怕了。你想想，這世間有多少不白之冤，如果個個都要報復起來，真不知世上有多少冤魂在作祟呢，那人類豈不是很不安全？」

「之也，我們要不要去找找胡瘸子，問清楚，他到底和若梅英之間還有些什麼恩怨？」

「你真是熱心。」張之也微笑，搖頭說，「胡瘸子不是好人，還記得在殯儀館那天他的態度嗎？那人太邪惡了，而且對若梅英充滿恨意，一定不肯回答你的問題。相比胡瘸子來說，林菊英一定更清楚若梅英的事，也更客觀些。我們還是及早出發，去上海吧。」

小宛若有所思地點頭，忽然問：「之也，如果你愛上一個人，很深地愛上，但是明知道這份愛會帶給你痛苦，你會怎麼辦？」

張之也明顯地踟躕，最終答：「我不會愛上那樣的人。我不會爲一個不愛我的人痛苦。」

小宛低下頭，覺得落寞。張之也的回答令她失望，也令她釋然。因爲她自己也是這樣。她終於決定告別對阿陶的等待，也不過是因爲知道他不能給她幸福。

她抬起頭，說：「我也是這樣。」

他們都不會愛上不能給自己幸福的人。因爲他們都更加愛自己。

梅英那樣的感情，只屬於六十年前，在今天，那已是種奢望。

水溶聽到女兒的決定，十分意外：「去上海？怎麼從沒聽你提過？」

「誰說的？我幾次都說過要去上海玩的嘛，只不過你們一直不放心我自己出門，現在我都已經工作了，總該放我出去玩幾天了吧？」

媽媽卻有幾分猜到：「是不是跟那個記者一起去？」

「是呀，不過，不是你們想的那樣啦，就只是玩幾天嘛。」小宛撒嬌，明知媽媽會錯意，卻不想多解釋，誤會自己是約男朋友旅遊總比讓他們知道真相好，難道可以照直說自己是受一隻鬼差遣去上海調查梨園舊夢嗎？

還是奶奶最寵她，連連說：「去吧去吧，都這麼大了還沒有離開過北京呢，我像你這麼大的時候，北京、上海、天津地滿世界跑，哪像你，十八九了還沒斷奶孩子似的離不開家？」說得一家人笑起來，這件事也就定了。

小宛很看重這次上海之行，不僅是爲了要查找真相，也是想給自己和張之也一段比較長的獨處機會。他說，不會爲一個不愛他的人痛苦。這使小宛多少有些失落，不痛苦，又怎麼叫做愛情呢？

還有，若梅英跟著自己在家裏出出進進，早晚會惹出事來。像是《紅樓夢》唱片忽然變了《倩女離魂》那樣的事多發生幾次，老爸一定受不了。除非自己離開家，若梅英才會跟著離開。就讓爸媽和奶奶安靜幾天吧。

半夜裏，忽然下起雨來，淅淅瀝瀝地，像一個女人幽怨的哭泣。

小宛又在討好東東，百折不撓地拿一塊肉骨頭引逗牠：「東東，好東東，來呀，跟姐姐玩呀，讓姐姐抱抱，姐姐都好幾天沒抱你了，不想姐姐嗎？」

東東禁不住誘惑，搖了半天尾巴，卻始終不敢近前。

小宛無奈，望著空中說：「梅英，行行好，能不能不要時時刻刻守著我，讓我跟東東玩一會兒行不行？你在這裏，狗都不理我，真成天津包子了。」

梅英沒有回答，電話鈴卻適時響起來。

小宛接起來，又是那個聲音尖細的女人，不說話，只是一個勁兒地哭，伴著窗外淅瀝的雨聲，有種陰鬱而潮濕的味道。小宛想起張之也說過的，可能是幽靈們聽說她開了天眼都來托她幫忙的話來，頓覺寒意凜然，戰戰兢兢地安慰：「別哭，你到底是誰？有什麼事需要我幫忙，直說好嗎？」

「不要跟他走。」

「跟誰走？你能不能說清楚點，每次都這麼沒頭沒腦的，叫我怎麼幫你？」

「水小宛，你要幫我！」對方忽然直呼她的名字，聲音淒厲起來，「你不幫我，我就死！」

「別！別！」小宛反而有些放心，既然以死相脅，那就是活人了，「原來你沒死呀！」

「你！」對方氣極，「你盼我死？」

「不是不是。」小宛自覺說錯話，連忙解釋，「我的意思是說，原來你是個人……不不不，你當然是人，我的意思是說……你千萬別死。有話好商量，你到底找我什麼事？」

「不要跟他走。」

「跟誰走？」

「你明白的。」

「我不明白。」小宛又有些不耐煩了，「喂，你是個人就不要裝神弄鬼好不好？人不是這麼說話的。」

「你怎麼這樣兒呀？」對方哭得更淒慘了，「你們怎麼都這樣呀？爲什麼要這麼對待我？爲什麼呀？」

「我怎麼對你了？我讓你好好說話嘛，你有什麼事直說嘛，我能幫一定幫，你別搞怪行不行？」

「你太讓人傷心了，你太殘忍了，你怎麼能這樣呢？人怎麼都這麼自私呀？」

咦，控訴起全人類來了，這樣聽起來，又不像是人在說話。小宛只覺心力交竭，幾乎要哀求了：「小姐，你到底是人是鬼，能不能好好說話，這樣繞圈子很累人的。你到底有什麼事，說明白點好不好？」

「不要跟他走。」

「你是不是就會這一句呀？你要再這麼說話我就不玩了。」小宛再也撐不住，只覺煩躁鬱悶得想大喊大叫。是誰呀，這麼折磨人？「我求求你，你好好說話，好好說話行不行？」

「不要跟他走。」

小宛忍無可忍，掛電話拔線一氣呵成。可是，電話裏的聲音凝重得要滴出水來，那帶著哭腔的受了天大委屈的質問仍然一遍遍響起在耳邊：「你們怎麼都這樣呀？為什麼要這麼待我？為什麼呀？」

如果在往常，小宛會當是有人開玩笑，可是對方在哭，是壓抑得很深卻仍然壓抑不住的那種哭腔，小宛聽得出，那是真的傷心，傷心得要自殺了。

難道，除了若梅英之外，真還有另一個貞子存在？

十一　上海的風花雪月

是個暮春的下午，鶯飛草長，暖日方暄。若梅英由青兒陪著，從汽車上緩緩下來。

車門開處，先探出一雙穿著黑緞鑲水鑽的高跟鞋，接著是旗袍掩映下的半截小腿，然後全身都出來了，立刻吸引了滿街的目光。

「胭脂坊」的老板胡瘸子早已是笑迎迎地掬了兩手站在門前了，他的鑲著珊瑚頂子的瓜皮帽在陽光下一閃一閃，黑毛葛背心口袋裏掉出半截金錶鏈子，上面墜著小金鎊，隨了他的激動不停地叮噹作響。

穿燕尾服的紳士停了他的手杖——那時叫司迪克的——站在街樹的掩映下向這邊遙望，歎息著這爲什麼是條喧鬧的街市而不是一個華爾滋的舞場，那樣他就可以大大方方地走過去向她邀舞。

做女學生打扮或是女寫字員打扮的小姐們眼含了妒意，遠遠地避到街的那一邊去，向賣糖炒栗子的小販討價還價，嗔罵：「看什麼呢？還不算錢？」卻趁機將栗子多抓了幾顆進紙袋。

小販們的眼光飄過女學生的頭，手忙腳亂地裝了栗子，才忽然發覺上當，計較著：「這裏哪止半斤，小姐你不要太大方喲，多少加點錢啦……」一邊說，眼神卻只是管不住，仍然一陣陣向上飄出去，飄出去……

青兒這時候已經打開傘來遮在梅英頭上，將眾人的視線全都遮住了，梅英這才款款邁動步子，依依行來。

而整條街的人，不由自主都一齊輕輕歎了口氣……

上海，城隍廟街口，小宛看著假想中的若梅英冉冉走近，不由自主，輕輕歎了口氣。這便是漢樂府〈陌上桑〉裏所寫的情形了吧：「行者見羅敷，下擔捋髭鬚，少年見羅敷，脫帽著帩頭。耕者忘其犁，鋤者忘其鋤。來歸相怨怒，但坐觀羅敷。」

一個女子的美，美到這種地步也就算到了盡頭了，難怪會遭天妒。

驀然間，看到若梅英站住，回過頭來，對著自己嫣然一笑，招了招手。

小宛心神恍惚，本能地迎上去。

張之也叫：「喂……」然而已經來不及。

小宛追上去，撞在一架迎面過來的小推車上，車主順勢一推，車上的東西滾落下來，銀的挖耳勺，繡的荷包，瑞士錶，琺瑯盤子……假做真時真亦假的西貝貨七零八碎滾了一地，琳琅滿目，煞是好看。

車主是個矮小的上海女人，立即大呼小叫不依不饒地撒起潑來，拉住小宛咒罵索賠。

小宛狼狽至極，一邊道歉一邊彎下身來幫忙撿拾。張之也忙攔在前面，指著那女人說：「我明明看到你是自己故意撞上來的，還賴人！我們去派出所講清楚。」一邊亮出記者證來。

女人悻悻：「記者怎麼啦？記者就可以撞壞東西不賠？」一邊喋喋不休著，一邊卻悻悻地撿起東西準備掉轉車頭走了。

小宛驀地身子一僵，手裏緊緊攥著一樽嵌照片的銀相框，呆呆地站著，彷彿失魂落魄，張之也與那上海女人的爭吵竟是聽而不聞。

那女人正轉身欲去，看見相框，劈手來奪：「還我東西！弄壞了要你賠。」

小宛如夢初醒，拉住女人說：「我買你這個相框！」

「你買？」女人站定下來，重新上上下下地打量著小宛，故意做出不屑的樣子，「你買得起嗎？」

「一個破相框，最多五六十年，也算不上什麼古董，十塊八塊的，有什麼買不起？」張之也明知女人會漫天要價，忙提前封口。

果然女人大叫起來：「十塊八塊？我給你十塊八塊你給我找這麼一個相框去！你看清楚，這是銀的，純銀，鏤花的，起碼有上百年歷史……」

「上百年？你不看看她穿的衣裳，是禮服，四十年代的……」

「我沒跟你說照片，我說這相框……」

「我就買這照片。」小宛打斷她，「你把這相框拿回去，這照片給我，多少錢？」

張之也氣笑了：「小宛，你買櫝還珠怎的？」

「買照片？」那女人翻翻眼睛：「那不行，我這照片和相框是配套的，必須成套賣，沒有二百塊錢，說什麼也不會出手的。」

「二百塊？我看二十還差不多。小宛，我們去別家找，這種四五十年代的相框我見得多了……」

不等張之也說完，小宛已經取出錢來：「就二百，我買了。」

張之也一愣，看住小宛，若有所悟。

那女人料不到小宛這樣痛快，倒猶疑起來：「其實二百塊算便宜的了，這相框，這做工，這花紋，要擱在國外，那應該進博物館的，賣給老外，兩千他也得掏……」

這次，連旁邊圍觀的人也都笑了，紛紛打趣：「行了大姐，這不是在中國嗎？誰家沒個舊相框舊照片的？二百塊不少啦，您就別貪了便宜再賣乖啦！」

女人訕笑：「我收購這個也要本錢的，你以為多大便宜呢？這是早年興隆旅館老闆私藏的物件，他孫子前些日子搞裝修，把祖宗的珍藏搗騰出來，上個月才到我手上呢。」

「興隆旅館？」彷彿一根針刺進心裏去，小宛驀然間驚出一身冷汗，夢裏看到的建築，金漆招牌上，可不正正寫著興隆旅館嗎？那可是若梅英的傷心地啊！此時，她已經清楚地明白，是若梅英，是若梅英引她到這裏來，讓她一步步踏近故事的真相。

「請問，興隆旅館在什麼地方？」

「那是老名字，現在早翻了重蓋了，你們是來找老上海感覺的吧？我知道，現在跑到上海來懷舊的人特別多……」女人收了錢，態度好很多，熱心地說清路線，又補充著，「啊，現在改成賓館了，叫海藍酒店。」

海藍?!張之也和小宛面面相覷，寒意頓生——海藍酒店，不是他們來之前剛預訂好的酒店嗎？

彷彿有一陣風吹過，從街頭到街尾清冷冷拂蕩而去，兩個人不禁同時打了個寒顫。張之也強自鎮定，問：「小宛，爲什麼對這張照片這麼在意？」

「你不是一直想見若梅英嗎？」小宛炯炯地看著張之也，「這個就是啊。」

「若梅英？」張之也大驚，仔細端詳，「有這樣的事？」

照片上，一男一女，女的梳著當時著名的愛司頭，對著攝影機抿嘴而笑，笑容雖然有些稚氣，但已風韻儼然，活色生香，彷彿吹一口氣兒就能從照片上下來似的；男的穿長衫，手裏捏著頂禮帽，儒雅中透著英氣，風流俊逸，玉樹臨風。

張之也讚歎：「真是一對璧人。」

「如果這個男人就是張朝天，那我就明白梅英的心了。」小宛仍然沒能從剛才的震撼中走出來，指著路口說：「是若梅英引我過來的，是她讓我看見這張照片，知道興隆旅館就是海藍酒店，我剛才看見她就站在那裏，還有我奶奶……」

「你奶奶？」

「六十年前的我奶奶，就是青兒。」

「又胡說了，你奶奶又不是鬼，你怎麼會看得見？」

「可我的確看見了，還有胡瘸子呢，他的布莊就在那兒，店名叫作『胭脂坊』，連那個牌子我都看得清清楚楚。對面是家賣糖炒栗子的……」小宛忽然醒悟過來，「之也，我不是見鬼，而是見到了真實——六十年多前的真實！」

張之也沒一句廢話，拉起小宛就走過去，徑直問老闆：「請問這裏以前是不是一家布莊？」

「那是五六十年前的事兒啦。」店主呵呵笑，「一九四九年後，這兒就改了賣糕點。」

「那家布莊叫什麼，您知道嗎？」

「知道，名字怪好聽的，叫胭脂坊。」

兩個人再次呆住了。

水小宛竟然真的看見，看見發生在六十年前的上海的舊時風月。怎麼會？莫非，她的眼神可以穿越時空？

小宛失魂落魄地站在街頭，一時無言。

張之也沉默半晌，勉強說：「先不理這些，還是趕緊找到林菊英再說吧。」

是那種典型的上海弄堂房子。

陰冷，潮濕，終年見不到完整的陽光。樓與樓之間，對面的人探出窗子來可以握手——但是上海人向來是不習慣握手的，他們住在最擁擠的地方，過著最隱私的生活。

之也和小宛一走進堂口，就清楚地感覺到兩邊涮碗洗菜的人的眼光齊刷刷飄過來，眼光中夾雜著弄堂人看大廈人的敵意，和本地人看外地人的鄙夷，一種窺視，一種抗拒，一種在熱情和冷漠中徘徊的猶豫，似乎不知道該對這兩個衣著光鮮的外地人視而不見好，還是拿出主人的身分來招呼兩句好。

掛在半空的濕衣裳滴滴嗒嗒地往下滴著水，也讓人平生一種天外來禍的恐懼和戒備，不知該顧著頭上好還是留意腳下好。

小宛對著門牌號打聽一個坐在矮凳上摘豆角的中年婦女：「請問廿五號是這裏嗎？」

「是這兒。你找誰？」

「林菊英老奶奶。」張之也搭腔，取出名片來，「我是從北京來的。打過電話的。」

「啊，你就是那個說要採訪我們奶奶的北京記者啊？」那婦人看了名片又看看張之也，再在小宛的臉上迅速轉一圈兒，抬起頭來很大聲地說：「你們這些記者呀，大老遠的跑到上海來採訪我們奶奶，今天來一個，明天來一個，奶奶年齡大了，哪裏禁得起？看你是北京來的，又不好不讓你見……」

囉哩囉嗦地，估摸著弄堂裏的閒人們全都聽得清清楚楚了，這才帶了之也和小宛上樓來，揚聲叫喚：「奶奶，來客了。」

在小宛心目中，一直以爲林菊英既是成名的老藝術家，家中一定相當豪華排場。哪知進了門才知道，竟是逼擠寒酸的模樣——不成套的零星紅木家俱，缺口玻璃杯，沒有空調，只有一架落地電風扇在搖，牆壁上的招貼畫互相疊著，大概是遮蓋漏洞……唯一顯示出主人身分的，是鑲在木相框裏的幾張劇照，和半扇玳瑁嵌的已經色彩斑落的舊畫屏。

正打量著，林菊英從裏屋出來了，倒是收拾得乾淨清爽，頭髮抿得一絲不苟，精神也還好，走路時雙手交疊著放在身前，彷彿走台步，又似乎演員謝場，提起「群英薈」往事，立刻激動起來，典型的戲劇性格，舉止言談都較常人誇張：「現今知道『群英薈』，知道我林菊英的人已經不多了。要說當年，『群英薈』跑碼頭，花牌掛出去，早三天就要訂票……」

「現在知道您的人也很多。」張之也拿出看家本領，滿面春風地恭維，「您是著名的京劇藝術家嘛，要不我們怎麼能憑一張報紙找到您？」

「藝術家。哼哼……」林奶奶笑了，「就拿唱歌的說吧，現在的演員，剛出道的叫歌手，成了名的叫歌星，唱了好幾年還沒名沒利的，老得退了休的，就叫藝術家了。要是我能選，寧可當歌星去。」

小宛笑起來，這奶奶恁地幽默。雖然抱怨牢騷，卻並沒有酸意，反而帶著種看破世事的超然調侃。

「現今的歌星走秀，一場秀幾十萬；可是京劇演員呢，好一點的演出費也只有一場一百，怎麼比？普通的龍套演員，月工資才六七百塊，生活費都不夠，可是受的罪呢，比歌星影星不知苦多少倍。電視裏天天採訪電影明星，說他們演得多麼苦多麼累，比起戲人來，算什麼？」老奶奶越說越興奮，又數起古來，「就拿我們武行來說吧，戲就是命呀。再苦再病，一扎上靠，那就得來活兒。活兒好，說什麼都硬氣；活兒不行，鋸了嘴人還嫌你喘氣兒聲響了。戲劇大舞台，舞台小人生。戲德就是人德，馬虎不得呀。」

張之也安慰著：「但是京劇的確是一門藝術，是中國文化的一項重要遺產，對於那些著名的老藝術家們，老百姓至今也是家喻戶曉的，像梅蘭芳，周信芳，程硯秋，馬連良……」

循循善誘著，一點點引林老奶奶回到過去的時光，漸漸引動談性，將舊時風月一一重演。「最記得是那一天，八月十五號，我唱穆桂英，全身大靠，剛上台，突然觀眾亂起來，我還不知道怎麼回事，還撐著往下唱，老闆上台把我拉下來，告訴我，日本人投降了。哎呀我們那個高興呀，抱在一起又唱又叫，這時候觀眾連聲喊著，『穆桂英出來！穆桂英出來！穆桂英出來！』我又重新上場，給大家唱起來。我唱一句，台下就叫一聲好，他們不是在看戲，是在發洩，太開心了，不知道怎麼慶祝才好，拚命把頭上戴的手上拿的都扔到台上來，又是花又是糖又是金銀首飾的，我從來都沒有得到過那麼多紅賞，那場戲，唱得真是高興，一輩子最開心最風光的一次演出……」

話題漸說漸深，老人沉浸在回憶中，苦辣酸甜，都湧上心頭：「人生如戲，戲弄人間哪。這戲與歷史從來都分不開。想當年馬連良一齣《海瑞罷官》，不起眼兒的一齣戲，也還算不得馬連良的扛鼎之作，可是竟然引發出一場『史無前例』的文革來。牽三扯四地，由此冤死了多少伶人戲子……啊，那個時候，已經叫人民演員了，現在，又拔一層高兒，叫藝術家。有什麼用？來場運動，還不是頭一批當炮灰……」

老人家說著說著激動起來，雙手抖顫著，猶如竇娥喊冤：「慘哪，那可真叫個慘哪！我這輩子都不會忘，那是一九六六年的八月廿三日，在北京太廟，幾百名文化人集體挨鬥，寫《四世同堂》的大作家老舍，唱戲的荀慧生，若梅英，全都被押在太廟前跪著挨批……」

「若梅英？」小宛和張之也驀地緊張起來：「若梅英也在裏面？」

「在，哪能不在呢？幾百個文化界名人哪！齊齊跪在太廟前，看著戲衣成堆地被點著，燒成灰燼，那是戲人們一生的心血呀。若師姐的頭被人家摁著，看大燒衣，燒到她自個兒的箱子時，她哭得那個慘哪，那麼傲性的人，當時就軟了，使勁兒地磕著頭，叫著『別燒我的戲裝，要燒燒我，別燒我的箱子！』」

隔了近三十多年，老人家憶及當年慘況，猶自驚心，她扎撒著手，仰起頭，淒厲地模仿著若梅英當年的慘呼，寒冽至極。

小宛忍不住紅了眼圈兒。

老人眼裏彷彿有一團火在燒，怪異地亮著，情緒完全沉浸在回憶中：「若師姐當時的樣子，就像發了瘋，不顧紅衛兵小將的鞭打，一次次往火裏衝，要搶救那些戲衣，頭面，她越衝，那些小將就打得越凶……那次大燒衣，逼死的，可不只是若師姐，還有不知多少文化名人因為不堪羞辱而自盡，大作家老舍，也是在那次大燒衣後的第二天就投了太平湖……」

「若梅英，也是在批鬥中死的？」

「也是，也不是。」老人皺緊眉頭，「若師姐到底是怎麼死的，一直是梨園中的一段懸案，誰也說不清。那天批鬥，我和她緊捱在一起下跪，大燒衣的時候，紅衛兵打她，我還幫著求饒。可是後來，張朝天出現了……」

「張朝天?!」小宛和張之也再一次齊齊叫出聲來。

「你們也知道張朝天？」老人抬起眼來。

「他是不是若梅英的情人？」

「你怎麼知道？」林菊英詫異，「他們倆的事兒，連戲班子的人也沒幾個知道呢，她只私底下跟我說過，那也是因為沒辦法，要托我幫她送信。報上不可能登這些事兒，你們是怎麼知道的？」

「我……」小宛猶豫一下，「我奶奶當年是若梅英的衣箱，叫青兒。」

「青兒？」林菊英皺眉苦想，「好像是有點印象，挺懂事的一個小姑娘。當時戲子們典行頭進當鋪是家常便飯，就是自己不當，也有跟包的替他當，手頭錢一緊，就拿眼面前用不著的行頭去救急，用的時候再贖出來，或者用另一套行頭去抵押。整個『群英薈』，只有若師姐一次也沒當過行頭，她自己看得金貴，青兒那丫頭看得比她還金貴，簡直是把小姐的東西當寶貝。有一次有個浙江班子的花旦來京跑碼頭，一時手緊，向若師姐借行頭，若師姐還沒說話，青兒先就把人給打發了。那個護主心切的勁兒，我們看著都又好笑又佩服，怎麼人人有衣箱，唯獨若師姐調理出來的人兒就那麼精明呢。不過若師姐嫁人以後，青兒也離開戲班了，後來說是去了北京，就沒音信了，原來她是你奶奶，你也算是故人之後了。那你們知不知道若師姐的女兒現在在哪兒？」

「若梅英有女兒嗎？」這次連張之也也驚呆了。

林菊英點點頭：「若師姐可憐呀，她因為張朝天負心，一氣之下嫁給了那個廣東軍閥，跟去了廣東。大太太不容她，想方設法地設計她，若師姐無所謂，成天除了吃煙就萬事不理。那軍閥很快對她厭倦了，可沒等撒開手，自己暴病死了。還在孝裏，大太太就將若師姐趕出了家門。可憐若師姐當時剛剛生產，只得將孩子扔在觀音堂門前就走了……」

「觀音堂？」張之也一驚，「是哪裏的觀音堂？又是哪一年的事？」

「具體時間我也說不來，不是四八年就是四九年。地址我倒記得，是廣東肇慶。」

「趙自和嬤嬤！」這次是小宛和張之也不約而同，一齊出聲。

張之也更加緊張地追問：「那是不是一間自梳女住的觀音堂？」

「是呀，你又怎麼知道的？」林奶奶更加奇怪，「你們兩個小人兒，知道的事情好像比我還多。」

小宛蒙住臉，事態的發展越來越出乎意料，比她想像的還要傳奇，原來趙嬤嬤竟是若梅英的女兒，難怪她說過在批鬥若梅英時會覺得刺心地痛，傷天害理。她向若梅英舉起鞭子的時候，竟不知道，她鞭撻批鬥的竟是她的親生母親。如果自己告訴她這一事實，她怎麼承受得了啊?!

張之也接著問：「若梅英後來有沒有再見過張朝天?」

「沒有。」林菊英肯定地說，「若師姐離開廣東後就來了上海，她嗓子倒了，活兒也廢了，不能再上戲，就一直跟著我在劇院打雜混日子，到處打聽張朝天的消息。可是沒有人知道。直到太廟大燒衣，我們被叫到北京挨批鬥，在批鬥會場上見了面，才知道他原來在北京。」

「張朝天也挨鬥了嗎?」小宛隱隱希望張朝天是在「文革」中出了事，那麼，就可以解釋他為什麼已經見了若梅英卻沒有最終和她在一起了。她仍然不願意相信他是負心。

然而林菊英說：「沒有。張朝天是保皇派，不在挨鬥之列，不過殺雞給猴看吧，他就是那隻猴了。他和一幫子保皇派被推出來，若師姐看到他，突然就發了狂，可勁兒往前衝，喊著：『我要問你一句話!我要問你一句話!』那些小將抓住她的頭髮往回扯，頭髮連皮帶血地被扯下來，她也不管不顧，仍然一個勁兒往前撲著，喊著，『我要問你一句話!我要問你一句話!』……」

我要問你一句話。

小宛忍不住掩住臉哭泣起來。只有她知道，若梅英要問的那句話是什麼。

林菊英長歎：「若師姐這輩子，真是沒過過幾天好日了呀。她整個的後半生，都在尋找那個張朝天，好容易見到了，卻是在那樣的地方，那樣的時間，他們兩個這一輩子，不是生離，就是死別。當時若師姐和張朝天兩個，一個在這邊，一個在那邊，都反反覆覆地往對方那邊衝著，中間隔著好多人，身後又跟著好多人，會場亂成一團，有人在喊口號，有人在拉開他們，也有人在幫著若師姐求情，若師姐又哭又喊，披頭散髮地，只是沒命地往前衝，忽然有個姓胡的小將從身後打了一悶棍，若師姐就倒下，被抬走了……」

「胡伯！」小宛咬牙切齒。

林菊英又是一愣，忍不住再問：「你怎麼連這也知道？」

小宛不答反問：「後來呢？若梅英被抬去了哪裏？」

「當時我也不知道，還是後來傳出來的，是被抬進了一個什麼革命委員會的駐地，一個小樓裏，一連審了幾天，後來就跳了樓……人家說，跳樓的時候，那個張朝天就在樓下，眼看著她一摔八瓣，她死的時候那個樣子，那個樣子，那已經不成樣子了呀！可憐若師姐花容月貌，一代佳人，就那麼慘死街頭，連個囫圇屍首都沒留下呀，臨死嘴裏還喊著：不要走，我要問你一句話……」

老人說著痛哭起來，而小宛早已泣不成聲。

三十多年前的慘事，在老人的敘述中歷歷重現，那驚心動魄的一幕，至今提起，還是這般地刺人心腑！

歷史，對無關的人來說只是故事，對於有過親身經歷的人，卻是累累傷痕，永不癒合。

十二　她比煙花寂寞

從前的從前，是一個淒美而殘忍的故事。

彷彿一朵美不勝收的燦爛煙花，經過粉身碎骨後的騰空，終於義無反顧地開在無人的夜裏，一生只綻放一次，華麗，然而短暫。

絢爛後的夜幕，更加漆黑如墨，無邊無涯。而若梅英的身世，則掩映在黑夜的最黑暗處……

若梅英，一個真正的美女，一個梨園的名伶，四歲被賣進戲班，八歲登台，十三歲即紅遍京滬。戲台上飾盡前朝美女嬌娥，后妃閨秀，自己的身世，卻如浮萍飛絮一般淒涼，父母姓名皆不可考。

紙醉金迷與燈紅酒綠都只是鏡花，洗去鉛華後，素面朝天只留下啼痕無數。

因而眼底永遠寫著一種渴。

是那種極度希乞某種事物而不曾得到的渴。

那件事，叫愛情。

愛上的人，叫張朝天。

張朝天來了，張朝天去了，張朝天在看著她，張朝天沒到後台獻花，張朝天寫了讚美她的文章，張朝天拒絕了與她共進晚餐的要求……

張朝天的行動主宰了她全部的心思，喜怒哀樂都只爲他，可是他卻依然活得那樣瀟灑，若無其事，置她所有的柔情注視於不顧。

但是那樣的深情。那樣的深情而美麗的一個女孩子，鐵石也會動心的。

張朝天不是鐵石，他終於答應與她相見。

小師妹林菊英學紅娘代爲投箋相約。灑金箋，有淡淡脂粉香，印著花瓣與口紅。如女子幽怨情懷。

紅娘在戲台子上對張生形容自家小姐害相思的形容：

「他眉彎遠山不翠，眼横秋水無光，體若凝酥，腰如嫩柳，俊的是龐兒俏的是心，體態溫存性格兒沉。雖不會法炙神針，更勝似救苦救難觀世音。」

——句句都說得像是若梅英。

那麼巧，她愛的人，可也是姓張。

他們約在湖邊相見。

她告訴他，司令的大紅喜帖已經送達，她要麼從，要麼逃，結局都一樣，就是必須告別梨園生涯。說完了，定定地看著他，眼角眉梢，全是情意。

他應承她，我們結婚，我帶你走，我們私奔，永不分離。

她長舒一口氣，爲終於等到這答案而狂喜。她幾乎把所有的自尊與前途都押在這一鋪上，如果他不接應她的話，她真不知該怎樣收拾殘局。

相擁，天地濃縮爲曠世一吻。柔情似水，佳期如夢，一生中唯一的一次擁吻。
他終於還是爲她溶化。
他送她珠花，陪她照相，許下海誓山盟，訂了旅館做洞房。
誰想最終還是一場鏡花緣。
那夜，若梅英抱著自己悄悄備下的香枕繡褥來到酒店，也正像是鶯鶯抱枕探張生。
然而，張生沒有來。
「彩雲何在，月明如水浸樓台。僧歸禪室，鴉噪庭槐。風弄竹聲只道金珮響，月移花影排；疑是玉人來。意懸懸業眼，急攘攘情不，身心一片，無處安排；只索呆答孩倚定門兒待。越越的青鸞信杳，黃犬音乖。」
《西廂記》裏，張生等來了崔鶯鶯；興隆旅館，若梅英卻等不到張生。
她在自己親手佈置的洞房裏，等足一夜一天。
怎樣的一夜一天哦，春蠶已死，蠟炬成灰，而他竟辜負。
若梅英在一夜間紅顏枯萎，剪水雙瞳乾涸得甚至流不出一滴淚。天下那麼大，而她被逼上絕路，竟無立足之地。擬作臨時洞房的客棧，已成愛情的墳墓，墓裏的活死人，能向哪裏去？
她芳容慘澹，穿著那身鳳冠霞帔，登台去。
那是她最後一次登台。

七月十四，鬼節，何司令搶親的日子。她穿著那件通身繡的大紅嫁衣，登台唱《英台哭墳》。

「立墳碑，立墳碑，梁兄啊，紅黑墳碑你立兩塊，紅的刻著我祝英台，黑的刻著你梁山伯。我與你梁兄生不能生婚配，死也要同墳台。」

梁山伯得了這死亡的冥約，傷心而歸，咳血身亡。吉日到了，祝英台鳳冠霞帔，登上轎子，被抬往馬家。迎親路上，忽然一陣怪風將她刮到一座墳前。赫然黑紅兩座碑，黑的寫著梁山伯，紅的寫著祝英台。英台這時候才知道梁兄已死，直哭得肝腸寸斷，大雨滂沱。一道閃電掠過，墳墓中開，祝英台脫下嫁衣，裏面竟是一身縞素，躍起身投入墳中。片刻，有蝴蝶雙雙，翩躚而出。

——若梅英想不到，自己在客棧裏一刀一剪刻出的蝴蝶剪紙，竟暗示了自己的愛情絕唱。

她唱啞了嗓子。下戲後，就被司令抬走了。

披上蓋頭被一乘小轎抬進何府，走的是側門，進的是後園——她成了何五姨太。

張朝天從此再也沒有消息。

一面是紅綃帳底臥鴛鴦，一面是碧海青天夜夜心。

枕邊客與心上人，並不是同一個。

但是吃過了大煙，真的假的也就迷糊，不必追問。

從此醉生夢死，不大有喜怒哀樂，順從慵懶得像具活屍。
司令很快厭倦了她，又惦念著逗引新的獵物去了。
可惜的是他沒有來得及趕下一場。
十分可惜。
因爲如果是那樣的話，眾太太們對梅英的仇恨就不會那樣強，不會把嫉恨的目標鎖定在她身上，不會在軍閥死後誓不甘休地全力對付她報復她。
司令是在一次醉酒後心臟病突發暴斃身亡的。
距離搬出醫院剛剛三天，所以還沒有人知道他已對她興趣索然。
她在別人的眼中成了司令的最愛，而在大太太眼中則成爲一生的最恨。
她百口莫辯，死不足惜。
但是也無所謂了。本來她也沒有在乎過司令的死，自然亦不必在乎太太們的仇。
她們把她掃地出門，連同她初生的嬰兒。
是個女嬰。
扔在觀音堂的門前。
並不僅僅是因爲她養不起她，更因爲她根本不愛她，不想有她。
那嬰兒，不是她的選擇。
就像軍閥丈夫不是她的選擇一樣。

司令死了。司令的孩子，當然也不該再纏著她。

她把她扔在了觀音堂門口。

那個長大的嬰兒，被白梳女收養，取名叫作趙自和。

隨著故事的真相如一卷軸畫徐徐展開，小宛和張之也越來越感慨驚訝，他們和若梅英之間，竟然如此呼吸相關，有著千絲萬縷的關係。

難怪她會找上了她。

世間萬事萬物，在冥冥中，到底演出著怎樣的淵源？

回到賓館，小宛想著林菊英的話，只覺衷心哀慟。梅英死得這樣慘烈是她所沒有想到的，然而預感告訴她，完整的真相必然比現在所知道的還要恐怖淒慘。

張朝天爲什麼會失約？若梅英在小樓裏的幾天到底發生了什麼？又爲什麼墜樓自盡？

她隱隱地覺得，這個已經慘烈至極的故事背後，還隱藏著一個更大的陰謀，一個致命的秘密，那秘密，是整個故事的關鍵，也是梅英不得不死而又死不瞑目的最終答案。

她有些害怕，有些遲疑，可是，又覺得身不由己。這件事，已經纏上身來，不弄個水落石出，她是怎麼也不能安心的了。

她一定要替梅英找到那個答案，問出那句話，打開那個結。

電話鈴在這個時候響起來。

「水小宛，立刻離開他！」

聲音尖細陰冷。又是那個神秘女人。她竟然陰魂不散地跟到上海來了。

小宛驚悚：「你是誰？你怎麼會知道賓館電話？」

「不要和他在一起，你們不會有好結果的。」

「你到底在說什麼？」

然後對方已經把電話掛斷了。

小宛鬱悶地放下電話，猛一抬頭，忽然發現窗玻璃上隱隱地影著一個人。

一個男人。

那男人臉色蒼白，手中拎著件什麼物事，憂傷而專注地打量著自己，形象略虛，可的確是有的，他在凝視自己。

小宛渾身寒毛豎起，她清楚地知道，那不是一個真實的人，因爲他投在玻璃上的影像，是這樣模糊而憂傷，彷彿鬼魂不甘心的留戀，卻又無力的投射。

她不敢回頭，因爲不知道如果回頭會看到什麼。也許，是一個只有上身沒有下身的影子，也許什麼也沒有。她只是盯住鏡子，死死地盯著。

那影子彷彿禁不住這樣的注視，慢慢地淡下去，淡下去，就好像電影中的淡出鏡頭，最終消失在空氣中。

小宛長長歎出一口氣，無力地癱軟在椅子上，緩緩回過頭來。

而身後，竟然真的有一個人。

那是張之也，他看著小宛蒼白的臉色，關切地問：「你怎麼了？臉色這麼蒼白。」

小宛急問：「你什麼時候進來的？」

「剛進來啊。你沒聽到開門聲？」

「那麼，你進來的時候，有沒有看到什麼？」

「看到了。」

「什麼？」

「你啊。」

小宛白他一眼，知道再問也是多餘，低下頭不說話。她看到的，之也看不到。此前若梅英就說過，張之也陽氣太重，陰魂抵不住。只是不知道，剛才映在玻璃上的魂靈，又是什麼人，爲什麼會那樣憂傷？

張之也似乎也是滿腹心事，並未注意小宛有什麼不妥，遞給她一張紙條說：「我已經查到張朝天的下落了。」

「真的？他在哪兒？」

「在北京。」

「北京？」小宛失笑，「我們大老遠地跑到上海來，鬧了半天，他卻在北京？」

「這是地址，你快回去找他吧。」

「你呢？」小宛奇怪，「你不跟我一起回去？」

「我不行，我還要在上海多留幾天，我有個採訪要做。」

接連三個「我」字，小宛微微不安，張之也的語氣裏，有一種壁壘分明的疏離感。

她略略強調：「我等你。」

「不，不好。」張之也的態度顯得很焦躁，「這採訪要很久的，你在這裏，我也沒時間陪你。不如還是你先回吧，早點找到張朝天，也早點了卻你的心願。」

「那也是。」小宛笑，「最關鍵的，是我答應了梅英，一定要幫她找到那句話的答案。」

「是呀是呀，那就快回去吧。」張之也強笑：「小宛，如果梅英不是鬼，我簡直要懷疑你是愛上她了。」

愛?小宛一驚，想她真是愛上她了，那荷塘月色般的靜美，午夜煙花般的妖豔，高空電纜上藍色電火花一樣的幽忽詭秘。

當人們形容一個美女美到極至時，便喜歡說她「不食人間煙火」。梅英，可不是不食人間煙火的？

林菊英在第二天被送進了急救室。

是沉痛的回憶耗盡了她的精血。風燭殘年的老人，再也禁不起這樣的激動。

林菊英的家人看到小宛和張之也，都淡淡的，言語中頗有責怪的意思。

小宛不想解釋什麼，只默默地把花束放在病房茶几上，便退了。

走在林蔭路上，她的心沉沉的，彷彿墜了一塊鉛。

張之也勸慰：「她已經很老，不論我們有沒有同她談過這次話，她的身體都會常常發病。」

「可是，梅英的線索，就又斷了。」小宛歎息，「我沒想到梅英經歷過那麼多的苦！」

「也許再問問你奶奶，會瞭解多一些。」

「我不敢，看到林菊英的例子，我怕……」小宛欲言又止。

張之也已經明白了：「你怕奶奶受刺激？也是，還是不要冒險的好。」他想了想，「現在，只剩下最後一條路了。」

「找到張朝天！」

「沒錯，梅英是爲他死的，他一定會清楚真相。」張之也握著小宛的手說，「所以，你最好是明天就回北京吧，不僅要快點找到張朝天，也要想法多勸勸若梅英，至少要讓她知道，趙自和就是她的親生女兒，告訴她，這世上還留有她的骨肉。這樣，也許她的心裏會有一點溫情，不至於對這個世界充滿了恨。她死得這樣淒慘，又冤魂不散，我擔心，如果不能打消她的恨意，會有更多的慘劇接二連三地發生……」

小宛忍不住打個寒顫，想起胡瘸子的事來，又由此想到那個神秘女人的電話。

「之也，那女人又來電話了。」

「哦，什麼時候？」張之也一驚，十分煩惱。

「就在昨天下午，你來找我之前，我光顧著跟你說玻璃窗上投影的事，就忘記提了。」

之也立刻轉移話題：「對了，那個男人影子後來沒有再出現吧？」

「沒有。你進來後他就消失了。」小宛一想到那個奇怪的影像，心中就有種莫名的痛，彷彿流星滑過天空。對那個鬼影，她心裏的憂傷比恐懼更多。「之也，我有點害怕。」

「怕那個影子？」

「不是，怕那個女人。那個打電話的女人。」

「女人有什麼好怕？」張之也頗不願討論這個問題，又轉回去說，「那影子，會不會就是張朝天？」

「不會吧，那影子很年輕的。」

「若梅英還不是很年輕？鬼可以隨意選擇自己的形象的。」

「可他打扮很現代，不像那個時代的人。」小宛看看張之也惶惶的臉色，體諒地說，

「之也，你是不是很累？要不，我們別逛了，先回賓館吧。」

「可是，我還有個採訪要做。」之也越發煩惱，「還有，你明天就要回去了，總得給家人買點禮物吧。」

「也是。」小宛笑，「快過仲秋了，我奶奶喜歡廣式月餅，有兩個鴨蛋黃的那種。當年她是在上海吃到的，現在我也要從上海買給她，比較有意義。」她一直記得奶奶第一次給她講起若梅英時，提到的那盒被壓扁了、皮兒餡兒都黏在一起的月餅。奶奶說，那是她吃過的最好的月餅。

天下所有最好的事物，似乎都只存在於記憶中。

「你去做你的採訪，我去買我的月餅，晚上我們在賓館會合，一起吃晚飯。」

「好啊。」張之也明顯鬆一口氣，感激地說：「小宛，你真是體諒我。記著，晚上早點回來，我在餐廳訂好位子等你。」

小宛點點頭，忽然問：「之也，我想問你一句話。」

張之也一驚，凝目細看小宛。

小宛起初不解他何以這般鄭重，轉瞬明白了，不禁苦笑：「你是怕我被梅英附身？」

張之也被猜破心事，不好意思地笑：「你的口氣，真像她。」

「不，我不是她，是我自己要問你一句話。」

「你問。」

小宛猶豫半晌，終於說：「不想問了，改天，改天再說吧。」

張之也其實也約略猜得出小宛想問什麼，捫心自問，並不知道該怎樣回答，聽她說不問了，暗自鬆了一口氣，故作不經意地說：「那就這麼定了，晚上見，記著，穿得漂亮點，給我個驚喜。」

小宛回來的時候，天已黃昏。

薄暮冥冥，行人匆匆，空氣中流淌著惆悵的意味。

上海的夜色流淌著家常而華麗的懷舊色彩，是褪色發黃的老照片裏的情境。路邊咖啡館裏播著三十四年代的流行歌曲，越發渲染出一種假做真時真亦假的幻象。

小宛仰起頭，感受著上海的風拂過面頰，心底一片清冷，莫名悽惶。黃昏時人們特有的好景不再的悽惶和無助。一路上，她總覺得似乎有人在跟著她。是若梅英？是電話裏的「女鬼」？是玻璃窗影子的年輕男人？

一次又一次回頭，可是一無所見。倒是身後的男人會錯了意，對著她自以爲多情地一笑，嚇得小宛忙加快腳步，匆匆走開。

她手裏拎著月餅盒子，忽然便想家了。溫暖的真實的生氣勃勃的家。在這個異鄉的傍晚，她的心裏，充滿了對家的渴望，渴望那溫暖的燈光，渴望燈光下親人的臉。

奶奶看到月餅，一定很高興，也許會很辛酸。當年那個在西湖邊要飯的小女孩如今已經白髮蒼蒼，兒孫滿堂，當她吃到孫女兒親手奉上的月餅時，她深深崇拜的若小姐早已香消玉殞，她心中，該是欣慰還是蒼涼呢？

只不過離開北京才幾天，可是隨著梅英故事的漸漸水落石出，心底裏彷彿已經隨她走過一生。學戲、唱戲、戀愛、搶婚、棄嬰、批鬥、墜樓、遊魂……

梅英的一生，有限溫存，無限辛酸，給她帶來太大的震撼。在一生中最風光最美麗的時刻，因爲一場錯愛，而過早地紅顏枯死，煙花謝幕──是命運的錯，還是性格的錯？

電梯一徑開上五樓，經過之也的房間時，看到房門半掩，裏面有奇特聲音傳出。

小宛不假思索，隨手推開：「之也，你回來了？」

床上的男女回過頭來──

彷彿有一枚炸彈投下，天地間忽然變了顏色，面面相覷間，三個人同時成了泥塑木偶。

十三　被重複的命運

在愛情裏，有比辜負更沉重的打擊嗎？

有，就是欺騙。

比欺騙更沉重的還有嗎？

有，是利用。

比利用更沉重的呢？

是輕視。

小宛一尊神像一樣站在屋子中央，萬籟俱寂，耳膜卻偏被一種聽不見的聲音撞擊得疼痛欲裂。

完全意想不到的畫面把天地間所有的顏色與聲響都混淆了，然而床上的兩個人，卻只是泰然。

小宛聽到自己的聲音在說：「這不是真的……」

那聲音柔弱而縹緲，是個一出口就消失在空氣中的輕薄泡沫。

床上的女子坐起來，嫣然而笑，不慌不忙地穿好衣裳，甚至還在鏡子前照了一照，對著之也的頰邊輕柔地一吻：「給你時間，跟小妹妹講清楚吧。」

那妖嬈的女子，叫薇薇恩。

她的故事，小宛是熟悉的——張之也說起過，薇薇恩，這個逼著人家喊她英文名字的中國女孩，一個標準小資，和之也青梅竹馬，兩小無猜。曾經拉著他泡遍三里屯南街酒吧。喜歡名牌。喜歡老外。喜歡錢。

她的臉，小宛也是熟悉的——幽藍的眼蓋，暗紅的唇膏，活色生香的一張臉。張之也帶著家人來看戲，《貴妃醉酒》，有個女子緊挨著他坐，形跡親昵，舉止輕浮，就是她了。

而她的聲音，小宛更加熟悉——午夜的電話鈴中，那個陰魂不散地從北京糾纏到上海的神秘女人，一再警告她：不要和他在一起。

原來，「他」，就是張之也！

而那個電話裏的「她」，不是女鬼，是情敵！

薇薇恩穿戴整齊，施施然地走出去，似乎還輕輕笑了一笑，擦過小宛的肩。

然而小宛已經成了石雕，不會動彈，只會流淚。

「爲什麼？」她張了張嘴，只會問這一句。

「情不自禁。」張之也低下頭，無可解釋，卻必須解釋，「我們從小一塊長大，早就有過肌膚之親……」

「可是你跟我說過同她分手了。」

「上次她父母和我父母一起來了北京，兩家老人見面，我們就又走在一起。我跟她說已經有女朋友了，她不信，說要我回到她身邊。我一直躲著她，沒想到，她會追來上海……」

張之也抬起頭來，一臉的狼狽和慘痛令小宛心碎：「小宛，我只是個普通的經不起誘惑的男人，我配不上你，我們分手吧。」

「分手？」

小宛呆住了，心底有個聲音在尖銳地叫：不！不要！

這一刻，比任何時刻，都讓她知道她是愛張之也的，愛到可以為他做任何事，愛到可以當面看到他的背叛還要心甘情願地原諒。

她一向不是主動熱情的女孩子，也不太會表白自己的感情，可她是愛他的，只為，他是她第一個男朋友，第一個吻她的人，第一個她認定的人，第一個走進她生命中的男人。

她愛他，她要他，她不能沒有他！

「不，之也，我不要和你分手。你真的，愛她不愛我？」小宛哭了，在這一刻，不再顧及自尊與矜持，只想窮盡一切，留他在身邊，留他在心中。

「之也，告訴我，我有什麼地方不如她，我改。」

或者，是因她不解風情？或者，是她太過嚴肅？或者，她該有了經驗再回來？

淚水在臉上縱橫，她解開衣服上的第一枚扣子，將層層衣服剝開，如同剝開一顆水仙的苞催她開放，又如同蚌在月光下緩緩吐珠。

如果愛情一定要用徹底的奉獻來堅定，來表白，來祭獻，她願意。

她愛他，如果他在乎一個女孩的身體勝過思想，如果她與他的緣分必須以肉體來維繫，她願意。

他要她的感情，她給他；他要她的身體，她給他；他要她的生命，她給他；他要她的尊嚴，她給他！

只要他要，她什麼都願意給，毫無保留！

然而，就在她噙著淚做出徹底付出的決定，就在她忍著羞恥之心將自己脫得一乾二淨，像個新生嬰兒一樣站在他面前時，他卻突然轉過身去，冷冷地說：「穿上衣裳，別這樣。」

「之也……」小宛軟軟地叫，「如果你喜歡，我願意……」

「可是你覺得羞恥，對不對？」他打斷她。

小宛驀地咽住，是的，她覺得羞恥。不僅羞恥，而且痛楚。她低下頭，任淚水一滴滴落在瓷磚上，落在一地的衣裳間。

「你哭了，你並不願意。」張之也在這一刻彷彿變了一個人，不，不是一個人，而是一個魔鬼，他冷冷地，一句話就是一把刀，毫不留情地一刀刀刺進小宛的心，「你哭了。因爲你根本就不想給我！你這樣哭著脫衣裳，像個落難聖女。我還有什麼情緒？你以爲我很想要嗎？只要我願意，隨時有十個八個女孩子撲上來獻身。我才不相信你的技術比她們好！」

小宛驚呆了，她從來沒有聽到過這麼不留情面的露骨的辱罵，這種羞辱和傷害已經不是十九歲的她所可以承擔忍受的。在她的愛情字典裏，雖然有獻身，卻沒有苟合，而之也的口吻，卻把男女之事完全說成是一種動作，一個指令，一場遊戲，一次沒有思想的縱慾。如此，她脫衣的舉動就顯得更加荒唐可笑而不值得。

淚無窮無盡地流著，天下最惡毒的羞辱莫過於此——被所愛的人這樣輕賤，真比死了還難受。她不明白爲什麼自己還站在這裏，這樣被動無奈地聽著他罵她辱她輕視她，在他的眼中，她真的是這樣賤若微芥不值一提嗎？

「穿上衣裳，別感冒了。」他再說一遍，口吻裏沒有絲毫溫情。說罷，頭也不回，轉身便走。

他竟然走了。

他竟然走了。

他竟然走了。

她站在當地，赤身裸體，一絲不掛。尊嚴和羞恥都委地成塵，綻放的感情之花被人踐踏如泥，半點愛與溫暖也不曾留下。

沒有淚，沒有傷心，她的心在那一刻尖叫著死去，燒成灰燼。

從此再也不知道什麼是愛。

愛一個人是罪嗎？爲什麼竟換回這樣徹底的羞辱與踐踏？爲什麼愛的回報竟是傷害？她的心徹底地碎了，坐在堆了一地的衣裙間，那麼燦爛喧嘩的色彩裏，老了的十九歲的青春。

天徹底地黑下來，屋裏一直沒有開燈，月光像水一樣地流淌進來，帶著六十年的歲月與滄桑，帶著莫名的血腥與花香，漸漸瀰滿了整個屋子……

沒有開燈，月光溫柔地流淌進來，流淌在彩衣上，柔軟而淒涼。

若梅英和水小宛的流淚的臉，忽然於走錯了時間的月光中重疊了。

六十年前。七月十三。

同一間旅館，同一個房間，同樣的月色黃昏，同樣的癡情女子——

燭光搖映，錦被濃薰，若梅英親手採來五色花瓣灑滿床榻，展開了鴛鴦戲水的床單，拍軟了蝴蝶穿花的繡枕，鋪平了鳳凰牡丹的錦被，仔仔細細地描了眉，塗了唇，撲了粉，抿了又抿，看了又看，雙手抱肩想著那人的溫存，眼風一掃向鏡子拋個媚眼兒，已經被自己羞得燒透雙頰。

等一下，等一下就要做他的新娘了，她的美麗，她的青春，她的嫵媚，她的風情，再也不會虛度年華，一一都落實在有情人的眼中心上，成爲彼此最好的回憶。

她抱著自己，憐惜著自己，輕輕唱：「可憐你如花美眷哦，似水流年……」

只唱到這一句，忽地打住。不不不，自己和杜麗娘可不一樣，她的如花美眷拋與了斷井頹垣，自己可是要嫁與張郎的。

換吧，換一曲「崔鶯鶯待月西廂記」：

「落紅成陣，風飄萬點正愁人。池塘夢曉，欄檻辭春；蝶粉輕沾飛絮雪，燕泥香惹落花塵；系春心情短柳絲長，隔花陰人遠天涯近。香消了六朝金粉，清減了三楚精神……」

風聲過堂而去，門咔地一響，她已經驀地轉身，嬌聲問：「什麼人走動，敢問門外可是張生？」

可是，來人不是張生，只是過堂風。

風聲一陣緊似一陣，拂著堂前柳敲在窗子上，宛如催促：梅英開門，梅英開門。

門開了一次又一次，卻只是落空。

張生沒有來。張生沒有來。張生沒有來。

而天已經一點點地亮了。

蠟燭已經燃盡，在桌上留下一攤燭淚。床上的花瓣枯了，露出鐵銹色，發出腐爛的味道。枕上的蝴蝶鮮花俱失色。連玻璃窗上的鴛鴦都倦怠。

偌大的花團錦簇的繡房裏，滿滿地寫著一個字：空。

癡情成空，等待成空，相思成空，盟誓成空。

他，竟然負了她！

他負她，他負她，他負她。他負她……

張君瑞負了崔鶯鶯，許仙負了白娘子，李甲負了杜十娘，張朝天負了若梅英，而張之也，負了水小宛！

小宛坐在散落一地的衣裳間，連哭泣也忘記。

她看見了！

她清楚地看見了當年發生在這裏的一切。這就是興隆賓館，就是當年若梅英穿了嫁衣備了枕衾久候張朝天不至的「新房」、絕地、墳墓、陰府！

她清楚地看到若梅英的癡情，看到若梅英的傷心，更看到若梅英的絕望。

她和「她」，都是被愛情辜負的女子，被愛人傷害的靈魂。在這個世界上，她們陰陽相應，心靈相通，然而那一點相知，卻只會使斷腸人的心更冷。

若梅英等不到張朝天，穿了鳳冠霞帔登台去；而水小宛別了張之也，該向哪裏去？

她慢慢地、一件件穿回衣裳，彷彿把一層層的恥辱與枷鎖扛上身。地上，還有一盒掉下來、被張之也踏了一腳的蛋黃月餅……

來時清風細細，燕子雙飛，去時豪雨如注，斷鴻零羽，火車的玻璃窗上全是流不盡的淚水，天地心在一起哭泣。

上鋪的人在打酣，對床小孩子哭起來了，有人在不滿地抱怨，窗外飛掠而過的燈火似鬼火，影子被拉得長長的，卡嗒卡嗒的聲音，像生命鐘擺一下下不耐的催促——人的一生，真是太長了。

小宛閉著眼睛，傾聽一站一站的報站聲，並不清醒，卻從未熟睡。耳邊總有嘁嘁嚓嚓的聲音，像是無數冤魂糾纏著她，圍繞著她，拜求著她。他們對於她的懶怠十分不滿，焦急地要把她喚醒，聽他們訴說心曲。而那些聲音裏最突出的，仍是梅英的一遍遍傾訴：「我等過他的，等了一夜一天，我等他，可是他沒有來，將我留給淒冷的世界和殘暴的軍閥，他負了我，負了我……」

小宛沒有回家，逕自打車去了長城。

不明白為什麼要這麼做。她只是不想回家，沒臉回家。

天上下著雨。

小宛走在雨裏，不知道要走到什麼地方去。

世界已經到了末日，路也走到盡頭，她不知道還有什麼地方可以容納自己傷痕累累並且已經不潔的心。

她愛張之也，愛到願意不顧一切地遷就他，把自己徹徹底底地獻給他。可是，他不在乎。於是她的犧牲就顯得如此可笑而可恥。他不要她的身體，就等於強剝了她的自尊，把她所有的驕傲清高以及對愛情的信仰都撕下來扔在地上，還要千踩萬踩踏個粉碎。

她已經什麼都沒有了，沒有愛，沒有羞恥，沒有自信，也沒有了生存的目標。十九歲的女孩，愛情就已是她的全部，而之也，在奪走了她的愛情的同時，還順手摔碎了她的自尊，她對將來的期待。她還有什麼勇氣活下去？

小宛爬上城牆，將這個不潔的身體澆洗在大雨中。張開雙臂，迎著風，死的念頭像海水一樣一波一波地湧上來：要不要？要不要就這樣縱身而下，死在孟姜女哭夫的地方？不知道孟姜女有沒有和丈夫團聚？不知道她的丈夫隔了這麼久有沒有變心？不知道一個女人的眼淚到底有多大的威力？不知道天地間有誰會在意自己的淚？

她沿著城頭走著，縱聲高歌：

「則道你辜恩負德，你原來得官及第。你直叩丹墀，奪得朝章，換卻白衣。覷面儀，比向日，相別之際，更有三千丈五陵豪氣……」

長歌當哭啊，電閃雷鳴都爲她哭泣。高歌的人，是張倩女，是若梅英，還是水小宛？

風裏隱隱地有人在呼喚：「小宛！來呀，來呀！」

是那個女鬼，是若梅英。她在尋找替身，讓自己也同她一樣，因爲失愛而成爲枉死城裏的新鬼。

若梅英與張朝天，水小宛和張之也，究竟是怎樣的一筆帳、一場劫？

小宛閉上眼睛，不願意再回想自己昨晚在海藍酒店看見的，發生在六十年前的興隆旅館裏那最殘忍的一幕……

七月十四。

鬼戲散場了。

夜晚一樣地來臨，月落星沉，花已經殘了。

若梅英領著司令來到酒店，自己預訂的房間裏。

灑滿花瓣的婚床在靜靜等待，一個女孩把自己交付給一個男人從而變成女人。

就像，她本來期待的那樣。

可是，身邊的人已經不是原來等待的人。

花瓣已經微腐，在身下呻吟碎裂，香銷玉殞，少女初紅同花瓣的汁液一起染紅了床單，星星點點，觸目驚心地寫著羞恥和悲憤。

她咬著自己的唇，忍受著那一次次衝擊一刀刀凌遲，靈魂已經飛上九天，在高空冷冷地俯視花床上的自己，在一點點一寸寸地被切割被污辱被佔有被毀滅。

男的是獸。女的是鬼——她在活著的時候已經變了鬼。

唇角的血咽進嘴裏。是腥的。腥而辣。

她已經一無所有。一場失約之戀徹底地毀滅了她。

——那一刻，她已經決定，要報復。粉身碎骨，至死不移！

小宛站在牆頭上，仰起臉，任雨水和淚水在臉上流淌，電閃雷鳴間，猶自聽到若梅英淒厲的叫聲：「我要問你一句話，我要問你一句話……」

愛一個人，恨一個人，原來都需要那樣大的毅力和恒心，甚至可以衝破生死界。

而水小宛，卻是沒理由愛也沒力氣恨了。

抱緊雙肩，小宛仍然覺得徹骨的寒冷。哀莫大於心死，之也給她的，不只是失戀的痛苦，還有信念的毀滅。從此，她再也不敢相信愛情。

然而對於一個十九歲的生命，如果沒有了愛情，還有什麼意義呢？

她連梅英的命運也不如。

梅英的愛情是一個謎，而她的愛，是一場遊戲，一場騙局。

雨水如注，梅英還在哭喊著：我要問你一句話，我要問你一句話……

她不能幫她問到那句話，也罷，就拿自己的命陪她作伴吧。

恍惚聽到鑼鼓點兒一陣響似一陣，是催場的急急風。城牆下，有無數紅男綠女在對她招手，彷彿在喊：下來吧，下來呀！

小宛張開手臂，縱身一躍……

十四 情敵

如果將梅英比作一燭火苗，張朝天便是吹滅燭火的一陣風。

自他之後，她的日子再不叫活著，尋尋覓覓，半生都在醉夢不醒間。

那一日大燒衣重相見，她忽然有了新的人生目標，卻是以死來完成：我要問他一句話。

那時才發現，原來所以還活著，所以從廣東到上海再到北京，所以苟且偷生，都只是爲了他。爲了問他一句話。

話未出口，香已銷殘。

當她從十三層樓上縱身躍下的時候，她究竟知不知道，這樣是在尋死？是她一心要死在他面前，以自己的生命完成他終身的記憶；還是早已置生死於度外，只想追上他的腳步，追上他的車塵，問他一句話？

車子揚長而去，他沒有爲她停留。他怎麼能夠？

便到了陰間，她也不忘他，不肯喝孟婆湯，不肯過奈何橋，年復一年地，徘徊在陰陽兩界，只等著一年一度的盂蘭節鬼門關大開，好到陽間來找他，問他一句話。

梅英站在十三層樓的窗口，小宛站在長城牆頭。

不同的時代，同樣的風雨，情到深處，怎一個死字了得？

「我要問你一句話。」

而小宛，卻是除了羞辱和絕望，連一個問題也沒有。不堪至此，除死何爲？

小宛苦苦一笑：「梅英，恕我不能再幫你找答案了，讓我去黃泉陪你吧。」張開手臂，縱身便跳——

「小宛！」

是誰的聲音，將她用力一拉，熟悉又陌生。然而恍惚間，已見到另一個自己，縱身躍下如落花，直直地墜向那不可知的深處。

「小宛！」又一聲呼喚，充滿了關切、酸楚、憐惜、愛慕。

回頭，身後站著一個年輕人，清俊的臉，破舊的牛仔服，熟悉的老吉他，那竟是——阿陶！

「阿陶？是你？」小宛呆住了，懷疑自己是在做夢，甚至懷疑自己已經死了，靈魂升上天堂。是不是在天堂裏，人們可以見到自己想見的一切？

「是我。」阿陶躍上城牆，在她身旁同她並肩坐下來，吉他橫在他們中間。

「我剛回北京，想上長城走走，結果遇到你。真巧。」

「真巧。」小宛癡癡地看著他，仍然不能相信這是真的，「怎麼會這麼巧？」

「有緣吧。」阿陶也望著她，半年不見，他更加英俊，也更加滄桑了，「小宛，許久不見，你好嗎？」

「我不好。」小宛的淚流下來，「阿陶，我很想念你。」

「我也想念你。」阿陶低下頭，有淚光在他眼中閃爍，「小宛，你好像很不開心。」

「我……」小宛大哭起來，抽咽著，把心事一股腦兒全盤托出，那慘痛的，羞恥的心事，沉重得已經無法承受，痛楚比一切的尊嚴更強烈，讓她顧不得爲自己守秘。

阿陶專注地傾聽著，眼中充滿同情和理解。

許久，他說：「小宛，你知道嗎？一個男人在不得不拒絕他心愛的女人的時候，他的心會有多麼痛苦？」

「你是說，之也他，也會痛苦？」

「我相信他愛你，愛得很深，但是可能不夠專一。他傷害你，比傷害他自己更難過。而且，這種傷害，也是他不得已。」

「可是，他拒絕我……」小宛低下頭，說不下去。張之也有一句話說對了，獻身使她覺得羞恥。不僅當時，就是現在，重提斯時情境，也仍讓她覺得羞恥。她再次流下淚來：「阿陶，我的心很痛，很痛，你知道嗎？我不敢相信之也是這樣的人，他可以拒絕我，不愛我，可是，他爲什麼要這樣羞辱我？我們曾經是相愛的，就在幾天前，他還說過他愛我，可是一轉身，他就這樣毫不留情地傷害我。愛情，是這樣脆弱的嗎？他讓我不再相信，這世界還有真的愛情，你不會明白那種感受的……」

「我明白的。」阿陶溫和地說，「小宛，我不但明白你，也明白張之也，我也曾愛過，我也是男人，我想我能猜到他的想法——沒有人會面對心愛的女人，哪怕是曾經愛過的女人的身體而不動心，除非，他有不得已的苦衷。他接受，不一定代表他愛你；然而拒絕，卻很可能是因爲他真的很在乎你，」

小宛抬起頭，不解地看著阿陶，遲疑地說：「你是說——他不想傷害我？」

阿陶長歎，再次說：「小宛，相信我：一個男人在不得不拒絕他心愛的女人的時候，他的心，一定會比你更加痛苦。」

「阿陶，當時你離開我，也會痛苦嗎？」小宛終於問出那個在她心中橫亙了半年之久，而半年前的她不敢問出口的問題：「你，喜歡過我嗎？」

「我……」阿陶看著小宛，眼中的深情一覽無遺。

小宛忽然覺得心靜下來，不，不必再問了，這是一個深愛著自己的男人。眼睛不會騙人，他的眼裏，是滿溢得藏也藏不住的愛意。

世界並不絕望，至少還有一個人，是深深地愛著她，關心著她的。

有時候，愛的來和去都是很奇特也很輕易的事情，有人一見鍾情，也有人一刻「終」情。有人的感情需要天長地久來培養，也有人一夢醒來已經滄海桑田。有人在死後仍然纏綿於前生事耿耿不忘，也有人轉過身便可柳暗花明。

愛有個極限，但對每個人的尺度都不同。小宛對張之也的愛，在她決意赴死的那一刻抵達了她感情的最極限，一旦死的念頭退卻，愛也就忽然回首了。與生命相比，感情畢竟只是驛棧，不是歸宿。

況且，她剛才分明看見有一個自己跳下去了——也許，那便是從前青澀脆弱的自己，愛著張之也的自己。而站在這裏的自己，則是理智與重生的希望。

水小宛不是若梅英，不想帶著一段未了的心願上天入地，她還要留在這個世界上，好好欣賞花好月圓，好好等待雨過天晴。

她看著阿陶，輕輕說：「你放心，我會好好的。」

再回到家時，小宛只是沉默。

看到奶奶，她由衷抱歉，不能把那盒命運多舛的雙黃月餅帶回來。

然而沒有月餅，中秋節也一樣地過。

水溶的興致很好，提議小宛講講上海見聞。小宛興趣索然：「上海有什麼好講的，跟北京還不是一樣。」

「那怎麼一樣？」媽媽就像一般城市婦女，提到上海就眉飛色舞：「我年輕的時候，正趕上看電視劇『上海灘』，那個著迷呀，有段日子，電視上一看到許文強我就眼直直的，那時正同你爸談戀愛呢，就因爲看了『上海灘』，橫看豎看覺得你爸不順眼，怎麼打扮也不像許文強，後來想來想去，決定給他買套西裝，打條領帶，好歹裝扮上像了幾分，只可惜他死也不肯戴禮帽……」

水溶大笑起來，問奶奶：「媽是在上海生活過的，您說說。」

奶奶自從答了一次記者問後，講起舊事便彷彿在對公眾發言，文謅謅地感慨：「上海，風花雪月的城市，金嗓子周璇和阮玲玉的城市……」

小宛忽然有感而發，忍不住插嘴：「阮玲玉自殺，人們說是記者殺了她，也有罵張達民和唐季珊害死了他，我卻覺得，害她的人，是蔡楚生。」

水溶若有所思地看著女兒，不說話。

小宛看著月亮，繼續說：「看電影《阮玲玉》，看到她被張達民出賣，又對唐季珊失望，去求蔡楚生帶她走那段，我就覺得心裏酸酸的。是蔡楚生讓她演《新女性》，讓她被記者包圍，陷在人言可畏裏，看著她墜進深淵，卻不肯救她。他殺了她兩次，一次在影片裏，一次在現實中……」

眼淚流下來，她不是一個喜歡當眾流眼淚的女孩，只有在講述別人的故事時，才可以靜靜地流自己的淚。

「他不該讓她演《新女性》，人的命運，有時候會被重複的……」

就像若梅英重複了張倩女，而她，重複了若梅英。

母親驚訝起來：「宛兒，怎麼了?好端端哭什麼?」

水溶有所察覺，卻怕傷了女兒面子，只是遮掩：「到底是小丫頭，多愁善感。這就叫

『聽評書掉淚，替古人擔憂』了，咱這寶貝女兒，又敏感又傷感，應該去當演員才對。」

門鈴響起，母親去應門，揚聲喊：「宛兒，你的朋友。」

小宛走出來，小臉繃得冰冷：「這位是薇薇恩小姐，她不是我的朋友，是張之也的。」

母親狐疑地看看女兒又看看那豔裳靚妝的不速之客，問：「一起吃月餅嗎？」

薇薇恩卻問小宛：「一起出去走走嗎？」

月華如水，靜靜地灑滿街道，把北京城變成一道清光的河流。

小宛和薇薇恩走在月光下，彷彿閨中密友喁喁談心，可是身體的距離卻明明是一種拒絕的姿勢。

薇薇恩輕笑：「你恨我？」

「為什麼？」小宛看著她，清澈的眼神沒有一絲雜質：「你有對不起我嗎？」

「如果我把張之也還給你……」薇薇恩望著小宛，歪著嘴角邪邪地笑，「你會感謝我嗎？」

「張之也不是你的。」

「可他現在是我的了，是我從你手中搶回來的。」

「他也不是我的。」小宛抬頭看月，「是我的，你不會搶走。」

「要不要打個賭？」薇薇恩挑戰，肆無忌憚，「我可以把他還給你，看你有沒有本事留得住？信不信，只要我一招手，他還是會回到我身邊。」

小宛驚訝地看著薇薇恩，不明白這個化妝鮮明服飾豔麗的女子是不是腦筋有毛病。

「這好玩嗎？」她問，「你在做遊戲？想證明什麼？」

薇薇恩揚起眉毛笑：「沒錯，我就是想證明我比你有魅力，比所有的女人都更有魅力。你信不信？要不要賭？我一定贏。」

「你不必對我用激將法。你是比我有魅力。」小宛淡淡地笑，「你已經贏了。」

「你認輸？連賭都不敢賭？」

「是，我沒膽，不敢賭，我認輸。」

薇薇恩驚訝，美麗的塗著藍色眼蓋的眼睛越瞪越大，半晌，再問：「如果之也自己要回到你身邊，你要不要他？」

「他已經不要我了，不是嗎？」小宛坦然地看著她，「他選擇了你。你贏了。還要怎樣？」

薇薇恩忽然有些趣味索然，她沒有想到情況會是這樣的，她卯足了勁兒迎上門來探望自己的手下敗將，想將這隻貓口的鼠兒戲弄一番。她以爲小宛會哭，會罵她，甚至大打出手，扯髮抓臉甩耳光，但是到最後她一定會求她，會泣不成聲，一敗塗地。她已經準備好了迎戰，一隻貓對一隻鼠的戰爭。可是，這是一隻毫不戀戰並且預先服了毒藥的鼠兒，你能拿她怎麼辦？

她有些無趣，覺得自己之前一番大費周章的表演未免小題大做了，彷彿一個演員賣力地唱足全場，卻沒有一個人鼓掌，而自己還在不住地對著空空的大廳謝幕。那感覺，比被觀眾拋臭雞蛋哄下台還難受。

她看著小宛，不明白這個在幾天前聽到匿名電話還要大驚小怪神經兮兮的小丫頭，怎麼突然之間就變得這樣成熟而淡定。小宛沒說錯，她的確是在玩遊戲，爭取男人心的遊戲。之前她與張之也分分合合無數次，但沒有一次像這次精彩，因為在她回頭招手的時候，張之也居然想要拒絕她，還說已經有了女朋友，打算認認真真地談一場戀愛。這使得薇興趣盎然，戰鬥力十足，她決定換一個玩法，不再像以往那樣一味賣弄風情，而是故作神秘打電話給小宛，存心引起她的緊張與猜疑，然後再趕到上海演一場真人秀。

在電話裏淒厲地哭訴恐嚇，僅僅是為了好玩，小宛越憤怒越緊張，她就覺得越好玩，正如同張之也越是拒絕，她的佔有欲就越強。

她成功了。但是得回張之也之後，她卻覺得索然，因為這個張之也已經變得不同，有些呆頭呆腦若有所思，但具體怎麼不對勁卻也說不上來。她猜癥結在水小宛這裏，於是又來北京鮮衣弩甲地發動新一場戰爭，沒想到，小宛如此輕易地示敗，反而殺她一個措手不及。

她停下來，忽然沒頭沒腦地說：「三里屯的酒吧要拆了。」

三里屯的酒吧要拆了。

與此同時，張之也正在南街酒吧裏對月獨酌。

酒吧裏的客人在切切地談論，交換最新消息：知道嗎？這裏的酒吧要拆了。

張之也覺得恍惚。彷彿聽說自己的初戀要被拆了一樣。

初戀在記憶中早已變成一樁古老建築，所有的細節都是磚瓦土砬，而如今要嘩啦啦大廈傾，被一鍬一鏟地扒掉了。

他倒下一杯酒，想著自己和薇薇恩漫長而又短暫的羅曼史。

他們兩家是鄰居，很小很小的時候已經是夫妻了，當然，那時只是做著過家家的遊戲，他是爸爸，她是媽媽，抱著一個布娃娃當女兒——有時是兒子。為了孩子的性別兩個人常常會吵架，吵得面紅耳赤。可是有一點是肯定的，不論是男是女，一定是他們兩個的孩子。

後來漸漸大了，過家家的遊戲卻一直蔓延下來，身體力行地做了一對小夫妻該做的事情。與兒時唯一不同的，是他們並沒有孩子。

她是他的第一個女人；他是她的第一個男人。

但是從一開始，他們就知道，都不會是彼此的唯一，也不是終結。因為，他們都是愛玩的人。

總是吵架，分手，和好，再吵架，分手，和好……

整整六年。

如果當真做夫妻，那該是不短的婚齡了。心情好的時候，他們會手拉手地去菜市場買菜，同小販討價還價，然後笑眯眯問這種菜是炒好還是拌涼菜好，今天的魚是不是新鮮蟹是不是肥美，儼然一對居家過日子的小夫妻。

他們甚至還去拍過結婚照。是個陽光明媚的午後，兩人一邊窩在沙發裏看電視，一邊商量著今天去什麼地方玩好，剛好電視裏有結婚鏡頭，薇心血來潮，說不如我們去拍照吧，結婚照。於是便去了。燕尾服白婚紗手執花束做龍飛鳳舞狀，恩愛異常，照相的和被照的都很認真，忘了這一切只是做戲。那個化妝小姐一勁兒說：「每天那麼多新人走進來，屬你們這對兒最登對，讓人羨慕。」也許她對每一對走進來的新人都是這麼說的，但是他們還是很開心。

那一刻，未必沒想過天長地久。

但是薇不是一個容易停下來的人，很快她又有新的目標，一個電話就可以把她從他身邊拉走。他問她：爲什麼不能爲我留下？她答：你付我一夜一萬塊我就留下來。他發怒，罵：你和妓女有什麼不同？她笑：價碼不一樣。沒有一個妓女可以一夜賺一萬那麼多。

鬥嘴和做愛，他都不是薇的對手。
每次抱住她，都覺得懷裏緊擁的，是一隻刺蝟。
他給她溫暖，然而自己遍體鱗傷。
可是她和女友通電話的時候，他卻聽到她繪聲繪色地對人說他打她，說她愛得多麼痛苦而不可自拔。
他開始百思不得其解，後來才知道，被性伴侶虐待也是小資們的標籤之一，美之名曰「殘酷的青春」與「成長的傷痕」。
她們所有的生活，都是照著網路叢書的格式設計填寫的，沒有自我。
他一天更比一天厭倦。
終於他們第一百零一次談到分手。
說再見的時候，心是平靜的，因爲這是真真正正的「再見」，兩個人說的時候，都知道不久就又會再見，重新走在一起。
但是他遇到了水小宛。
水小宛，讓他這次很認真地想到了要與薇訣別而不是再見，他想開始一種新的愛情，乾淨、純真、執子之手，與子偕老。
沒想到薇薇恩又會回來。
過去一段情，如冤魂不散，重新上了他的身，驅之不去。

逃避過也拒絕過，但他最終不是薇的對手。沒太多理由可以解釋，他不過是一個平凡的男人。

他不過是一個男人。

有幾個男人可以做到淡漠舊情，坐懷不亂呢？尤其是面對那樣一個美豔風情的前度尤物。

他在上海旅館裏與她「巧遇」，當他重新抱住她的身體時他便知道，要失去小宛了。

他有些懷疑那虛掩的房門是薇故意打開的，爲的就是讓水小宛撞見他們的苟合——但即使小宛沒有撞見那一幕，他也會同她分手的，因爲再也當不起她的癡情與純真。

當小宛將自己如一顆蔥那樣剝得乾乾淨淨地站在他面前時，他真切地覺得了自己的齷齪與卑賤，覺得了自己的殘忍與冷酷。

他拒絕了小宛，傷害了小宛，不是因爲不愛，也不是因爲不忍，而是不敢。

他不敢面對那樣純潔的身體，以及那身體所代表的純潔的人性。她的純潔照見了他骨子裏的鄙俗，令他對自己不敢正視了。

走出賓館，他獨行在上海的夜色裏，感到從未有過的疲憊與萎瑣。夜幕使他感覺自己像一隻獸，一隻受傷的獸，被獵槍打中了，找不到一個養傷的角落。

女孩子最易受傷的是自尊，男人最脆弱的是自信。

在他傷害了小宛的自尊的同時，小宛也摧垮了他的自信。

他無法再相信自己是個真正的男人。他的心中，對薇薇恩充滿了一種莫名的恨意，而這恨意的出口，是性。當他們在床上翻滾呻吟時，他心裏感到的是報復的快感，和墮落的毀滅。

爲了薇薇恩，他在上海多停了三天。白天，他們去逛街，她問他去哪裏，他隨口說南京路吧，她笑，說只有外地人才逛南京路，真正的上海人只逛淮海路。那口吻，就彷彿她是個上海人。

走在淮海路上，她的確是比所有的上海人都更像一個上海女子，舉止從容，精明俐落；而他則是地地道道的外地人，呆頭呆腦，東張西顧，卻茫然無所見。

他豈止在上海是個陌生人，根本在離棄小宛之後，整個世界對他來說都變得冷漠而陌生了。

三天後，他們離開上海的早晨，她再一次提出了分手。

他問她：真的要分開？

她說：考慮一下。

你也有考慮的時候？他笑，並不特別在意。

她也笑：還要問另一個人的意見。

水小宛。

沒錯，我要看水小宛要不要你，她要你，我就要；她不要你，我也不要。

他覺得疲憊，不是因爲自己墮落成了兩個女人的獵物，而恰恰相反，是因爲不能成爲真正的獵物，而只是戰利品。

原來你追我到上海，不是爲了我，而是爲了水小宛。

都對，又都不對。她妖媚地笑，把碎髮向後掠，你忘了，我一直嚮往上海。

他想起來，是的，她說過不止一次了：上海是多麼靡爛美麗的城市啊，我一定要去一次。體味酒，性，殘酷的愛，還有墮落的快感。

於是他知道，她對上海的嚮往，就像對南街的酒吧一樣，要的是一種時尚。

而今，上海已經去過了，三里屯也已經要拆了。滄海桑田易如翻掌，何況一段愛情？

這世上有什麼東西是可以永恆的呢？

除了梅英的恨。

梅英的恨真是固執綿長呀。死不瞑目，冤魂不散，生生不息，抵死纏綿，原來這樣奢侈的感情真是有的。

張之也有些羨慕他的同宗兼同行張朝天。

畢竟，不是每個人都可以經歷那樣刻骨銘心的感情，那樣的女子，如果不能得到她的強烈的愛，能得到她的強烈的恨也是好的。

張之也知道，如果自己有一天和薇薇恩重逢，她是既不會愛他，也不會恨他的。

他真是替自己不值。

生命有何意義呢？如果不能在自己心愛的人的心頭留下一道傷。

不知是第幾瓶海尼根化成水從身體裏注入又流走了，他的眼睛漸漸朦朧起來。鄰座有一個豔妝的女子，很感興趣地望著他。那是薇薇恩的前身吧？他一眼可以看出對方的道行——沒有掙出頭角的小白領，有的都是這樣一種饑渴而躊躇的眼神。

他忽然很想抱住她。

他滿心裏都是小宛的模樣。他想她想得這樣苦，以至於要緊緊地抱住另一個人來幫助遺忘。

他舉起一杯酒，朝她走過來……

十五　第二宗謀殺

戀愛時，時間會變得很慢，朝陽一點一點掙出海面，樹葉被風吹著柔聲細語，大雁從天空緩緩飛過，雲間依稀留下人字影子，圓圓的碧荷葉平平地鋪滿整個池塘，新出的荷花箭上立著蜻蜓，花朵從春天開到冬天，月亮在黑夜凝望如含情脈脈……戀愛中，每一分鐘每個細節每段影像都可以記得很真很真。

所以戀人們才會發明「天荒地老」這種詞，說出「海枯石爛」這樣的話——他們真是相信自己的愛能夠就此定格、刻進永恆的。

但是事實上不可以，縱然他送的玫瑰被製成了乾花，她采的蝴蝶被做成了標本甚至化石，也仍然不可以。

秒針走得再快也周而復始，時針走得再慢也還是要過去，最好的時光，最美的愛情，只存在於記憶裏，或者消逝在風中。

是五月，花飛似雪，風一吹，就成了夢。

她倚在樹下，欲語還休，頭低得越來越沉，越來越沉，最終卻還是猛抬頭，勇敢地說出來：「我喜歡你。」

「我喜歡你。」短截果斷的四個字，無啻晴天霹靂。

她看著他，眼裏漸漸有了淚。

而他，早已一敗塗地。

張朝天長長歎息，抬起頭說：「若梅英？不記得了。」

「不記得?!」小宛大驚，帶著一絲憤怒，「你竟不記得?!」

張朝天別轉頭，不說話。

這是一個滿頭白髮的老人，白得如雪，然而風度仍是好的，歲月滄桑掩不去他原有的俊逸瀟灑，雖然不再神采飛揚，舉手投足間，卻仍有一種貴氣，與人說話時，不經意間帶著種降尊紆貴的意味，彷彿帝王落魄，三分無奈，七分不耐。

女主人走出來敬果盤，她比張朝天要年輕至少二十歲，看來是續弦，滿面春風，不語先笑：「張先生年齡大了，不能談很久的，不周到的地方，水小姐要請你體諒哦。」

她管丈夫叫「張先生」，滿臉雞犬升天的得意。

小宛抬頭看著她，不明白這樣淺薄庸俗的一個女人，憑什麼可以代替若梅英成爲他生命中的女主角，而抹煞了梅英在他心中的記憶。她盯緊他，一字一句地再問：「你，真的，不記得，若梅英？」

張朝天被迫抬起頭來，看著這純淨如水的女孩子，猜測著她同梅英的關係。許久，仍然說：「不記得了，太遠的事，有六七十年了吧，誰記得？」

小宛呆立。他竟忘了她？當她爲他的負約傷心，流淚，自我犧牲，直至墜樓慘死，遊魂人間，他竟然，忘記她！

世上沒有一種背叛可以比忘記更殘忍，更徹底，更不可恕！

她彷彿在頃刻間滄桑了十年。

原來，時間真的可以消磨一切的恩怨。

原來，那樣傾心刻骨的愛也可以被忘記。

當戀人們說著山盟海誓的時候，總以爲這誓言是會實現的，所有的災難都不能將他們分開。

可是，有一種最強大的勢力是被癡情男女在熱戀時常常會忽視掉的，然而它卻是最不容忽視，亦不可抗拒的，致命的阻礙——那就是時間。

時間磨輪可以磨平所有的山盟海誓與深仇大恨，無論是花前月下的柔情蜜意，還是不共戴天的曠世情仇，都可以在時間的砂輪下打磨得面目模糊，麻木不仁。

唯有若梅英，這個不願還魂的癡心鬼，竟可以抵拒時間的砥磨，窮天極地地尋找前世情仇，牢記住一段經歷了半個多世紀的恩怨，誓不肯忘。

我要問你一句話。

小宛一雙眸子晶光閃亮，執著地，要替若梅英問個答案：「張先生，我想問你一件事：那年七月十四，鬼節，『群英薈』全台鬼戲。可是，若梅英約了你在鬼節前夜私奔，在興隆旅館佈置了新房等你，你卻失約，爲什麼？」

那位徐娘半老的女主人早已不樂意了，出出進進地假裝端茶遞水，故意弄出很大的聲響。

小宛視而不見，聽而不聞，只雙目炯炯地看著張朝天，不問出一個究竟來誓不甘休。

他負了若梅英。

正如張之也負了自己。

這個答案，不只爲了若梅英問，同時也是爲自己，爲天下所有癡情虛擲的傷心女子討一個公道。

「若梅英爲了你，生不安枕，死不瞑目。生生死死，一直念著要問你一句話。你總得給她一個答案——爲什麼會失約？爲什麼要騙她？」

她堅持著，一反常態。上海之行改變了她，她不再是那個溫婉羞澀的水小宛，而是代梅英追討孽債的復仇女神。

「太廟大燒衣，是若梅英在一九四九年後唯一的一次見到你，也是最後一次見你。我不相信你會忘記！林菊英老奶奶，不相關的人，隔了四十年還記得，提起來就痛哭流淚，你怎麼會不記得？」

張朝天閉上眼睛，閉眼的瞬間，水小宛似乎看到有淚光在閃。

是淚麼？

小宛接下去：「若梅英就是在那次見面後跳的樓，他們說，梅英跳樓的時候，你也在現場，你沒有看到她，聽到她嗎？她喊著你的名字，說要問你一句話，從十三樓上跳下來，就死在你的腳下，你會不記得？」

她的淚先他而流下來，聲音哽咽：「她爲了你，從人到鬼，從生到死，不過奈何橋，不喝孟婆湯，就因爲她不想忘，不肯忘，她要問你一句話。而你，你怎麼能忘？」

他睜開眼，神情淡定，良久，說：「不，真的不記得了。」

小宛的臉垮下去，心裏忽然變得很灰很灰，眼神在瞬間變得黯淡，彷彿經了一場大戰，或是一場大病。

她抬起頭，無言地望向窗外陰沉的天，默默說：梅英，你愛錯人了。

下樓的時候，水小宛遇到張之也。

他說：「好久不見。」

她也說：「好久不見。」語氣中並沒有太多的情緒。

他看著她，知道事情已經無可逆轉，過去是真的結束了。

兩個不再相愛的舊情人相遇，最可怕的不是仇恨，而是平淡。她甚至不需要躲避他，不假裝陌生或冷淡，而只當他是普通熟人。

可是，他還是想替她做一件事。

或者說，是替若梅英做件事，找到那句話的答案——這同時也是水小宛一心要做到的。所以，他與她不約而同，先後來到知情人的門前。

然而小宛說：「不必再問了，他說他不記得。」

「不記得？」

「恨比愛長久。胡瘸子對若梅英的感情要比張朝天深沉得多。」小宛唇邊露出一個苦笑，「梅英如果嫁給了張朝天，今天早已投胎轉世，也會什麼都不記得了。」

記住，是因爲不忘。

忘，是「心」字上一個死亡的「亡」。

因爲恨，故而不甘心，不死心。「心」不肯「死」，故而不「忘」。

張之也有些唏噓，張朝天辜負了若梅英，被她記了一輩子還不夠，做鬼還要糾纏不休。而薇薇恩負了他，他又負了水小宛，卻清楚地知道，將來他們誰也不會記得誰。一旦分開，記憶立刻被刪除清空，根本無須心死，因爲壓根兒無心。即使要記，也只記得自己的話。

他歎息，低低地說：「我剛去過廣東回來。」

「採訪？」她同他一前一後走下樓，對他的行蹤已經並不關心，只是出於禮貌才會回應。

「是，採訪，去了觀音堂，見到了那些碩果僅存的自梳女。」

她在樓門洞口停下來，抬起頭，看到幾隻灰背鴿子從天空中掠過。

是的，他不久前曾說過，要去廣東好好做一則有關自梳女的紀實採訪的。原來，中間只隔了這麼短的時間嗎？想起來卻是恍如隔世。

「我還去了趙自和下鄉的村子……」

「會計嬷嬷？」她打起精神來，「你聽到些什麼？」

「都是過去的事了，你不會願意知道。」張之也支吾，「小宛，我們………」

「我們的事，也已經過去了。」小宛打斷他。

張之也的臉忽然僵住，雖然這個答案是他早已預料到的，可是真正面臨的時候，還是令他有種徹骨的寒冷。若梅英在六十年後仍然記著張朝天，可是水小宛，已經決定在昨天就把他忘記。

他覺得身體裏有樣什麼東西，忽然地折裂了。

張朝天在窗戶裏看著水小宛和張之也並肩走遠。

一對璧人。他想，和當年的自己與梅英一樣。只是不知道，他們的愛情會不會比自己幸運。

水小宛的到訪使他知道，自己的日子終於到了。

那個小宛，眉目神情像極了若梅英，她是替她討答案來的。

可是他沒有回答她。

她讓他想起了太多的往事。

他的確忘記了若梅英。

生活中最可怕的，最消磨愛情的，不是貧窮，是拮据。渴望的人和事一再落空，得到的總是些不尷不尬的際遇，不知道怎麼就結了婚，不知道怎麼就做了人家父親，從沒有給過妻兒足夠的幸福與快樂，可是因爲失望太多，也就漸漸不懂得抱怨。過一天算一天，一天和一年並沒有太大的區別。鄰居有人升遷有人撞車，日子比上不足比下有餘，生活的本質就是這樣的柴米油鹽，爲一點點小事吵架，可是大禍來臨時反而坦然。動不動就嚷著要離婚，可是看到人家夫妻打架馬上熱心解勸，並且現身說法儼然恩愛夫妻……半輩子就這樣過去了，從來都不是個幸福的人，只是也並不覺得有多麼不幸。

臨了，卻忽然想起自己原來也曾經年輕過，快樂過，真愛過……

不如不想起。

想起這一切的時候，重溫這一切的時候，就是死亡的時候了。

張朝天死得很平靜，死在滿足和回憶裏，死在新一輪的等待中。他在死的時候，終於等到了一生中唯一的一次高潮。

他又見到她了，那絕色的女子。

她沒有著戲裝，不施粉黛，穿著珠灰色的緞質旗袍，戴著他送的珠花，站在深黑走廊的那端，幽幽地說：「我等過你，等了你整整一夜一天，一直等到第二天上戲……」

她說她等他，一天一夜，直到第二天，也就是七月十四上戲。

但是他卻知道，遠遠不止，不止那麼短時間，即使嫁了，死了，她也仍在等他。等足六十年。

陽壽六十年，陰壽三十年，她的時間到了。可是仍然不肯走，仍然要等，等到魂飛魄散。

她的身影在燈影裏明滅，臉上的表情看不見，可是那閃爍的，是淚。

他看著她的淚，忽然笑了。

我要問你一句話。

那是一句怎樣的問話，那是一段怎樣的癡情。能被這樣的一個女子這樣地耿耿於懷，不論是愛還是恨，這人的一生也都是值得的了。

遠處，有隱隱的鑼鼓點兒越敲越響，是哪裏的戲台子在搬演「王魁傳」？

秀才王魁應試落第，流連青樓買醉消愁，結識妓女敫桂英，得其供養。一年後，王魁上京赴試，桂英代籌盤纏，兩人在海神廟山盟海誓。不久榜發，王魁得中狀元，另娶崔氏爲妻。桂英聞之，拔刀自刎。其魂魄夜訪王魁，痛斥其：「君輕恩負義，負誓渝盟，使我至此！」

王魁駭極，跪地求饒。桂英云：「得君之命即止，不知有他。」當夜，王魁暴病而亡。

——多麼俗套的故事。

戲台上演就了數千百回，人間也一樣重複著不變的台詞。「君輕恩負義，負誓渝盟，使我至此！」

唯一不同的，是張朝天不曾害怕，更沒有求饒。

張朝天死得無怨無悔。

至死沒有回答若梅英。

他不願意回答她。因爲寧可死，也不想她放過他。

他知道，冤魂之所以不散，就是爲了心願未了，如果他答了她，她就會遂願，從此消失。而他不肯回答，她便要一直糾纏。

早已過了知天命的年齡，他還有什麼不知道的？將死的老人已經是半個神，勘破生死，看淡恩仇。

「得君之命即止，不知有他。」

如今，他只想死在她的手中，以自己的死，平她心中怨氣，伴她同遊九泉。

死的時候，他已經決心，和她一樣，不喝孟婆湯，不過奈何橋，不忘情，不投胎，寧可世世代代做一對永不超生的鬼魂。

他只是不知道，梅英的魂，爲了他，連九泉也不肯收留，他們無論生死，已經永不可相伴了……

「張朝天死了。」

服裝間，滿室彩衣靜默，一人一鬼相對而立。

小宛望著扮作敫桂英的若梅英，已經不知道什麼是害怕，經歷了上海的情變，她所有的感情都平淡，淡淡的憤怒，淡淡的悲哀。

「是你殺了他？」

「是我。他竟然忘記我，至死不肯告訴我答案，他該死。」

「你借著我的眼睛和腳步找到他，然後取走他的命，那我不成了幫兇？」小宛質問，「他死了，你是不是心足？你們是不是就可以在另一個世界重逢？可以繼續問他那個你不知道答案的問題？」

「不能。」梅英悵悵，「我已經不能再回陰曹地府，不能享用人間祭祀，也不能轉世投胎，永遠都只是一縷孤魂，直到時間盡頭。」

「時間的盡頭，那是什麼意思？」小宛忽然有所察覺，急急地問，「梅英，可不可以忘記仇恨，重新來過？不要再殺人了，停止所有的報復，學會讓自己忘記好不好？」

「來不及了。」梅英緩緩搖頭，面容哀淒如水，「在這個世界上，我早已一無所有，甚至連身體也是虛無。我什麼也不是，只是一束感情，一股仇恨，我因爲感情和仇恨而存在。你讓我放棄報復，忘掉過去，就等於是要求我從世間消失，魂飛魄散。」

「什麼？」

「陽壽六十年，陰壽三十年，我都早已錯過，不能再投胎，但是還可以在九泉下遊蕩，只在每年七月十四上來幾天。本來過完鬼節就要回去的，可是這次你讓我看到了舊時的戲衣，看到了尋找張朝天的可能性，我已經找尋了他三十年，好不容易看到一點希望，是怎麼也不肯就此放手的。所以，到了該回陰間的日子，我沒有回去，躲在衣箱裏錯過了回去的時機，那麼以後，也就再不能回去了。我已經被陰司除名，從此只是一個孤魂野鬼。張朝天即使死了，也見不到我。」

生不見，死也不遇。那不就是永遠？

小宛滿心悽愴，忽然又想起一個問題：「做了孤魂野鬼會怎麼樣？」

「孤魂野鬼，在天地間不受任何機構掌管收留，除了自己之外一無所有。我說過，我們鬼在世上是沒有形體的，只是一束感情一段仇恨，只要仇恨在一天，我們也就跟著存在一天；一旦仇恨消了，感情盡了，我們也就隨之消失，連魂魄也不留下，從此，成為真真正正的不存在。」

「不存在？」小宛悚然而驚，只覺一股涼氣自踵至頂，盤旋而上，整個人如被冰雪。雖然她早就知道梅英是一隻鬼，可是，她也一樣有感情有形象，除幽明異路外同自己沒什麼不同，可是現在，她說她將要從此不存在，卻讓人無論如何也接受不了。

送一隻鬼消失，和送一個人死去，究竟有多大的不同？這段日子，她早已將梅英視爲知己好友，甚至自己感情生活的一部分，她怎麼能忍心看著她從此消失？

可是不讓她消失又如何？讓她繼續她的感情與仇恨，繼續報復下去，殺死更多的人以聚集戾氣嗎？那樣，自己不成了同流合污的兇手共犯？

然而逼梅英放下屠刀，就等於讓她結束情怨，從此銷魂，如何忍心？

人的命，和鬼的魂，到底孰重孰輕？

「難道你的存在，就是爲了殺人嗎？」小宛柔腸百轉，進退兩難，忍不住又流下淚來，「你說你是因爲一段感情才遷延不肯投胎的，可是現在，你留在這世上，卻只爲了報仇，這不是背離初衷嗎？」

梅英歎息，頭上的釵環叮咚。

「忘」，是一個「亡」字加一個「心」字。心死了，才可以忘。

然而若梅英，身體死了，心卻不肯死，於是不忘，於是魂聚不散，於是尋尋覓覓，遊蕩人間，糾纏前生恩怨。

不讓她如願，是怎麼都不能使她「死心」的。

小宛也不甘心，不死心，苦苦追問：「除了張朝天，你的心裏就再也沒有別的餘情了嗎？即使這世界沒了使你恨的人，可是，也沒有使你愛的人嗎？沒有可牽掛的嗎？可不可以不要再因爲恨而殺人，而因爲愛留下？」她豁出去，「梅英，你記不記得，你在人間還有一個女兒？你的女兒還活著！」

「女兒？」若梅英茫茫然地重複，似乎有些想不起。她從來沒有愛過那個女兒，從來沒有做母親的意識和記憶。但是小宛的話，讓她恍惚記起，她好像，曾經懷孕，生產，誕下一個不足月的女嬰，然後將她拋棄。

誰的一生中沒有過辜負和虧欠呢？

張朝天欠了她，而她，欠那女嬰的。

「我女兒，她在哪兒？」

「她就在我們劇團工作，就是會計嬤嬤，你『上來』那天，她也在場的，還是她主持請衣箱儀式的。」

小宛說著，忽然心中一凜：那天，瞎子琴師和會計嬤嬤是表現最特別的兩個。三天後，胡伯便死了。後來才知道，胡伯與趙嬤嬤，都與梅英有著不淺的淵源，也都在太廟大燒衣時傷害過梅英。

仇人、親人、故衣、鬼節，還有隔著六十年同月同日生的自己，是這些元素加在一起，溝通了人間和鬼域，招回了若梅英的鬼魂——一切，是不可迴避的吧？

她一直內疚地以爲是自己令梅英的魂羈留人間，借刀行兇。但是現在她知道，不是她，是命。命運把可以令梅英回魂的所有元素集中在一起，終於形成了強大的氣場，演繹了一齣陰陽界。她並非導演，甚至不是主角，而只是一場大戲中穿針引線的超級龍套而已。

「梅英，你想見見你女兒嗎？」

「不，不。」梅英連連後退，似乎被驚動了一樣。

這還是小宛第一次看到鬼魂也有懼畏。

「我，從來沒有盡過一天母親的責任，我不是她的母親，她也不是我女兒……」梅英連連搖頭，輕歎，「我留在人世的理由，不是爲了親情，而是爲了仇怨，是爲了問他一句話。他不告訴我答案，我死不瞑目。」

「我替你找答案，我答應過你，一定會幫你找到答案。你答應我，不要走！」

「可是張朝天……」

「就算張朝天不肯答，也一定還有別人知道，我去問他太太，我去找找看你還有沒有別的師姐妹活著，每件事都會有一個答案，我一定會幫你找到的，你等我，等我……」

小宛哭著，語無倫次，她是那麼怕，那麼留戀，那麼不捨得若梅英離開。

曾幾何時，她因爲她的糾纏幾欲發瘋，想方設法要遠離，怕得躲進衣櫃裏哭。爲她尋找張朝天，也不過是想她早點走。

可是，臨到現在真要分手，她竟是這般不捨，盡了全力地要留住她的魂，她的愛與牽掛，淚與情緣。

十六　第三宗謀殺

又是死地。

這已是近來第幾次參加葬禮？小宛看著骨灰寄放處層層疊疊的格子架，每一格都有一隻盒子，每一隻盒子裏是一個人的骸骨。原來一個人在世界上所占的位置，只有一個盒子那麼大。

忽然覺得生命是這樣地無謂。

如果死後不能變鬼，真是很不甘心的。

小宛希望自己死後，可以像若梅英一樣，成爲一隻仍然有情有義有思想的鬼。那樣，才不負來這世界走一遭。身體可以消失，但精神永不泯滅，不然，生前那麼多的傷心疼痛又所爲何來？

她環顧四周，看到許多或濃或淡的影像，她知道那些都是靈魂——不是每個靈魂都可以像若梅英那樣鮮明的。做人有高低，做鬼也一樣。

鬼魂們用憂傷的眼神望著她，似乎在喁喁訴說，聲音太多了，疊在一起，她抓不住任何一縷資訊，不禁歎息：「不要再拜託我了，我不是神，不能達成你們的願望。不要再找我了。」

在張之也的安排下，小宛見到了張太太，張朝天太太。

張太太雍容端莊，並沒有因喪夫之痛而形容憔悴，相反地，舉止間反而有一種沾沾自得之意——小人物難得做主角的那種得意。

這種女人，一生中最大的成績就是可以成爲某人的附屬，大概只有在自己的婚禮和至親的葬禮上才有做主角的機會吧。如果可能，她情願嫁無數次，再親手爲老公送葬，以此增加生命的戲劇性。

許是爲了若梅英，小宛對這位張太太有難言的敵意與輕視。可是有些事，必須問她才知道。

好在，張太太很喜歡回答別人的問題——前提是，那個「別人」是記者。

如果不是張之也出面，小宛想她大概很難約到張太太。

「張先生的一生，是很偉大也很傳奇的，他可是位老革命了。」她用一種答記者問的口吻來做開場白，大眼睛瞟呀瞟地看著小宛，但是眼風帶著張之也。

小宛再一次肯定，張太太所以願意出面，其實給的是記者面子。

「張先生在一九四九年前就是老共產黨員了，還是做『潛伏』工作的地下黨，表面的身分是記者。你們看也看得出來，我不是他的原配，他第一個妻子，是個農民，在鄉下娶的……」

小宛一愣，原來，若梅英非但不是張朝天最後一個女人，甚至也不是第一個。難怪他一再推諉，難怪他踟躕於感情，原來不只因爲自己身分特殊，害怕連累梅英，也還因爲他並非自由身。梅英與他，自始至終是無緣的，根本相遇就是一種錯誤，從來也沒有對過。

「一九四九年，張先生身分暴露，被國民黨抓去坐了整整一年牢，受盡折磨，但是他寧死不屈，誓與敵人做鬥爭……」張太太顯然並不是第一次答記者問，訓練有素，遣詞熟練。

張之也忍不住打斷她：「那什麼時候釋放的呢？他的前妻又在哪裏？」

「四九年後就放了唄，他前妻已經死了，全家都死了。之後，張先生爲中共政府工作，任勞任怨，嘔心瀝血……」

張之也再一次打斷：「那你們呢？什麼時候結的婚？」

「一九七八年。」這回張太太答得很痛快。

小宛心中忍不住哼了一聲，一九七八年，「文革」結束，張朝天官復原職，正是春風得意的好時候，倒讓這張太太撿個現成便宜。她有些欣慰張朝天總算是在梅英死後才娶的現任張太太，然而查清真相的線索卻再一次斷了。

一走出墓園的範圍，小宛立刻覺得身上一鬆，忍不住長舒了一口氣。

張之也瞭解地看著她：「剛才在『那裏』，是不是又看到了很多不想看見的人事？」

小宛點點頭，答非所問：「還是沒問出來。」

她的話有些沒頭沒腦，但是張之也卻聽懂了，安慰著：「別急，我們慢慢來，會找到答案的。」

小宛點點頭，有些唏噓，她和之也，這一點默契還是有的。

她想到的，張之也分明也想到了，感慨地說：「那一天，我們也是從這個出口走出去，一直走到地鐵站……」

那一天，是爲胡伯送葬，小宛在極度恐懼中問張之也：「你信不信有鬼？」是他安慰了她，陪著她出去，走在陽光中，擁抱著她，吻了她……

如今墓園依舊，陽光依然，相愛的人的心，卻已經遠了。

小宛低下頭，心中歎息，卻努力岔開話題：「我沒想到，張朝天在認識梅英的時候竟然已婚……」

「別這麼不公平。」張之也猶豫了一下，不知道是替自己還是替張朝天辯駁，「也許張朝天不是你想像的那樣自私，他已婚，是遇到若梅英之前的事。他愛上梅英，卻一直進退兩難，不是因爲有了婚姻做障礙，很可能恰恰相反，是對梅英的一種尊重。」

小宛看著張之也，不明白他的話。

之也歎息，繼續說：「那時代的男人，三妻四妾的多得是，而且，對一個戲子來說，與人做妾更算不上什麼了不起的犧牲，張朝天之所以不肯輕易接受梅英的感情，或許正是因爲對她太尊重，視若天人，所以才不肯給她一份不完整的感情非正室的身分。」

小宛皺眉，不自信地說：「是這樣嗎？好像也很有道理。可是……」可是什麼呢？她又說不上來了。

張之也鼓足勇氣，再試一次：「小宛，我們可不可以……」

「不可以。」小宛看著他，很快地說，「我愛上了別人。」

「別人？」張之也愣住了，「這麼快？」

而小宛自己也被自己這句脫口而出的話給嚇住了，心中彷彿有一陣海浪湧上來，一波又一波，是的，她愛上了別人，那個人，叫阿陶。

是的，她愛的是阿陶，從地鐵站口的初遇開始，到分手，到重逢，到現在，她一直愛著他！

她愛阿陶！她一定要當面對阿陶說清楚，不可以再一次錯過他！

「小宛，你去哪裏？」張之也在身後喊。

而小宛的身形已經遠了：「老地方！」

曾經，她約之也在「老地方」見面，而他失約。只爲，那並不是她與之也的老地方，而是與阿陶的老地方。

老地方——地鐵站口的每個台階上，都寫著一句話：小宛愛阿陶。

她找不到阿陶，只有用這種方法來告訴他自己的愛。她知道他一定會看到的，可是，他爲什麼不來找自己呢？

一個人，可以同時愛上幾個人？又怎樣才知道，自己最愛的或者最適合的是哪一個？有時候，當我們嘴裏說著我愛你的時候，心底裏藏著的，卻是另外一個名字。那不是自欺欺人，而只是情竇未開。

也許一生就這樣錯過了。

但是只要有機會表白，有機會遇到，即使沒有結局，一生中能夠真正清醒地愛一次，無悔地愛過一個值得的人，就已經是幸運了。

小宛決定再也不要錯過真愛，再也不要等待命運。這一次，她要主動地迎上去，迎面抓住自己的真愛。

一夜又一夜，小宛苦苦地守在地鐵站口等阿陶。

守株待兔，一個古老的童話，生命中不可重複的偶遇。

農夫所以會守株待兔，是不是因爲他愛上了那隻兔子？小宛想，農夫不是傻，只是癡心。生命需要希望，有所等待總比無所等待來得充實。

正如同刻舟求劍，也許求的不是劍，而是對劍的記憶；買櫝還珠，也並不是不識好歹，是我心中自有執著。還有緣木求魚，剖腹藏珠，畫地爲牢……

在別人看來的傻，也許是當事人最清醒的真。

有多少人清楚自己真正想要的是什麼？真正重要的是什麼？

如果不是和阿陶重逢，如果沒有對阿陶的等待與渴望，小宛也許永遠都看不清自己是怎樣的一個人，更不知道是否有什麼定力來把持自己，拒絕之也的第二次追求。

曾經，她問張之也：「如果你愛上一個人，很深地愛上，但是明知道這愛會帶給你痛苦，你會怎麼做？

張之也答：「我不會愛上那樣的人。我不會爲一個不愛我的人痛苦。」

記得當時，她回答：「我也是這樣。」

但是現在她知道她錯了，一生中能夠遇到一個真正値得愛的人，已經是一種幸運。無論阿陶是不是喜歡自己，她已經決定愛他，永不後悔。

然而阿陶，阿陶在哪裏呢？

阿陶就像半年前一樣，又一次忽然間就從她生命中消失了。每次電話鈴響，她都希望是他；每次說有人找，她都在人群中尋找阿陶的笑臉。然而總是落空。

來找她的人，一個又一個，都不是阿陶。

而薇薇恩卻再一次不期而至。

那天，是個雨天。小宛正在服裝間熨衣裳，門外雷聲一陣追著一陣，薇薇恩來了。

那麼大的雨，那麼響的雷，都絲毫無損她靚麗濃豔的化妝，除了高跟鞋上的些微泥點之外，薇薇恩渾身上下乾爽整潔，一絲不苟。

她左右打量著小宛的工作室，誇張地笑：「原來戲服是這樣的，我小的時候，也對京劇挺感興趣。我爸喜歡看，整天帶我到處追著演出團跑，我爸和之也的爸，是一對老戲迷，湊在一起，沒三句話就唱起來，什麼『紅燈記』，『智取威虎山』，我和之也小時候，也成天對戲詞兒玩呢。」說著偷眼看小宛，見她淡如春風地只是忙著手中的活兒，便上前撫摸一下衣裳的繡花，嘖嘖稱讚，「這些繡花可真精緻，做這樣一件衣裳挺費勁的吧？」

小宛微笑：「現在好多了，有很多成衣店戲裝廠家可以批量購買，以前的戲裝才講究，一針一線都要自己找專人縫的。你看，像這件水田紋坎肩，一件簡單的尼姑衣，也不繡什麼紋樣，現在做就很容易了，裁好樣子，機器一跑就是幾十件，統一服飾，很快很簡單；可是擱在以前，一次只做一兩件，要量體裁衣，單是這種水田紋由深藍、天藍、白色三種綢料拼接，就要計算好怎麼樣下剪最省料子，又要憑手工嚴格地按照水田紋切出紋線，然後一塊一塊拼縫，一件衣裳，怎麼也要做兩三天……」

「我和張之也分手了。」薇薇恩忽然說，「這次是真的，最後一次。」

小宛只略略停頓，仍然不緊不慢地熨著衣裳，繼續著剛才的話題：「這件水田紋坎肩，是『玉簪記』裏陳妙常唱『秋江』一段的行頭，上戲的時候，外面繫上絲絛，裏面襯著『馬面』百折裙，裙子上有繡花，通常是蓮花紋，一點春機，就露在這裏了，也有的戲裏，會在絲絛上做文章，顏色很亮很鮮豔，表現妙齡女尼的思春心情。」

薇薇恩惱怒地打斷：「不要再說你的水田紋了，我現在在同你說張之也，我們分手了！」

小宛抬起頭，帶一點點被動，好像不得已而問：「爲什麼？」

「因爲沒有在一起。」薇薇恩答，接著歇斯底里地大笑起來，「愛情不過是兩種結局，沒在一起就分手，有什麼稀奇？」

「我不是問你們爲什麼分開。」小宛淡淡地笑，「我是問你爲什麼要專程來告訴我。」

「因爲沒有別的人可以通知……能吸煙嗎？」薇薇恩問，但並沒有等小宛回答，已經顧自點燃一支煙用力吸起來。停一下，徐徐吐出一口煙，說：「我和之也在一起的時候，每天都會做愛，很瘋狂……」

小宛恍若未聞，將熨斗置放一旁，把衣裳掛到架子上。

薇薇恩苦澀地吸著煙，苦澀地向一個最不該傾訴心事的人傾訴著心事：「他每次要我都要得很緊迫，像野獸。開始我是高興的，但後來就明白他是在發洩。他心裏很後悔很煩躁，害怕面對。他和我之間，已經只剩下做愛──不，是只剩下『做』，沒有『愛』。愛是留給你的。」

小宛換了另一件衣裳在案板上抻平，取過熨斗繼續工作。

薇薇恩煩躁起來：「你不說句話嗎？」

小宛抬頭看她一眼，淡淡地說：「這一件絲綢上打補丁的，叫『富貴衣』，卻是給寒士乞丐穿的，一則爲好看，二來也是暗示『莫欺少年窮』的意思；這一件叫『小飯單』，與『大飯單』相對應，專用於平民家的少女，比如『拾玉鐲』裏的孫玉姣……」

「我不是讓你說這些。」薇薇恩惱火起來，「水小宛，我在同你討論男朋友。」

「是你的男朋友，不是我的，對不對？」小宛終於放下熨斗，然而表情仍然平靜如水，「我很自私，只對我自己的事情感興趣。我不想同你討論你的男朋友，也沒有意見給你。如果你想瞭解戲裝，我可以……」

「我才不想瞭解你那見鬼的戲裝呢！」薇薇恩暴怒，「你是在報復我？你報復我打電話騷擾你？你現在存心用這些戲裝知識來氣我，對不對？」

「不對。」小宛環顧四周，低低說，「我是真的很喜歡這些戲服，它們是我的愛好、興趣、工作、事業、心情寄託。我不高興的時候，它們可以陪伴我，它們每一件都有生命，有故事，有情緒，有性格，它們雖然沉默，卻懂得安慰，在同張之也分手的日子，是它們讓我覺得世上還有很多美好的事物值得珍惜，可以支撐我走下去，張之也，並不是生命的全部。」

薇薇恩忍不住退後一步，重新上下打量著水小宛，這是小宛第一次認真地提到張之也的名字，如此平靜，如此真誠。在那琳琅滿目的戲裝的擁圍下，十九歲的水小宛，恍若一個彩色的精靈，聰明剔透，而照眼生輝。

薇薇恩歎息了：「我那麼辛苦地把張之也從你手裏搶過來，你卻告訴我你不在乎他。我不信！」她提高了聲音，「水小宛，我不信，我不信你真的不在乎張之也。」

「我在乎。」小宛卻依然平靜，「我的確曾經很在乎他，曾經把對他的愛看得高於一切，在失去他的愛的時候，我甚至覺得連生命都失去了意義。但是現在，我已經不再愛他。」她看著薇薇恩，清清楚楚地再說一次：「我和張之也，不會再走在一起。」

平行，或者交叉，永遠不會重合。而她和張之也，已經錯過了那個交叉點，以後的路，只能越來越遠了。

「原來，最在乎他的那個人是我。」薇薇恩嗆咳地笑起來，眼光漸漸幽深，歎息說，「年輕的時候，我說過一句很自私的話：當我回頭的時候，看還有誰會站在那裏等我。有那麼一天，便一天都是好的。然而到了現在，我已經不敢回頭，怕空空的，只有荒涼。」

小宛微微驚訝，專注地看著薇薇恩，看她削薄俊俏塗著酒紅色唇膏的嘴唇在臉的下半部上下翻飛，藍色煙薰妝掩映下的雙眼格外深沉魅惑，如海水幽藍。

小宛不得不承認，這的確是一個有魅力的女子。她的美麗中有一股妖氣，是致命的吸引力，即使面對自己這個同性的敵人，也依然震撼，更何況於男人。也許她並沒有自己想像的那樣淺薄，鄙俗，她有她的聰明與眼光，只是太功利一些罷了。換一個角度來看，她未必不是令人心動的女子。

可惜，她們永遠都不會成爲朋友。

「爲什麼現在才知道你是在乎他的？」她終於問，「在這之前，你不知道你自己的感情嗎？你那麼辛苦才找他回去，又是打電話又是扮鬼哭哭啼啼又追到上海做戲逼走我，我以爲你愛他很深。難道都是假的？」

「不是假的，但也沒多少真。」薇薇恩吐了個煙圈，自嘲地笑。「有什麼辦法呢？生活在這個浮躁的時代裏，連悲哀都是刻意的，急切的戀愛，華麗的傷感，一切都是戲。」

她停下來，望住水小宛，這個比自己小了五六歲的女孩子：「水小宛，其實我真的很羨慕你。一個不到二十的女孩子，居然可以把自己埋在故衣堆裏，心如止水。像童話一樣地生存。我打電話，恐嚇你，騷擾你，不是因爲我有多愛張之也，我就算真愛一個人，也不會那樣辛苦。我哭著給你打電話，讓你離開他，故弄玄虛地嚇你，戲弄你，就是想打亂你的生活，看不得你太平靜。有什麼理由一個二十歲的女孩可以比我更從容？」

「你高估我了。」小宛搖頭，「我並不平靜，也不從容。對於愛情遊戲，我太幼稚無能了。我懂得分辨戲服中什麼是大飯單與小飯單，分辨花斗篷和素斗篷，知道斜披女蟒代表女帥點兵，斜披素褶代表英雄末路。可是，我不懂得分辨男人與女人，喜歡與愛情，情與欲，真與假，我甚至不能夠瞭解之也是不是真的愛過我。你導演了那幕午夜凶鈴，又在上海賓館裏當著我面同他親熱，你知道嗎？那一刻，我真想死。我甚至在大雨天跑去跳長城……我很慶幸現在仍然能夠站在這裏同你說話，被你誇獎一聲從容。可是，從容是要付出代價的，那就是愛情的失敗。在這場三角戲裏，你才是成功者。」

著比誰更失敗。

「沒有，我並不成功。」意外的，是薇薇恩也連連地搖著頭，兩個女孩子，好像在爭

薇薇恩，這個爭強好勝到了不擇手段的北京小姐，此刻變得無比軟弱，她無助地望著比自己小很多的水小宛，苦惱地傾訴：「我本來以爲，無論什麼時候回頭，張之也總是會在的。他以前也離開過我，交過別的女朋友，可是只要我一招手，他就又會回到我身邊。都說女人最不容易忘記初戀，其實男人才更加在乎。因爲他在乎他自己的過去，在乎他真心愛過的女人，不願意看到她失意。男人是有保護欲的，在之也的心中，我永遠都是他的鄰家小妹妹，是他生命中第一個女人。可是這一次，他離開了我，不肯再回來，不肯再等……」

「他不是已經回到你身邊了嗎？」小宛越發不明白，「你們不是已經和好了？」

「可他並不是心甘情願回到我身邊的。」薇薇恩瞇起眼睛，在香煙的掩映中，她的眼底似乎多了幾分滄桑，「那天我跟父親一起來找他，找他還有他的父母一起去看戲，我說想重新跟他在一起，可是他竟拒絕我。那是他第一次拒絕我！他說他已經有了女朋友，想認認真真地談一次戀愛，他說不想對不起你。我簡直要笑死了，這竟然是張之也說的話！他竟然有膽這樣對我！所以我想，不論用什麼方法，一定要他回頭——我做到了，可是，他已經不再是張之也，他成了廢人。」

「……」小宛不懂。

薇薇恩忽然笑了：「你不明白是不是？你還是個處女對不對？」笑聲越來越響，近於失態，「十九歲的處女，北京已經不多見了。張之也那麼衝動的人，居然可以一直在你面前裝君子，也真不容易。就衝這個，我就知道，他一生中最愛的女人，不是我。」

小宛低下頭，想起海藍酒店之夜，她赤裸地站在張之也面前，而他揚長而去。現在，她真的有點懂得阿陶的話了，張之也的拒絕，未嘗不是一種成全。他的心中，一定有與她同樣強烈的痛與自責。甚至，他可能比她更掙扎。

「之也他，現在過得好嗎？」

「不好，非常不好。」薇薇恩繼續不顧一切地狂笑著，笑出眼淚，「他成了一個廢人，就是把最美的女人扒光了擺到他面前，他也無能爲力了。剛和你分手的那些日子，他天天和我做愛，瘋狂地做，可是後來就忽然不行了，怎麼都不行，我用盡辦法，求他，逗他，爲他什麼都肯做，可是他再也做不成男人，他甚至去酒吧找妓女，也不行，他做了一回君子，現在只能永遠做君子了，哈哈哈，君子，哈哈哈哈……」

忽然，她的狂笑戛然而止，就好像被誰掐住了脖子一樣，用手捂著嘴，驚恐地望向門口。

小宛回頭，看到雨中站著黑衣黑傘的趙嬤嬤，花白的髮辮，灰白的臉，像隻鬼。

趙嬤嬤走進來，表情陰冷，聲音僵硬：「他死了。」

薇薇恩連連後退，遲疑地問：「你是人是鬼？」

「我現在是人，很快就是鬼了。」趙嬤嬤答，忽然揚聲大笑起來，笑得比薇薇恩剛才的歇斯底里更加張揚嘶啞，花白的辮髮隨之硬梆梆地一跳。滑稽而古怪。

薇薇恩尖叫一聲，再也忍不住，奪門而逃。

小宛望著趙嬤嬤：「誰？您說誰死了？」

「村長，村長死了。我知道是你做的。」

「村長？什麼村長？會計嬤嬤，你在說什麼？」

「你找到誰，誰就會很快死去，是你，是你做的。他死的樣子，和張朝天，和胡瞎子，一模一樣，我知道是你，知道是你……」趙嬤嬤步步逼近，陰惻惻地問：「說吧，什麼時候輪到我？我不怕。」

「會計嬤嬤，你在說什麼呀？」小宛莫名其妙，「我可不認識什麼村長，也沒去找過他。」

「那個記者去過。」趙嬤嬤忽然尖叫起來，「他去調查我的底細。」

「之也？」

「就是他。他去找過那個村長，問過我的事，他剛走，村長就死了。你找誰，誰就會死，我知道的。告訴你，我不怕死，我不在乎了，你替我報了仇，我就是死了，也瞑目。」

「報仇？什麼仇？」小宛小心翼翼地問，「那個村長，是你的朋友？你懷疑他的死同張之也有關？你要替他報仇？」

「我替他報仇？」趙嬤嬤忽然又一次大笑起來，笑聲淒厲嘶啞，比哭還難聽，笑著笑著，就真變成了哭。「我替他報仇？我恨不得吃他的肉挫他的骨，我睡著醒著都想著要找他報仇，可是沒本事。現在他死了，死得和胡瘸子一模一樣，我知道他是若梅英弄死的，我高興，我高興，我現在心滿意足了……」趙嬤嬤的聲音已經笑得嘶啞了，發出磨刀般的聲音，「水小宛，你不是一直想知道若梅英是怎麼死的嗎？讓我告訴你，我告訴你！」

「你知道？」小宛大驚，「你上次不是說不知道嗎？」

「我說不知道，是因爲我怕，我怕我說出來，就沒命了。太慘了，太慘了。那天太廟大燒衣，接著鬧武鬥，分成兩派，互相開火，亂成一團，若梅英被胡伯那一夥搶了去，關起來，關在一個小樓裏，樓很高，派人把守著，有武器，不許人上去，再後來，就出事兒了，她死得很慘，很慘。我眼睜睜看著她從樓上跳下來的，看著她摔得血肉模糊，就像一個破娃娃一樣，那樣子太慘了，我怕極了，怕得發噩夢，所以才要離開北京，可是沒想到……」

「那現在爲什麼又要告訴我了呢？」

「因爲我的仇已經報了，我不再在乎生死，我只求你告訴我，什麼時候輪到我，什麼時候……」

「不會的。」小宛悲哀地看著趙嬤嬤，「梅英不會害你，她絕對不會傷害你的。」

「她會，她當然會。我鬥過她，打過她，她看著我，我掄起鞭子，打在她身上，她的臉，那麼美，她看著我……」

「趙嬤嬤，我不知道該不該告訴你，梅英她，她不會害你的，因爲……」小宛猶豫了再猶豫，然而最終，她決定還是讓一切水落石出。

「因爲，她是你媽媽。」

十七　小樓裏的秘密

一九四九年前，一個陰冷的冬夜。

空氣硬而脆，鋼藍的天空彷彿汪著燈光的冰殼子。

若梅英將手中的襁褓丟在觀音堂門前的台階上，並沒有留戀地再看一眼，也沒有在包裹裏留下任何紙條，甚至沒有幫助嬰兒拍一拍觀音堂的大門。她已經決定拋棄她，從自己的生命中將她剜除，就不打算再爲她做半點安排，也無需再顧慮她的生死。

何況也不需要，嬰兒雖小，哭聲卻大，嗚哇嗚哇響天震地，求生的欲望刺透了與生俱來的寒冷和無助，向世界追討一個生存的機會——然而，如果她可以預知自己一生的坎坷的話，也許就不會那麼費力地爭取了。

觀音堂的門開了，嬤嬤走出來將她抱進去，說：「一個女孩子。」

她們用牛奶和稀粥養大了那個女孩子，把她送到北京去讀書。

寄宿，不願意她和她們走一樣的路。

「每個做自梳女的女人，走過的都是一條辛酸路，沒有誰是真正心甘情願的。你雖然在觀音堂長大，可是你的世界應該不止這麼大，你要爭口氣，走出去。」

她們因此不許她叫她們媽媽，而只叫嬤嬤，給她取名叫趙自和，只等她翅膀一長出，就轟她飛走，不想羈縻了她。

她飛走了，在北京讀書，革命，參加運動，做紅衛兵小將，執起鞭子，掄圓了打在自己親生媽媽的身上，那是她一生中唯一一次真正與母親面對，當年被遺棄的時候，她的眼睛還沒有睜開呢。

多少年後，當她因爲瞎子琴師胡伯的猝死而想起這段經歷的時候，當她含羞帶愧地向水小宛傾訴自己的內疚的時候，她說她看到了一個世界上最美麗的女人，一個有罪的女人，一個受罪的女人，說這話的時候，她並不知道，那就是媽媽，她的親生媽媽。

即使是那樣泯滅人性的時代，即使那個被批鬥的女人那般狼狽憔悴，她還是看出了她非同凡響的美麗。

她被這美麗懾住了，刺傷了。輾轉難眠，對「革命」的意義忽然懷疑起來。

小小年紀，並不知什麼是「是」什麼是「非」，只覺得這樣鞭撻一個美麗的女人是殘忍的，非人性的。造反有理，可是造反無情。

她還太小，不能做到無情，於是唯有放棄「造反」，報名上山下鄉，去到廣東一個極偏遠的村莊。

去到那裏，仍然是爲了革命。

去到那裏，仍然不明白革命。

她是去接受貧下中農再教育的，可是，她卻被農民代表、一村之長給姦污了。

那是一個大年夜裏，所有的同學都回家過年了，她留下，獨自回憶著嬤嬤們的話——

自和，你有名有姓，叫趙自和，你一旦長大，離開這裏，就再也不要回觀音堂。這裏不是一個正常女人的歸宿，你要用一輩子的時間，來忘記你的出身，你的過去，要爭取做一個正常幸福的女人，自己去追求自己清和的生活。

然而她的天空註定沒有清淡平和。

她在那個大年夜被「教育」，被「改造」，被侮辱了。淚與血埋葬了嬤嬤們的期望，讓她最終背離了她們的祝福，帶著滿身滿心的傷痕回到觀音堂。

嬤嬤們替她洗著傷口，含淚說：「向他討個說法，要他賠償你。」

我要告他！

別，別告。告不贏的。對你沒好處。要記著向他要好處。離開他。然後把這一切忘記。重新開始。

嬤嬤們齊力養大了這個可憐的女嬰，她們是真心地不希望她走她們的老路，苦心孤詣，教會她兩個字：忘記。

就好像忘記你被遺棄的命運，就好像忘記你孤兒的出身，就好像忘記這觀音堂裏的一切。只有忘記，才能開始新的生活。誰說觀音堂出來的女孩子就只能自梳？你一定要替嬤嬤們爭口氣，走出去，永遠別再回來，你會做到的，一定要做到。

於是，她走出去，回到山村，走到村長面前，說：我要離開你。不然，就告你。

村長只好保薦她去上大學，工農兵大學。

她就這樣又回到了北京。

上學了，畢業了，工作了。以爲一切噩運可以就此結束，以爲過去真的可以一筆抹煞，以爲自己能夠做到永遠忘記……

然而，不可以。

也曾有過短暫的戀愛，一生中唯一的一次，是別人介紹的，就快要結婚了，然而體檢報告出來，對方扭頭便走，連一句詢問都沒興趣——不論答案是什麼，結果都一樣。

趙自和已經破身，而且，終生不可能懷孕。

世界坍塌下來，天似乎從來就沒有晴亮過。趙自和這次沒有哭，她坐在劇團分配的小屋裏，想了一天一夜。

細想回頭，那一天，恰好是七月十三。

第二天，七月十四一早，她便悄悄地上了火車，遠兜遠轉，最終還是回到了觀音堂。再回來的時候，一頭秀髮編成了兩條長辮子，她說：我現在是自梳女了。

終身不嫁。

從此，她再也沒有愛過，卻從來也沒停止恨過。

「若梅英是我媽媽？」趙嬷嬷跪在地上，頭髮散亂，涕淚交流，被這驚人的消息給震呆了。

「媽媽。」她小心地，囁嚅地叫。

從小到大，她沒有叫過任何人媽媽，最親近的稱呼，是嬤嬤。小時候，她叫別人嬤嬤，老了，人家叫她嬤嬤。這是她的字典裏與媽媽發音最接近的一個詞了。

而現在，她知道，她有媽媽，她的媽媽，叫若梅英。

除了出生，她和媽媽只有一次對面，在文革中，在運動裏，在批鬥台上，她舉起鞭子，打在媽媽的身上。那是她們之間距離最親近的一次，她站著，媽媽跪著，承受著她的鞭撻——人世間最慘的事，莫過於此。

天也不容她！

趙嬤嬤整個地崩潰了，喉嚨裏幾乎掙出血來：「媽媽，她是我媽媽，我見過她，還打過她，我打了我媽媽，媽媽……」

她忽然對著四壁的衣裳磕起頭來，瘋狂地不停地磕著頭，哭著，喊著：「媽媽，媽媽，你原諒我，你殺了我，我對不起你，媽，你出來，讓我見見你好不好？水小宛都能見到你，為什麼我不可以？媽，你讓我見見你。我從來沒見過你，我做夢都沒有夢到你，現在我才知道你是我媽，媽，你出來讓我見一見，讓我見一見啊，你出來，出來打我啊，殺我啊，只要你出來，媽媽，媽媽……」

小宛看著老淚縱橫的趙嬤嬤，只覺心口一陣陣地絞痛。

這故事的殘忍已經遠遠超出了她的承受能力，善良的水小宛，還從沒有想過世上會有那麼多悲哀可怕的事情。難怪張之也從廣東回來吞吞吐吐地不肯告訴她真相，原來真相竟是這樣恐怖淒慘，駭人聽聞。世上有那麼齷齪的人，有那麼冷酷的事，是她所不願意看到和聽到的。她寧可做一隻鴕鳥，將頭藏在父母的懷裏，永遠不要接觸到這些可怕而不堪的真相。

趙嬤嬤的額頭已經磕出血來，聲音完全嘶啞，卻還在撕心裂腑地慘叫著：「媽，媽，我知道你死得慘，你告訴我，墓在哪裏？我去給你掃墓，去給你上香，去給你磕頭，媽，你讓我盡一點兒孝呀……」

小宛忍不住流淚，也跟著央求：「梅英，你出來吧。你的女兒在這裏，我幫你找到她了，你來見見她吧。」

然而，四壁寂然，彩衣黯淡。

若梅英的魂靈，不肯與女兒面對。

她不肯認回她的女兒，卻不遠千里趕去廣東鄉下替她手刃仇人——這輩子，她統共爲女兒做過兩件事：一是生下她；二是替她殺人。

生與死，豈非人世間最重大的事情？

趙自和抬起頭，這一刻，她忽然好像變得很小，小成了那個被遺棄在觀音堂門前的嬰兒，那麼柔弱，那麼悽惶，那麼孤助無援。

「小宛……」她悲哀地求助，「我怎麼能見到我媽媽？」

小宛搖頭，若梅英不願意現身，那就誰也不能勸服。她試圖安慰趙嬤嬤：「梅英一直說之也陽氣重，可她還是跟著他去了廣東。可見她雖然不肯見你，卻願意爲你復仇，她是心疼你的。」

「那，我媽媽，都跟你說過什麼？我還能替她做些什麼？」

「她要我幫她找一句話的答案。可是我問了那麼多人，都找不到。」小宛忽然想起在上海街頭和海藍酒店的奇遇，渾身一震，「會計嬤嬤，你不是說知道關押梅英的那個小樓在哪裏嗎？帶我去。」

「帶你去？」趙嬤嬤吃力地重複著，眼神渙散，神智不清，「你要去那裏做什麼？」

「我要查清楚梅英跳樓的真相。」小宛的眼中異光閃爍，「只要回到事發現場，我就可以看到曾經發生在那裏的一切。我要知道，梅英究竟爲什麼會死？」

這是一座等待拆遷的真正的危樓。

小宛和趙嬤嬤拾級而上，只覺得隨時有墜樓的危險。可是兩人都顧不上害怕。樓裏的住戶早已搬空，有些牆面已經倒塌，樓道裏有陰仄仄的風在低嘯，恍惚有人聲。

上了年紀的老樓，近百年的歷史，每一磚每一瓦裏都藏滿了故事。人家的私語，情人的背叛，父子反目，夫妻離異，瞎子老太太的貓在樓道裏渴命地哀號，鄰家走失的孩子嗚嗚地哭著拍錯了房門，遲歸的少女猶豫著該編一個怎樣的藉口躲過老媽的盤問，情竇初開的男孩在門角處寫下自己心愛女孩的名字——如果牆會說話，它的故事將不止講述一千零一夜。

如果牆會說話，它會告訴水小宛，就在這座小樓裏，就在十三樓東戶的那個房間，若梅英曾經歷過怎樣的悲劇命運，她的血濺在白粉牆上，她的淚滴在地板縫裏，她的手曾經撫著窗欞向下望，而她的身影最終消失在視窗，從此結束了美麗而苦難的一生。

牆不會說話，但是趙嬤嬤會。

她停下來，告訴小宛：「就是這間了。當年，她就是從這間房子跳下去的。」

門推開，彷彿「嘩」一下推開歷史的屏障，小宛只覺身上一寒，毛髮盡立。趙嬤嬤卻渾無懼意，徑直走進去，直奔窗前，指點小宛：「就是這兒，就是這扇窗子了。你從這裏看，見到對面那個房子了嗎？當時那裏是張朝天的辦公室。那天，他從房子裏走出來，剛剛上車，忽然嘭地一下，我媽媽就從這樓上跳下去了，就掉在車輪後面，濺起浮塵，可是車子已經開了，張朝天連頭都沒有回過……」

小宛的淚又湧了出來。淚水朦朧間，她忽然叫出聲來：「胡伯！」

不，那不知何時出現在房中央的，不是琴師胡伯，而是胡伯的爹胡瘸子，他拐著長短腿，一扭一擺地走到若梅英身前。他的醜陋與梅英的美麗形成鮮明的對比。

若梅英憑窗而立，身上穿著戲衣，眼睛死死地盯著對樓，盯著張朝天所在的方向。

胡瘸子得意的聲音響起：「張朝天就在對面，我知道你要找他，那就等著吧。只要你好好地給我唱一齣，哄得我高興了，我就讓你見他。」

那刺耳的邪惡的聲音讓小宛忍不住要用手捂住耳朵，不忍看到悲劇的上演。但是沒有用，即使她閉上眼睛捂住耳朵，仍然可以看到胡瘸子扭曲的臉，聽到若梅英慘烈的哭聲。

胡瘸子狂妄地獰笑著：「換上它，換上這行頭，我要你給我唱，給我一個人唱，唱呀！」

小宛痛哭起來。

原來是他！原來是胡瘸子！原來梅英真正要報復的人不是瞎子胡伯，不是胡伯的兒子，而是胡瘸子。是他因為當年追求梅英未果，而在「文革」中混水摸魚，指使當時任造反派小頭目的兒子胡伯——當時還不是琴師，也不是瞎子——將梅英抓進了小樓，供他逞虎狼淫威，無惡不為。

若梅英，那華衣重彩絹人兒一樣的絕色美女，豔如桃李，冷若冰霜，在胡瘸子的身下屈辱地掙扎著，哭泣著，無力抵禦。

小宛衝上去，徒勞地對著空氣揮手：「放開她，你放開她，你這魔鬼！」她的手抓空了，穿過胡瘸子和若梅英的身體在空氣中揮舞著，而那慘絕人寰的悲劇仍在重複上演。

梅英的衣裳被撕碎了，長髮散亂地拖在地上，眼睛大睜著，寫滿一天一地的仇恨與不甘。

當年的七月十四，她把何司令帶去興隆旅館的婚房，從此交付了自己的清白；如今，她再一次被貪婪的豺狼蹂躪，生不如死；而後來的後來，她的女兒趙自和，同樣在鄉下遭到了一個村長的暴力姦污……悲慘的命運，在她們母女兩代身上一再重演，這究竟是怎樣的命運？怎樣的仇恨？

趙嬤嬤蜷縮在牆角淒慘地哭泣，喃喃著：「不要，求你不要！救救我，誰能救救我！」

小宛的心疼得要絞碎一般，淒厲地尖叫起來：「不要！不要！這太殘忍！太殘忍！」在她心目中，早已視梅英爲至親至愛的朋友，此刻，眼睜睜地看著她受難，情何以堪？她哭著，喊著，在幻影中奔跑撲打，狀若瘋狂。

樓下依稀傳來車子引擎啓動的聲音，梅英好像感覺到了什麼，不知道哪裏來的力氣，忽然死命地掙脫胡瘸子，猛撲到窗前，正看到張朝天的背影，他正要上車——她不顧一切地推開窗，厲聲慘呼：「等一等，我要問你一句話……」

與此同時，水小宛撕心裂腑地大叫：「不要——」然而已經來不及了。

太晚了，她的阻止整整晚了三十年。

窗開處，若梅英像一隻蝴蝶般翩然飛出，墜落而下，有鈴聲刺耳地響起。而小宛的手中，憑空多出一件明黃色繡花女帔。

——人沒救下，只抓住一件衣裳，京劇行裏術語叫做「抓帔」，梅英說過，是她當年唱《長阪坡》的那件。

窗簷下，赫然懸著一隻銅風鈴，受驚般地尖叫了一聲又一聲——小宛看得清楚，正是自己床頭的那只，不禁心口一疼，一口血噴出，暈了過去。

而刺耳的鈴聲，仍在空中脆響。彩帔照眼生花，同鈴聲撞出電光石火。趙嬤嬤再也忍不住，尖叫一聲，衝下樓去，遠遠地，猶自聽到她的狂喊：「我媽媽跳樓了，我媽媽跳樓了，我媽媽跳樓了……」

淒厲的叫聲在胡同裏穿梭撞擊著，寫進磚牆，寫進門縫，寫進歷史，也寫進不相關的人的夢裏，讓他無故地驚出一身冷汗，若有所思，卻又不知所因。

趙嬤嬤，她的一生寫下來，何嘗不是一部曲折離奇的悲劇呢，而且，是一部從不曾有過亮點的悲劇。

她已經在孤兒的自憐中認命地度過了五十年，如今終於知道自己的身世，看到母親的真面目，卻是一齣與自己極度相似而又更加慘烈的悲劇，同樣是被侮辱被傷害的命運——而自己，曾經在這悲劇中扮演過一個助紂爲虐的配角，親手鞭撻了最親最愛的母親！

這一份愧疚與沉痛，何以面對？瘋狂，也許就是她唯一的出路了。

不知道過了多久，恍惚中，有人在輕輕喚：「小宛，醒醒，醒醒。」

小宛睜開眼睛，看到阿陶坐在身邊。

「阿陶？」她有些驚喜，「你怎麼知道我在這裏？」

「不要睡著了，會生病的。」阿陶憐惜地看著她，「你總是這樣不懂得保護自己。」

「阿陶……」小宛的淚又流了下來，「我到處找你，我有好多話要告訴你……」

「我明白的。」

「你明白？」

「我都明白。」阿陶肯定地點點頭。

小宛淚猶未乾，卻露出一個可憐兮兮的笑容：「那麼你答應我，不要再離開我，好不好？」

「小宛……」

「阿陶，我喜歡你，從半年前在地鐵站聽你唱歌的時候就愛上了你，你知道的，對嗎？」

「小宛……」

「這次我不能再錯過你了。阿陶，我知道你也喜歡我的，對不對？」

「小宛……」

「每一次，我都擔心這見面是最後一次。每一次，我都害怕你會像半年前那樣忽然失約，從此音訊杳然。我不知道你什麼時候出現，什麼時候離去，我對你毫無把握，愛上你，就好比愛上一個影子，根本不知道你下一分鐘會在哪裏。你爲什麼不擁抱我？不吻我？爲什麼不？爲什麼？」在虛弱與悲愴中，小宛急急地訴說著，生怕錯過了這一刻便再沒有這種勇氣，「阿陶，讓我們在一起，好不好？」

「小宛。」阿陶打斷她，定定地看著她，一字一句地說：「記得我跟你說過一句話：一個男人在拒絕他心愛的女人時，他心裏，會比那女人更加痛苦。」

「阿陶……」小宛的心碎了。悲傷過度再加上失望，使她的腦筋幾乎不能再思考。他的話是什麼意思？他要拒絕她嗎？他拒絕她，他拒絕她，他拒絕她……怎麼可能？爲什麼？

「阿陶，你不願意和我在一起？你不愛我？」

阿陶回轉身，不回答。

小宛扶著牆艱難地站起來，不願意再讓阿陶看見自己的眼淚。他不肯接受她的愛，他兩次讓她愛上他，卻兩次都令她絕望，一顆心，可以承受多少背叛與冷漠？小宛是水晶的心肝玻璃的人兒，再也經不起這樣的折磨了。

她拚著最後一分力氣走出門，慢慢地走下樓去，每走一步，都彷彿踏在自己的心上，感受到心裏鈍鈍的疼痛，柔軟而連綿，彷佛有一隻攪拌棒在那裏不斷地翻攪，一陣疼過一陣，無休無止，而體力與生氣便隨著那攪拌漸漸稀薄，脆如紙屑。

沒有愛了，沒有愛了，沒有愛了。生命中是一團灰色，沒有愛情，也沒有答案。三十多年前，梅英喊著張朝天的名字從十三層樓上跳了下去，而三十多年後的今天，同一座樓上，水小宛卻只有含著淚，在阿陶的注視下灰灰地走下去，今天的人，遠沒有舊時的人剛烈決絕，可是疼痛，卻是亙古永恆。

忽然身子一軟，小宛腳下踏空，直直地滾落下去……

十八　畫皮

「悄悄冥冥，瀟瀟灑灑。我這裏踏岸沙，步月華。我覷這萬水千山，都只在一時半霎。」

一隻鬼。

一隻血流披面死不瞑目的鬼走在黃泉中。

她問押解的牛頭馬面：「爲何不肯再給我一點點時間？我想問他一句話。」

「死都死了，有什麼好問？」牛頭面無表情，聲音裏卻是渾厚的不耐煩。

馬面相對和善，一張長臉上全是同情：「他對你好，你不用問也會知道；他對你不好，你問也白問。」

「我不是要問好不好，我只想問他爲什麼？」

魂魄悠悠蕩蕩，初到陰間，還不習慣腳步不沾地，忍不住時時低頭去看路，然而看到的只是混沌渺茫。

「我想問他七月十三，已經答應了娶我，爲什麼又不來？」

「不來，就是不想娶嘍，後悔嘍，就不來嘍。」這是牛頭。

「不來也許有苦衷，也許很簡單，不過，不來就是不來，問也白問。」這是馬面。

梅英魂卻只是執迷不悟：「他不答我，我死不瞑目。」

「死也白死。」牛頭忽然笑起來，是一種猙獰恐怖的笑。然而若梅英生前已經見過胡癩子那樣邪惡醜陋的笑，再沒有什麼樣的笑容可以恐嚇她。

馬面只是連連歎息：「瞑目也是死，不瞑目也是死。死了，就放下罷。問也白問。」陰間的路，很黑，很長，永遠也走不到頭。

梅英魂頻頻回顧，已經看不見身後的人世，看不見小樓窗口的風鈴，看不見車身揚起的灰塵。

陰間息五音，絕顏色，只有渾黑的一片。

然而她還是隱隱地聽到了哭聲，是那種發自靈魂最深底的，剜心刺骨的，顫慄的，不甘的痛苦呻吟。那是鬼卒在煎鬼。

有孟婆守在奈何橋邊分湯，一遍遍勸著：「忘記吧，忘了吧。」

孟婆的湯底是什麼材料？

萱草，荷葉，番紅花，夾竹桃，白牡丹，黑玫瑰，紫色蝴蝶，翠鳥的羽毛燒的灰，還有那種被稱作天使翼的白貝殼磨的粉……濃濃地攪拌在一起，紫陌紅塵匯成一鍋顏色繽紛質地黏稠的足料濃湯，香傳九幽。

亡魂們走得又渴又累，聞到香味，爭先恐後擁過來搶得一碗湯，骨嘟嘟飲得涓滴不剩。

那味道真是衝，苦辣酸甜齊備，衝得人一下子就忘記了前塵，放棄眷戀與不甘心，自願沉入黃泉。

但是梅英不想忘。她沒有等到他的一句話，決不要忘記！

梅英魂忽然掙脫了牛頭馬面的押解，猛轉身向回頭路上狂奔而去。牛頭馬面呼嘯著御風追來，越追越近，越追越近……

「梅英快跑！」

小宛叫著，只覺呼吸急促，胸口緊脹，不知道是梅英在跑還是自己在跑。

牛頭馬面追在身後，跑不及，就要被鬼煎了！

「現在，你都明白了？」

小宛一驚，看見若梅英就站在自己家的窗前，背對著她寂寂地發問，原來是個夢——或者，不僅僅是夢——如果不醒來，她會不會便隨牛頭馬面去了地府，走過黃泉路，喝過孟婆湯，踏過奈何橋，登上望鄉台，永不醒來？

「梅英，我都看見了。」小宛衷心傷痛，「你死得太慘了！」

梅英肩上一抖，彷彿壓抑無限悲憤，卻不肯回過身來。

她身上穿的，正是《倩女離魂》的那套雲台衣。

那麼嬌美的容顏，那麼備受摧殘的身心！小宛流淚：「梅英，我還能爲你做什麼？」

「我恨，我要殺盡傷害我的人，殺盡天下的惡男人。」

「所以你替你女兒報仇，殺了那個侮辱她的村長？」小宛問，「你女兒來找你，你爲什麼不認她？」

「我女兒……」梅英喟歎，「我不配做媽媽。無論是我活著的時候還是死後，都從來沒有記得過自己有一個女兒。我生下她，把她帶到這個冰冷的世界，讓她承受那麼多的災難，沒有給過她一分溫情。我對不起她，理該受到她鞭打，這是報應。我不想見她，也不願意見她，我唯一能爲她做的，就是替她報仇，替所有傷心的女人報仇，殺盡天下負心男人，以助我的陰氣……」

「你要靠仇恨和殺人來延長靈魂？」小宛大驚，「你還要殺人？」

「是的，殺，殺盡負心男人。比如……」若梅英眉毛一揚，吐出一個名字，「張之也！」

小宛大驚失色：「你要殺之也？」

「對，記者張之也，他姓錯了姓，入錯了行，愛錯了人，還不該死？」

姓錯姓、入錯行、愛錯人？

小宛要愣一下，才想得明白：張之也不幸跟張朝天同姓同行，犯了梅英的忌；而他愛錯的人，則是自己。梅英要替自己報仇！

但是梅英不是一直害怕張之也的陽氣嗎？

是了，她接連殺了胡伯、張朝天、和那個村長，戾氣越來越重，所以才會跟著張之也去了鄉下，而現在更可以隨時取走他的性命了。

小宛忽地冷靜下來：「梅英，你要殺她，不如先殺我。」

「他那樣辜負你，你還愛著他？」

「我曾經愛過她。」小宛勇敢地回答，「真正愛過一個人，就永遠都不會恨他。否則，是不懂得愛。」

「愛，就不會恨？」梅英怔怔地，彷彿第一次思考這個問題。

「如果不問結果，那麼愛的過程本身，已經很幸福，很完美。是那個人讓你知道了什麼是愛情，是那個人使你有機會在最好的時光裏最真地愛一場，光是這一點，已經足可感激。」小宛低低地傾訴：「我曾經愛過兩個人，一個是之也，他負了我；另一個是阿陶，也剛剛才拒絕了我。可是，我不恨他們，誰也不恨。」

「阿陶？」梅英歎息，「小宛，你到現在還不知道阿陶的身分嗎？」

「阿陶的身分？」小宛隱隱不安，「他不是個歌手嗎？」

「曾經是。」梅英看著小宛，一字一句，「或者說，生前是。」

……

「小宛。」

「你說什麼？」小宛聽到自己的聲音彷彿響在遠處，「生前？是什麼意思？」

「阿陶和我一樣，是鬼。他早在半年前，和你相愛的第二天，就死了，是爲了去赴你的約，在趕往地鐵站的路上，被一個酒後駕車的醉鬼給撞死的。」

彷彿有一柄劍深深地深深地刺進心臟的最底處，小宛驚痛失聲，淒厲地慘叫：「阿陶……」

「阿陶！」小宛翻身坐起，汗濕浹背。

又是一個夢！

睜開眼，看到若梅英身披離魂衣背對著她站在窗前，形容妝扮正同剛才夢見的一模一樣，連問話的語氣也一模一樣——

「現在，你都明白了？」

小宛心如刀絞：「梅英，你進了我的夢？」

「你在夢中，也不忘了救你的舊情人。小宛，你真是善良。」梅英輕喟，「我是來向你告別的，我要走了。」

「你要走？去哪裏？」

「哪裏也不去，魂消魄散。」

「不，不會的。」小宛大慟，「你不可以離開我，我捨不得你走。」

「我們陰陽殊途，常常見面對你是沒有好處的。我陰氣越盛，你的陽氣就越弱。所以，我寧可進入你的夢，而不願意再同你面對面。」

「原來，你一直是利用夢來殺人。」小宛悚然而悟，「胡伯，張朝天，還有村長，都是在夢中被你殺死的？如果我在夢中沒有阻止你，之也會死嗎？」

「會驚恐而死。」梅英淡淡地說，「所謂『鬼殺』，是一種精神力，一種陰氣。當陰氣勝過了陽氣，就可殺人。我和你在一起，即使不想傷害你，也仍然會有陰氣，但沒有殺氣，所以你不會致命，卻仍然會受傷。你從最初只是能夠感覺到鬼魂存在，到後來能夠清楚地看到鬼魂的形影，到現在能夠穿透時光看到過去發生的事情，是因爲你體內的陰氣越來越重。現在，你已經是一個徘徊在陰陽兩界的人，好比走鋼絲，稍一不慎，就會跌落深淵萬劫不復。你最近是不是常常感到頭暈，嘔吐，甚至昏倒？這都是因爲同鬼魂接觸太多、體內陰氣越來越重的緣故。所以，我決定離開你，不能再讓我的存在使你受傷害。」

「我不在乎，梅英，你是我最好的朋友，我不要和你分開。梅英，你留下來，你不是還要問張朝天那句話嗎？你不是還要找那個答案嗎？你甘心就這樣走嗎？」

「不甘心又怎樣。小宛，我的存在只是一個假像，是一種殺氣，我在這世上一天，就要多製造一些殺戮，如果不殺人，我就只能消失。我只是恨，最終也不能問他那句話……」

「我替你問。」小宛急急地叫，「你等我，我一定會幫你找到答案，你已經死不瞑目了，不能再帶著遺憾離開。我一定要找到答案。張朝天雖然死了，可是一定還有別的人知道，也許你還有別的師姐妹活著，也許張朝天也會有兄弟朋友知道真相，我會去查，我會的，你等我。」

「沒可能的。」梅英緩緩搖頭，滿頭珠翠發出細碎的聲響，她始終都不肯回過頭來，「我已經決定放棄了。小宛，我只求你幫我最後一個忙……」

「是什麼？你說，我一定做。」

「胡癩子給你留了一封遺書，你去打開它。我只有通過你才能閱讀陽間的文字……」

「胡癩子死了？」小宛若有所悟，「是你殺了他？」

「他不該死嗎？」

「好，我答應你。」小宛不想回答這個問題，她只是一個凡人，不能判斷別人的生死，若梅英答應她以後不再殺人，這是最重要的。反正胡癩子已經老得不能算一個人了，殺不殺都會死。

小宛承諾：「我去看那封遺書。」

「你看完之後，去墓園找我，阿陶也會在那裏等你。」

「阿陶……」小宛心中痛不可抑，「阿陶真的已經……」

她無法相信，又不能不信。阿陶曾經說過：你知不知道，一個男人在不得不拒絕他心愛的女人的時候，他的心會有多麼痛苦？

當時，她以爲他是在安慰她，在替張之也說話。現在想起來，才知道他是在說他自己。那個不得不拒絕的苦衷，就是死亡。

「阿陶半年前就已經死於車禍。他不肯去投胎，和我一樣是爲了心願未了——只不過，我的心願是恨，他的心願是愛。」

梅英慨然長歎，聲音裏無限依依，說到這個「愛」字，她的神情裏多了幾分溫情留戀，然而更多的是傷感自歎，「他因爲愛你，關心你，才不肯離開，一直陪伴在你周圍。可是，你的愛卻讓他不得不離開了，我說過，人鬼殊途，你與我們常常見面，是沒有什麼好處的。你的身體會越來越弱，直到完全衰竭，儘管我們對你是善意的，可還是會傷害了你。」

原來，當初阿陶失蹤七天後忽然來向她告別，就已經是隻鬼魂——那一天，是他的回魂夜。他放不下小宛，趕來見她最後一面，謊稱自己要去上海；可是，他不捨得走，就這樣留連在人間，跟隨著小宛，也保護著小宛：在海藍酒店的窗玻璃上，小宛曾經見到一個年輕男人的影子，手裏握著樂器，那就是帶著吉他的阿陶；可那時候她的陰氣還不足，還不能直接面對他，而他雖然已經看到張之也和薇薇恩在一起，從而預知了小宛即將面臨的悲傷處境，卻苦於陰陽陌路，無法現身來幫助她：直到小宛在城牆上尋死，死志一萌，陰氣更重，而阿陶在情急之下，也終於衝破生死界，及時現身叫住了小宛；可是，人鬼殊途，他們註定沒有將來，沒有長久，於是他只有繼續迴避她，不願意讓自己的陰氣傷害到她，只好忍心地再次離開……

「我不在乎，我不在乎！」小宛哭喊著，「我寧願生病，寧願陰氣入侵，我不要和你們分開。梅英，你是我最好的朋友，我不要離開你，不要離開阿陶……」

「小宛，你在同誰說話？」

敲門的是水溶。然而他聽不到寶貝女兒的回答，只得再敲敲門，略等一等，才推開門來。

屋裏竟沒有小宛。她去哪兒了？

水溶一驚。女兒最近好不尋常，剛才搖搖晃晃失魂落魄地回到家，任誰問話也不理，走進臥室倒頭便睡。睡了，又不時大喊大叫。他以爲是她發噩夢，本想進來同她聊聊，不料女兒又失蹤了。那麼剛才說話的人是誰？

牆壁中似乎有隱隱哭泣聲，悉悉索索，彷彿竊竊私語。空氣中更有莫名的不安氣氛在湧動，有熟悉的旋律響在空中——是《倩女離魂》：

「向沙堤款踏，莎草帶霜滑。掠濕裙翡翠紗，抵多少蒼苔露冷凌波襪……。」

水溶定一定神，忽然想到女兒小時候的習慣，逕自走過去拉開衣櫃門——果然，小宛滿面淚痕，正藏在錦衣繡被間瑟瑟發抖，見到父親，驚魂未定，委屈地叫一聲：「爸——」忽然大哭起來。

「宛兒，怎麼了？有什麼委屈，跟老爸說。」水溶心疼極了，忙拉出女兒來抱在懷中，當她是小女孩那樣輕輕拍她的背。

小宛小時候有吐奶的毛病，總是水溶替她掃背，水溶學習當爸爸，可以說是從「掃背」開始的——此時的小宛，柔弱無助，魂魄不齊，彷彿又回到了襁褓時。

水溶不知道該怎樣安慰已經長大的女兒才好，只得小心地將她抱到床上，拉起被子蓋住她，這才坐在床邊，輕輕問：「跟爸爸說，到底出了什麼事？」

然而小宛抽噎得說不出話來，只是將手伸出被外，指著帳頂的風鈴。

那鈴鐺隨著小宛的一指，忽然無風自動，「叮鈴」一聲。連水溶也不禁心神一震，忙解下銅鈴，托在手裏問女兒：「你要它？還是要我扔了它？」

他有點自責，老婆一再反對他把這些古里古怪的東西淘回家，現在到底把寶貝女兒嚇著了。

小宛卻一把將風鈴搶在手中，看到上面洇然的血跡——那是梅英的恨啊！

梅英墜樓之際，身若飛花，掠過這只風鈴。風鈴看見了一切，記錄了一切，從此它的鈴聲裏就有一種死亡的韻律，以「鈴」通「靈」。

是否，早在水溶將這只風鈴帶回家的那一刻，便已經註定了小宛要與若梅英結下不解之緣？

原來為梅英鋪路的最初招魂人，竟是最不相信鬼神邪祟的水溶！這是諷刺，亦或命運？

「梅英要走了——」小宛哭著，沒頭沒腦地說——說出口，又覺不妥，明知老爸不會相信她的話，不禁又委屈地哭起來，「爸，你不會明白的。」

「明白，老爸明白。你慢慢說。」水溶已經認定女兒遇到了成長敏感期的常見病——憂鬱成狂，胡思亂想。這也難怪，最近不見那個記者張之也來家裏做客，兩人八成是鬧翻了。小女孩初戀失敗，多半會想東想西想到歪裏去，鬧鬧情緒也是正常的。

他決定先順著女兒，「你一再提到若梅英，是不是遇見了什麼不尋常的事？」

「我一直可以看見若梅英，不，是梅英的魂。」小宛她明知道自己的話老爸一句也不會相信，可是不同老爸說，又能向誰說呢？奶奶嗎？誰敢保風燭殘年的她聽說若小姐魂靈不遠會發生什麼事？

於是，她從七月十四請衣箱說起，說到在服裝間同梅英的第一次「見面」，說到上海尋訪林菊英的經過，說到會計嬤嬤趙自和的離奇身世，胡伯父子的罪孽，張朝天的身分，以及剛才在小樓裏見到的慘絕人寰的那一幕——她只是隱瞞了阿陶的故事，不願意讓老爸更加擔心。

水溶越聽越奇，開始還在心裏不斷地做出科學的解釋分析，想著這是一種什麼心理導致的幻想臆念，然而小宛說得這樣有憑有據，還有許多史實，是不可能憑空杜撰的。比如趙嬤嬤的身世，太廟大燒衣的情景，連自己也不知道，小宛就是想像，也無從憑藉呀！

「自梳女」，「大燒衣」，「興隆旅館」，一九四九年前的「鬼節放戲」，若梅英「何五姨太」的身分……這一切，若不是小宛親見親歷，從何得知？

還有，那天晚上，他的的確確是聽到越劇唱片《紅樓夢》裏忽然傳出了《倩女離魂》的京劇唱段呀。可是第二天早晨，那一段唱腔又憑空消失了。還有《遊園驚夢》的老唱片，也是神出鬼沒，不翼而飛。就在剛才，他推門而入的一刻，還在空氣中聽見隱約的唱曲聲。

難道，這世上真的有鬼？

堅定不移的無神論者水溶有些動搖了，猶猶豫豫地說：「你知道嗎，剛才胡家來電話，說明天爲胡老爺子送殯，想請你去觀禮，因爲——」因爲覺得荒謬絕倫，他有點難以啓齒，「他們說，胡老爺子留了一封遺書給你。」

遺書。小宛明白，這就是若梅英所說的委託她最後一件事了。

「他爲什麼會留遺書給你呢？」水溶問，但是心裏已經約略有答案。他看到女兒臉上有一種爲自己所陌生的神情，詭秘而滄桑。

小宛說：「終於就要有答案了。」

夜裏，小宛失眠，經過客廳時，聽到書房裏傳來《遊園驚夢》的唱腔。

「萬紫千紅開遍，似這般，都付與斷壁頽垣。良辰美景奈何天，賞心樂事誰家院……」

小宛以爲是老爸加夜班趕稿，順手推開門來。

「奶奶？」她吃了一驚，「你怎麼這麼晚還不睡？」

奶奶抬起頭，滿臉迷茫，滿眼神傷：「宛兒，你能不能讓我見見若小姐？」

「奶奶……」

「今兒你和你爸說的話，我都聽見了。你爸不信，我信。」奶奶的昏花老眼中漸漸蓄淚，「我來借你爸的唱片機聽聽小姐的唱腔，想請小姐出來，跟我見上一見。」

「奶奶，她不會來的。」小宛同情地說。她已與若梅英通靈，心生感應，完全明白梅英爲何不肯現身——不僅是因爲奶奶年事已高，本來就日暮西山，再也禁不得陰氣入侵；還因爲，當年的若梅英，不願意面對今天的小青。

六十年久矣，人面桃花，滄海桑田，多少無奈辛酸，一言難盡，見又何爲？

小青記憶裏的若梅英，正是她一生中最風光最溫柔的時段。當年她頭也不回別了青兒，也就告別了那個有愛有情義的若梅英，再也不能回頭。

梅英是連女兒趙自和都不願意見面的——除了水小宛，她現身，只爲殺人，不爲敘舊。

「梅英不會現身的。」小宛再次說：「她說過，我所以能見到她，是因爲我們相差六十年，卻是同月同日生，在佛曆上，也就是同一個人。我見她，好比照鏡子。」

「你能見到，我卻見不到……」奶奶忽然哭了，淚水長流，彷彿回到六十年前，那個忠心的、懵懂的、不諳世事又有點嘴饞的包衣小青。在小姐面前，她永遠只是小青。她想念她的小姐，想了半世，如今知道她就近在咫尺，卻不能相見，好不痛心。

小宛驚動地看著奶奶的眼淚，想不到一個老人的悲痛也會這般軟弱愴惻。梅英的魂明天就要與世長辭，到那時，便連自己也不可以再見她，何況奶奶。那麼，奶奶就是一輩子的抱憾了。

她好想幫助奶奶完成心願。

「好，奶奶，我幫你見她。」小宛豁出去。雖然梅英不會現身，然而她自有辦法畫皮以代，「奶奶，還記得當年你是怎麼樣幫小姐梳頭的嗎？」

梳子，篦，節，簪，釵，珠花，鳳，步搖，絡子，泡子……

水家是梨園世家，水溶爲了找靈感，向來把書房佈置得如劇團後台一般，到處都堆放著假的花卉、盆景、旗幟，青花瓷瓶裏插著翎毛，舊式隔扇上挑著宮燈，連牆壁都用劇場的「守舊」遮起，粉墨行頭，應有盡有，雖不至十八般武藝樣樣齊全，卻也是胭脂水粉垂手可得。

小宛端坐在妝鏡前，斂容正貌，不苟言笑。奶奶——哦不，是小青，一樣一樣恭敬小心地在替小姐上妝，絲毫不敢馬虎。

描眉的不是眉筆，是炭墨；施粉的不是腮紅，是胭脂——不用粉撲拍在臉上，而是化在手心，在雙頰揉勻，再點染眼眶；嬌滴滴一張清水臉兒上，懸了鼻，點了唇——不要塗滿，只是中間一點紅，越顯得面如白玉，眼如星辰。勒頭，勒得兩條眉毛斜飛上去，眼角高高吊起。抹額。貼絡子……

鏡中人一點點分明，不是若梅英又是誰？她旋個身，隨著音樂揚起水袖，輕拋眼神。

小青脫口呼出：「小姐——」老淚縱橫。

留聲機裏在唱：

「自別後遙山隱隱，更那堪遠水粼粼。見楊柳飛綿滾滾，對桃花醉臉醺醺。透內閣香風陣陣，掩重門暮雨紛紛。怕黃昏忽地又黃昏，不銷魂怎地不銷魂？新啼痕壓舊啼痕，斷腸人憶斷腸人。今春，香肌瘦幾分，摟帶寬三寸……」

是一曲「中呂」。不屬於《遊園驚夢》，也不屬於《倩女離魂》，是小宛從未聽過的一支曲。

「怕黃昏忽地又黃昏，不銷魂怎地不銷魂？新啼痕壓舊啼痕，斷腸人憶斷腸人。」好不應景！

小宛不由身子一軟，淚水湧出。梅英，到底還是來了！

十九　永訣

胡瘸子一生中愛得最深和恨得最深的女子，是同一個人——若梅英。

他爲了追隨她，不知陪了多少小心，送了多少金帛。

然而自始至終，不曾得過美人一笑。

多少次親自捧了禮品上門，卻除了冷遇，還是冷遇。

梅英只是個戲子，只爲扮久了公主后妃，性格中便也自然地帶了幾分驕矜，隱隱地睥昵自傲起來。出身雖然貧賤，可是在高門大戶穿堂過戶慣了，尋常風月還真不放在眼裏，什麼樣的豪奢沒見過呢？

因此一推一撒地，就將這琳琳總總的禮品盒子擲出門去，臨了還打發下人賞幾枚車馬錢。

胡瘸子好歹也算是頭臉人物了，又沒什麼胸襟，受到這樣一番奚落，如何忍得下？恨恨地早在心底裏發了成千上萬個毒誓：今生今世，若不教這若梅英死在自己手上，便做鬼也不甘心的。

因此他跟蹤若梅英，監視張朝天，苦心孤詣要暗算兩人。探知了兩人相約於興隆旅館秘密結婚，他便寫了匿名信，通知特務潛伏在旅館門外，將前來赴約的張朝天擒獲，硬生生拆散鴛鴦。

本來只是誣告，只想著破壞兩人的好事就罷了。孰不料歪打正著，張朝天竟然真的是地下黨，由此暴露，整整入獄一年，受盡折磨。

而若梅英，在當夜嫁給了何司令，遠走廣東。

胡瘸子打空算盤，雖是報復了張朝天，卻仍然失去了若梅英。心頭這一份恨呀，日日夜夜想著怎能像當年弄死那隻雪色貓兒一樣，終有一天將若梅英玩於股掌。

一段仇結了足足二十年，到底叫他在非常歲月裏償了心願。

若梅英死得慘，慘過千刀萬剮。

真真正正地遂心如意，比他所期待的還要叫他滿意。

在囚禁梅英的小樓裏，他脅迫她，折磨她，凌辱她，眼睜睜看著她摔死在十三層樓下，死在張朝天的車輪之後。她與張朝天，到死也未能說上一句話。

車子絕塵而去，張朝天在紅衛兵小將的看押下甚至沒能回頭看一眼後面的騷動是爲了什麼。即使後來他從報上讀到這段「反動戲子畏罪自殺」的新聞，也並不知道她死的時候他其實就在現場，只相差了半步的距離。

但是胡瘸子怎麼也不能解釋的是，那天看守在樓下的兒子，親眼目睹了梅英的死後，不久便瞎了。

起初說是因爲梅英濺起的血與微塵迷了他的眼，讓他落下了視線模糊迎風流淚的毛病兒，後來便漸漸地瞎了。也看了不少醫生，可是藥石無救。

胡瘸子可也因此落下了心悸的毛病。那樣風姿絕代的一個絕色女子，那樣慘烈地死在自己手下，今生怎忍得下心？

再狠，也畢竟是一個人，不能不把另一個人的生命看在眼裏。

胡瘸子不是懺悔，只是灰心了。

世上再沒有什麼情什麼恨可以擱在心上。

最想得到的已經得到，最想報復的已被報復，再做什麼都沒有意義了，多活一天也是浪費。

卻還是扎掙著活到了九十歲。

活成一張照片。

莫非是在等待報應嗎？

兒子死了，孫子瘸了，胡氏一家的命運彷彿受到詛咒，不能安生。

也許早在若梅英墜樓的那一日，他已經預知這樣的結果，而且，在等待這日來臨？

胡瘸子無聲無息地死在黎明。手裏緊攥著一張梅英的舊時海報。

沒有人知道他死前想過些什麼。但是想必他是滿意的，因為唇邊帶著笑。

但是法醫說，通常嚇死的人臉上也會有這種異樣的笑容。

胡瘸子死前，留下一封遺書，信封上寫著：水小宛親啓。

所有人都不明白這是爲什麼，眼睜睜望著小宛開封。

本來以爲會是冗長的一封信，然而裏面只有六個字：我告密，他被捕。

小宛一眼看見，如五雷轟頂，呆若木雞。

片刻間，已經知道全部的真相。

「我告密，他被捕。」

——這就是最後的謎底了。

原來張朝天並未負心，原來只是小人使奸，原來一對情侶的分別是因爲一場陰謀，一個誤會，一次誣告，一個政治事件。

半生坎坷，一世傷心，都只爲了六個字：我告密，他被捕。

何其不值！

小宛手裏的遺書飄落下來。

有人拾起，狐疑地看一眼，滿臉不解，又交給下一個。

所有人都在竊竊私語：我告密，他被捕。這是什麼意思？這算什麼遺書？又爲什麼要交給水小宛這個不相干的小丫頭？

但是小宛聽不到這些議論，她的頭腦裏嗡嗡作響，她的心在哭泣，爲了若梅英。

張朝天的妻子說過：「先生同我說過，他曾經被人告密，忽然入獄，被放出來後，查來查去，也沒弄清楚到底是怎麼暴露身分的。」

原來，答案在這裏：我告密，他被捕。

根本就是陰差陽錯的一次誣告，卻去哪裏查根底？

密約，陷害，陰謀，分離，陰錯陽差……就這樣融愛恨於一爐，燃盡心血，直至熄滅。

張朝天和若梅英就這樣錯過了七月十三的約會，錯過了相愛又相憶的今生，亦錯過了陰陽相伴的永生永世！

小宛轉身走出人群，走向寂寂的墓園，去赴另一個約會——人與鬼的最後之約。

星子還沒有亮起來，然而月亮已經心急地在天邊給自己留了一個虛虛的影——也許，那只是月亮的魂？

小宛匆匆地走在墓碑與墓碑之間，亡靈與亡靈之間，飄飄而行。

她終於替梅英找到了答案。

梅英的一生，原來竟是交付給一次誤會。

若梅英不是敫桂英，張朝天更不是王魁。這裏面沒有背叛，只有出賣；沒有辜負，只有欺弄。

天意弄人。又是誰在欺天？

梅英說過，今天，她就要同自己告別，她還說，阿陶也會來。阿陶……小宛的心劇烈地疼痛起來，阿陶是死在往地鐵站赴自己約會的路上的。

又一次未能成功的赴約。

自己的命運，竟是這樣地與梅英絲絲入扣，幽冥暗合。如果，如果不是阿陶一直在暗中保護自己，誰知道自己到底會走向什麼樣的宿命？也許，就在那個大雨的黃昏飛躍於長城下，從此成爲一隻厲鬼，和梅英一樣，終日啼泣於陰風淒雨間。即使活著，也是懷恨在心，形同怨女。

是阿陶留住了自己，安慰了自己。可是，現在他也要離開自己了，他要離開了！

死亡是唯一無可奈何的事，即使她可以短暫地留住他的魂魄，也終究不能相守。

小宛奔跑起來，在上台階的時候絆了一跤。

抬起頭，她看到到處都是枯死的玫瑰花。

這就是夢裏的墓園吧？草萋萋，墳寂寂，偶爾一兩聲烏啼響起在林梢間，有黑貓豎直尾巴悄無聲息地躥過碑林，冷白的石碑前擺著各種花的屍體，已經枯殘，呈鐵銹色，有種腐爛的味道。

然而墓園深處，卻有鑼鼓喧天，彩帶飄搖，生、旦、淨、末、丑，文武全台，絲、竹、弦、管、二胡，整個戲班子都在這裏了，頂尖兒的角兒也都在這裏了，他們濟濟一堂，歌舞競技，有什麼比戲曲更像一個夢境，更接近死亡的真相？

舊式京戲講究的是「無聲不歌，無步不舞」。任何物事：水袖、長綢、劍、羽扇……

在她們手中，都是舞蹈的小鳥，翩然可飛。

不單單台上有角兒、龍套、樂班、班主，台下還有觀眾，有數不清的男女老少，熙熙攘攘，來來往往，他們看見小宛，紛紛把眼光從戲台上扯下來，慢吞吞地擁過來，張開雙臂，有千言萬語要交待這個唯一的通靈人。

誰會死得真正心滿意足？

誰沒有一兩宗心願未了？

只苦於大限已到，再不甘心也只好放棄。但是今天——今天他們終於找到一個帶信兒的人。

小宛不無懼意，那麼多那麼多的鬼，他們一人一口氣，便可以帶走她早已軟弱的靈魂。她徒勞地推拒：「不要，不要找我，不要擋住我！我要找梅英！」

她的手穿過那些重疊的「身體」，觸手清涼，沒有任何質感，卻寒意凜然，彷彿穿越一團冷霧。她益發驚動——當她自由地穿越那些「身體」時，她們也同樣自由地穿越她。她的身體，已經成爲鬼魂寄宿的媒介，自由出入，呼吸相關。

難怪若梅英說她好比走在夢之浮橋上，稍一不慎，便會墮入深淵——原來，她自己就是那座橋。

想到梅英，她便看見了。

若梅英渾身縞素，是杜麗娘在「冥判」中的打扮，默然地站在張朝天的墓碑前。

張朝天，若梅英，他們生不能同衾，死不能同穴，連靈魂亦不能同遊。唯一的遇合，只是一隻鬼與一座碑的緣份了。

梅英撫摸著大理石碑座中間嵌著的張朝天的遺照，下一下地撫摸著，神情安詳。

「朝天，爲什麼不告訴我真相？爲什麼寧可讓我恨你、殺你，也不肯說出謎底？爲什麼？」

「因爲，他想在死後陪伴你。」小宛忽然開口回答。

她不知道爲什麼自己在這一刻如此透剔，可以清楚地猜知愛情的真諦，是因爲她的心裏充滿了愛，或是張朝天的鬼魂借助了她的靈氣與梅英溝通？

這一刻，她比所有人都更瞭解張朝天的心意，他在死前的最後的心念。「他不告訴你真相，是怕你心願一了，便會魂消魄散。他寧可你恨他，取走他的性命，也要維持你的靈魂繼續存在，而他自己，則願以一死換得不滅的靈魂，好早一日趕赴冥府，與你相伴於地下。」

「可是，可是我已經再也回不到地下了，我不容於陽間，也回不到陰曹。天地之大，竟沒有我的位置，我就要消失了，永遠地消失，朝天，我好想見你一面，好想見你，告訴你，我現在懂得了，我不該恨你，不該恨任何人，小宛說得對，真正愛一個人，就永遠不會恨他，朝天，我是愛你的，我愛你……」

梅英抱著石碑，哭泣著，訴說著，然後，她俯下頭，輕輕吻在那冰冷的照片上。

死神的吻是最極致的美麗。

小宛在那一刻看到了生命的至喜悅與傷痛處。

原來這才是愛情。

一滴淚自梅英眼中滴落，悄無聲息地流過她晶瑩透明的面頰，小宛低下頭，驚愕地看著那一滴淚的方向，鬼，也有眼淚嗎？

她彷彿清楚地聽到了眼淚跌碎的聲音，彷彿煙花綻放，春雷乍起，那麼響亮而安靜。

那是死神的眼淚。

「梅英，」她輕呼，向前一步，然而碑林寂寂，哪裏還有梅英的形影？

小宛奔跑起來，不顧一切地喊著：「梅英，梅英，你等等，我還要問你一句話……」

「小宛。」身後有聲音響起。

小宛踉蹌一下，急回頭，看到阿陶站在身後，手裏還握著他的舊吉他。

有風吹過，拂動玫瑰花枝，發出細碎的聲響與香氣。阿陶站在那死玫瑰的花叢中，帶著他的吉他，像一個阿波羅神像。吉他，也有靈魂嗎？

「阿陶！」小宛驚喜地叫，衝上一步。

然而阿陶淒苦地後退：「小宛，保重。我知道你要問的是什麼，我愛你，真的，一生一世，至死不休。」

「阿陶……」小宛跪下來，抱著石碑，正如剛才梅英所做的一樣，那碑上的照片，可不正是年輕的阿陶，英俊的阿陶。照片下寫著生卒年月日，他死的時候，才只有廿一歲。

「阿陶，不要走，不要離開我。」

阿陶的眼神益發淒苦，寫滿不忍與不甘：「小宛，我也不捨得你。那一天，我趕去與你相會，趕得太急，出了車禍……如果一切可以重來，我一定會很小心地過馬路，很小心地看車，絕對不會失約，讓你白白等我……」

「阿陶……」小宛痛哭，「我情願等你，用一輩子等你，只求你不要離開。」

阿陶搖頭：「我也不想走。記得死的時候，我只有一個念頭，就是你還在地鐵站口等我，我不能失約。七日還魂，我第一件事就是趕往地鐵站，可是看到你，我什麼也說不出來，我不忍心說出真相讓你傷心，只好騙你我要去上海，希望你能忘記我。可是我卻不能忘記你，沒有同你愛一次，沒有來得及爲你做點事，我死也不甘心。所以，我一直留在人世間，悄悄地陪著你，希望可以幫你做點什麼，可惜幫不到你……」

「不，阿陶，你已經幫了我很多了。」小宛哭著，死死地抱緊石碑，似乎這樣就可以抱緊阿陶，「是你的愛在鼓勵我，安慰我。如果沒有你，我早就跳下長城死了……」

「小宛，答應我，以後不可以再這樣傷害自己。小宛，我真是捨不得你，可是，我必須向你告別，不能再和你在一起。那天在長城上，你要自殺，我衝破陰陽界和你相會，已經犯了天地的大忌，也使你的元氣受到傷害。所以，我必須走了，以後，你會和正常人一樣，不會再看到我們，也無法再與鬼魂溝通，但是你的身體會重新健康起來，小宛，我願意看到你健健康康的，你答應過我，會好好的……」

「不！不！」小宛搖著頭，搖散了頭髮，瘋狂地叫著，「阿陶，不要離開我，帶我走。我不管你是生是死，是人是鬼，我只要你和我在一起。不要丟下我！再愛我一次！」

淚水流過小宛的臉，阿陶憂傷地注視著她，憂傷得心碎。可是仍管不住自己的影像越來越淡，越來越淡，漸漸消失在石碑林立的墓園深處。

原來愛情中最艱難的付出，不是犧牲，而是放棄。

可是水小宛情願不要這樣的犧牲，她只想同阿陶在一起，多愛一天，多愛一次！

「阿陶……」小宛追過去，朦朧間看到鬼魅成陣，滔滔行過，鬼群中，看不到阿陶的身影。

林深處，有歌聲緩緩流過：

「對你的愛是一朵死玫瑰，開放與凋謝都無所謂，我的心不再流淚，風中的記憶都已成灰……」

一滴淚落在玫瑰花心，忽然間，所有的死玫瑰都開放了，那不是玫瑰，是愛情。

離魂衣

作者：西嶺雪
出版者：風雲時代出版股份有限公司
出版所：風雲時代出版股份有限公司
地址：105台北市民生東路五段178號7樓之3
風雲書網：http://www.eastbooks.com.tw
官方部落格：http://eastbooks.pixnet.net/blog
Facebook：http://www.facebook.com/h7560949
信箱：h7560949@ms15.hinet.net
郵撥帳號：12043291
服務專線：(02)27560949
傳真專線：(02)27653799
執行主編：劉宇青
美術編輯：風雲編輯小組
版權授權：劉愷怡
法律顧問：永然法律事務所　李永然律師
　　　　　北辰著作權事務所　蕭雄淋律師

初版日期：2011年11月
ISBN：978-986-146-809-9

總經銷：成信文化事業股份有限公司
地　址：台北縣新店市中正路四維巷二弄2號4樓
電　話：(02)2219-2080

行政院新聞局局版台業字第3595號 營利事業統一編號22759935

定價：250元

國家圖書館出版品預行編目資料

離魂衣／西嶺雪著；-- 初版. --
臺北市：風雲時代，2011.11　面；公分

ISBN 978-986-146-809-9（平裝）

857.7　　　100013247